AF397253

I-C Eriksson

FAMILJEN DISCENZA

Illustration: I-C Eriksson

Förlag: BoD – Books on Demand, Stockholm, Sverige
Tryck: BoD – Books on Demand, Norderstedt, Tyskland

ISBN: 978-91-7785-708-2

Mrs Discenza

Kapitel ett

Det tog inte lång tid innan den nyblivna mrs Discenza vande sig vid sitt nya liv. Hon formade sig sakta efter Marc Discenza och hans vilja då det inte fanns någon annan väg att vandra för en kvinna som levde vid hans sida. Petra var förvisso envis, men ändock en novis i jämförelse med Marc Discenza; han hade inte kommit så långt i sitt liv för intet och det fanns inte någon i hans omgivning som trotsade honom och gick hel ur situationen.

Det fanns tillfällen då Petra försökte, men hon insåg lika snabbt var gång att han hade en vilja av stål och han formade sin omgivning efter densamma. Sakta suddades den vilda, trotsiga Petra Dahlén ut och lämnade plats för den sofistikerade och, för omgivningen, undangömda Petra Discenza.

Martika flyttade till Chicago och bosatte sig inte alltför långt från Petra och Marc. Hon trivdes som fisken i vattnet på tidningen och ägnade inte speciellt mycket tid åt att tänka över att hon inte hade förtjänat sin tjänst på egen hand. Vem brydde sig i slutändan?

När hon gick runt bland de många skrivborden på den belamrade redaktionen, lyssnandes till knattret från datorerna och kollegor som bollade idéer med varandra, var det lätt att glömma sin vän – den aktade Petra Discenza – som satt på sin piedestal på guldberget en bit därifrån.

Ingen på tidningsredaktionen talade om familjen Discenza med annat än aktning och Marc Discenzas fru var hyllad som en högaktad skönhet.

Det fanns dock ingen som vågade säga det direkt till henne – det fanns inte heller många, förutom Marcs närmaste män, som träffade henne. Martika var en av få och det var något hennes omgivning avundades henne. Fascinationen var alltid total när de som kände till familjen Discenza fick kännedom om att hon och Petra varit vänner sedan barnsben. Det var som om de var kungligheter och Martika hade nyckel till slottet.

Hon blev full i skratt när hon tänkte tillbaka på vad hennes fästman, Ralph Brazier, gått igenom för säkerhetskontroller innan Marc tillåtit Petra att umgås med dem.

Ralph Brazier var komiskt nog advokat; Martika hade träffat honom av en slump när hon var ute med sina kollegor och stod i baren för att köpa en drink. Ralph Brazier hade stått bredvid henne och hon hade råkat knuffa till honom när hon skulle vända och gå tillbaka till sitt bord på sina höga klackar. Knuffen hade lett till en middag och sex månader därpå till en delad lägenhet inte alltför långt från hennes arbete. Det var nu nästan ett år sedan.

Hennes pappa hade sett hennes kap som en av många ursäkter att öppna ett kontor tillsammans med Tony i Chicago och erbjuda Ralph ett jobb. Hon misstänkte dock starkt att även den alltid närvarande Marc Discenza hade ett finger med i spelet. Samtliga i Petras direkta omgivning var nu knutna till honom – precis som hennes far så tacksamt blivit.

Martika fyllde på vatten från bubbelmaskinen och gled ner i sitt bås bakom sin dataskärm. Hon nickade med ett leende mot sin båsgranne, Elena – en medelålders kvinna med rufsigt blont hår, smart uppsyn, skumma kläder och mycket vass penna.

Barnet sparkade lätt i hennes mage. Hon lade handen på den hårda rundningen med en liten suck. Bara några veckor kvar, sen skulle deras efterlängtade son komma. Hon och Petra hade varit till syndigt dyra ställen och inhandlat möbler till det ljust inredda barnrummet, och inhandlat både vagn och barnkläder i samma vända.

Hennes tankar gick till Angelina Discenza – det absolut vackraste barn Martika hade sett – Petras och Marcs dotter. Hon var nu två år gammal och skulle redan bli storasyster.

Martika skakade med ett leende på huvudet och fingrade oengagerat på tangenterna. Som Petra hade förvandlats sedan hon blivit mrs Discenza, och vilken kärleksfull mamma hon var. Vem hade anat?

Första gången efter Angelinas födelse, när Martika hade åkt till Discenzaresidensen för att träffa henne, hade hon förväntat sig en bebis vilken som helst, men detta underverk till barn hade sprängt hennes bröst av kärlek. De stora mörka ögonen och det kolsvarta håret som redan låg i testar på huvudet, den rosenröda munnen, de knubbiga kinderna och den lilla bedårande näsan. Hon skulle aldrig glömma blicken Marc hade haft när han tittat på sin dotter, den stolthet och äganderätt hon avläste där. Hans känslor hade smittat av sig i form av den oemotståndliga beundran en fars kärlek framkallade hos de flesta kvinnor. Å ena sidan hade hon känt sådan lycka att denna gåva skulle få ett sådant rikt och skyddat liv, men å andra sidan kände hon redan sympati med den lilla flickan som aldrig skulle kunna lämna sitt hem obevakad eller dejta en kille utan att hennes pappa förgjorde både killen och hans familj.

Hon hade placerat sina läppar i en lätt puss på den mjuka pannan och andats in den ljuva doften av bebishud, sedan hade hon rört givit Petra en kram.

Medan tiden gick hade Angelina bara blivit sötare och mer bedårande för var dag. Hennes lekrum såg ut som leksaksavdelningen i ett dyrt varuhus och hon överöstes med kärlek från alla håll.

Martika var den som skådade från första parkett hur Petra sakta men säkert föll för den man som så brutalt hade gjort intåg i hennes liv och gjort henne till sin; hur hon alltmer tydde sig till honom, förlitade sig på honom och förblindades av honom. Han hade tidigt erövrat hennes kropp, och nu erövrade han även hennes hjärta. Under de månader som följt på Petras bröllop hade Tony långsamt återgått till normalläge och försökt att släta över den skuld han hade i Petras val av livspartner. Inom familjen Dahlén fanns bara anhängare av Marc Discenza; Katrin ansåg, liksom Tony, att han hade varit nödvändig för att få ordning på deras vilda dotter; James kände sig trygg för att hans syster var trygg. Äntligen fanns det någon annan som kunde skydda henne – och långt mer effektivt.

Marc Discenza spann sitt nät på ett utstuderat vis som fick alla att frivilligt kliva in i det. På kort tid satt Petra fast ordentligt i det, väl övervakad av omgivningen – för om hon föll av skulle de andra också göra det.

Kapitel två

Det var två händelser som skulle komma att forma Petra Discenzas liv grundläggande. Den ena inträffade när hennes bror och Teresia var på besök i Discenzaresidensen när Petra och Marcs andra dotter, Cassandra, knappt hade fyllt två år och hennes storasyster Angelina snart skulle fylla fem.

Martika hade fått sin son, Michael, tre år tidigare och familjen Brazier var regelbundna besökare hos Petra i Discenzaresidensen. Likaså var James och Teresia, särskilt då James indirekt jobbade för Marc. Det var dock än vanligare att Marc och Petra tog barnen med sig till Miami och hälsade på, så att Marc samtidigt kunde övervaka sina affärer där. Petras bror visade alltid Marc Discenza den största vördnad – det var trots allt Marc som både hade räddat hans syster och gjort honom rikare.

Angelina dyrkade Teresias son, Colin, som nästan var två år äldre än hon. Trots sin unga ålder på sju år så tog han hand om henne som en gentleman och föräldrarna brukade skämta om att han var hennes första kärlek.

"Jag hjälper dig", sa Marc och mötte Petras blick i spegeln. Hon stannade till mitt i rörelsen och lät honom dra upp dragkedjan på hennes svarta åtsittande klänning; han rättade till hennes långa utsläppta hår och lät händerna vila en stund på hennes axlar. Hon slöt för ett ögonblick ögonen väl medveten om rysningarna av välbehag som vandrade nerför hennes rygg vid hans beröring.

"Så vacker", sa han mörkt. Han placerade en kyss i gropen bakom hennes ena öra och drog in doften av henne i sin näsa.

Nästan sex år hade gått och Marc Discenza var fortfarande lika förtrollad av sin fru. Kanske var det för att han ännu var osäker på vad Petra egentligen kände för honom och lika osäker på vad som egentligen rörde sig i hennes huvud – att hon var den enda kvinna i hans liv som inte hade slängt sig för hans fötter. I stället skulle han för alltid fråga sig om hon någon gång skulle bli hans på riktigt. Det drev honom till vansinne. Därtill var hon fortfarande den vackraste kvinna han någonsin hade träffat.

Sanningen var att Petra själv inte hade lyckats att reda ut sina tankar under de här åren, sex år som gått så fort och samtidigt så plågsamt sakta. Det var omöjligt för henne att glömma hur hon och Marc hade träffats och omständigheterna kring deras giftermål. Hon skulle för alltid känna sig orättvist behandlad av både Marc och sin pappa. Sen fanns det en annan del av henne som var fruktansvärt attraherad av Marc Discenza, som hade lärt sig att tycka om, kanske till och med älska, vissa sidor hos honom. Han fick henne att känna sig trygg, som om ingen i hela världen kunde skada henne när hon var med honom. Han var en fantastisk pappa och avgudad av sina barn; han satte sin familj framför allt. Och han dyrkade marken hon gick på – fick henne att känna sig som den vackraste kvinnan i hela världen. Det fanns kvällar när han svarade på hennes frågor, när hon låg tätt intill honom i sängen efter fantastisk njutning och lät fingrarna följa de bleknande ärr som var utspridda över hans hårda överkropp. "Marc, vem har givit dig alla de här ärren?" Han svarade aldrig utförligt på några frågor, och alltid med visst besvär. "Min uppväxt. För att bli en man måste man härdas. Vissa har min far givit mig och andra är från vänner och fiender."

Petra hade sett bilder på Alessandro; Marco och Frances hade varit proffs på att skapa tilldragande söner. Alessandro hade varit mer lik Frances medan Marc var lik deras far. Marco Discenza hade om möjligt haft en än mer skrämmande blick än sin son – första gången Petra sett en bild av honom hade kalla kårar vandrat ner för hennes rygg. Men Frances stod fast vid att han varit den bästa man hon kunnat önska sig.

"Varför kallar din mamma Alessandro för Angelo?"

Marcs fingrar smekte den känsliga huden på hennes rygg och framkallade ljuvliga rysningar. Han drog henne intill sig och pussade hennes hår samtidigt som han mumlade sitt svar. "För det är hans namn. Han heter Alessandro Angelo Discenza. Men efter hans död kallar hon honom bara för Angelo, för det betyder ängel."

Det gick till och med att ha trevligt med honom vardagligt – även om hon aldrig hade kunnat föreställa sig det.

Sen fanns det andra sidor som försatte henne i fruktan och fick hennes hud att knottra sig av rädsla; hans kontrollbehov var en av de sidorna, liksom hans fullständigt obarmhärtiga sida när någon vågade gå emot honom, den sidan som försatte hela omgivningen i skräck. Det spelade ingen roll hur många år hon delade med honom – hon skulle alltid frukta honom ändå. Det var inte det liv hon önskat sig själv.

Hon kände sig alltid hundra procent säker med Marc, och hundra procent omhändertagen, och hundra procent tillfredsställd. Och hundra procent isolerad från omvärlden.

Petras föräldrar hade varit på besök hos dem en vecka tidigare för att fira jul, och Frances hade flugit in från Taormina. Det hade varit en trevlig tillställning där Angelina och Cassandra skämdes bort obegränsat av sin farmor och sina morföräldrar. Tony och Marc diskuterade allt som oftast affärer och Frances och Katrin fann varandra i modevärldens många ämnen och de gemensamma barnbarnen. Det var lyckliga stunder.

Angelina spatserade runt som en liten prinsessa i sin vackra klänning, värd en hel förmögenhet, och visade sin mormor och farmor alla leksaker hon hade i det stora lekrummet på andra våningen. Hon höll hela tiden sin lillasyster i ett stadigt grepp och kastade då och då blickar mot de två barnflickorna som var beredda att rycka in vid behov. Angelina var en mycket bestämd liten flicka som inte drog sig för att ryta ifrån när hon tyckte att det behövdes. Tony underströk att hon var precis som Petra varit som liten, varpå Marc replikerade att Angelina skulle få en ordentlig italiensk uppfostran och inte ha möjlighet att föda sin vilda sida. "Den som rör mina döttrar utan min direkta tillåtelse kommer ångra det."

Petra tyckte redan synd om dem. Tanken att hon skulle ha gift sig med Marc Discenza utan att först ha fått leva livet var fruktansvärd, och hon visste redan nu att hennes döttrar skulle gå direkt från hemmet till män som Marc ansåg passade. Det var inte det liv hon önskade dem; att gå från en gyllene bur till en annan. Hon ville inte ens sitta i sin egen bur men hade lärt sig att leva med den efter alla år.

Petra var inte längre ansiktet utåt för *Katrin D.* Det kontraktet hade lösts direkt efter hennes giftermål med Marc Discenza, och var hans villkor för att investera i företaget. "Jag tänker inte låta män dregla över min fru som om hon vore allmän egendom."

"Marc, det är ett jobb. Jag tycker att det är roligt att vara modell och jag tycker att det är roligt att jobba med min mamma."

Hans ena mungipa hade ryckt som den alltid gjorde när hon sa emot honom och han var på väg att grusa hennes förhoppningar. "Det här är inte något vi kommer diskutera, Petra. Du bär dessutom mitt barn och hör inte hemma i några magasin. Svaret är nej."

"Du kommer driva mig till vansinne! Jag kan inte vara instängd så här." Petra reste sig från matsalsbordet i Discenzaresidensens vackra salong. "Jag kommer att suddas ut och försvinna från den här världen. Jag kommer inte känna igen mig själv längre. Vill du att jag ska plågas? Vad är det för äktenskap?"

Marc höjde på ena ögonbrynet och studerade sin nyblivna fru uppifrån och ner. "Petra, kom hit." Han hade den tonen som var bäst att lyda. Hon gick fram till honom och stannade precis utom räckhåll. Han vred sakta på sig och lutade sig bakåt medan han noggrant synade henne med de kalla ögonen och samma hårda ansiktsuttryck som fick hennes hjärta att rusa. "Barnet du bär är det viktigaste i mitt liv. Eftersom det är du som bär det är du också viktigast i mitt liv. Det som är viktigast för mig skyddar jag och gömmer för omvärlden. Sedan du blev gravid och jag satte ringen på ditt finger har allt ändrats. Så nej, du kommer inte att känna igen dig själv. Du är Petra Discenza nu, och med det kommer en massa ansvar. Som jag sa, det här är inte något vi kommer att diskutera. Mitt ord är lag och du kommer att följa min lag precis som alla andra."

Samtidigt som det mest värdefulla i Marc Discenzas liv växte i Petras mage ändrades hennes liv precis som han hade lovat. Om det inte varit för Martika så hade Petra antagligen blivit galen. Samtidigt förstod hon att även Martikas närvaro var planerad av hennes make, och som alla andra, även kontrollerad av densamme. Den skara Petra umgicks med de följande åren bestod av Marcs familj, tjänstefolket, hennes egen familj och Martikas familj. Det fanns knappt några undantag.

En vacker fågel i en gyllene bur.

"Jag är så glad över att ni är här", sa Petra med ett brett leende och kramade om sin bror och Teresia.

Man behövde bara titta in i Teresias ögon så blev man lika god som hon – Petra gillade det, hon kunde behöva lite godhet i sitt liv.

"Syrran, jag och din man har några saker att diskutera. Vi kommer snart." James tittade med sitt sedvanligt retsamma leende på sin syster och Marc gav henne en allvarlig blick innan de lämnade rummet. Petra och Teresia gick upp till barnens lekrum en sväng för att se att allt gick lugnt till. Angelina och Colin satt bredvid varandra på den mörkbruna heltäckningsmattan och byggde lego. Angelinas mörka lockiga hår böljade vackert nerför hennes rygg och den vita spetsklänningen formade ett mjukt moln runt hennes lilla kropp. Petras hjärta värmde så fort hon tittade på sina barn. Av allt som hänt i hennes liv de senaste åren så var hennes två döttrar den största gåvan. Hon älskade dem högt. Cassandra med sina ljusare små lockar satt på golvet bredvid barnflickan och plockade med träklossar. Hon tittade snabbt, men ointresserat, upp på besökarna och återgick snart till klossarna igen. Petra noterade roat hur hennes lilla mun rörde sig när hon lekte. Hennes lilla älskling hade en egenhet att mumla varje färg på de små klossarna samtidigt som hon byggde.

"Mamma, titta! Colin bygger ett hus till mig", informerade Angelina med sin änglalika barnröst. Colin vände snabbt på sig och fäste sina bruna ögon på sin mamma innan han återgick till favoriten i sitt liv.

"Vi är överflödiga här", log Teresia och menade både sällskapsmässigt och med tanke på den mängd leksaker som fanns i det stora rummet. "Vi går ner och tar ett glas vin i stället."

De satte sig i soffan i den stora salongen bland de mjuka orientaliska kuddarna, övervakade av motiv från väggarnas många oljemålningar. Teresia vandrade med blicken över de stora fönstren, de tunga orientaliska mattorna och de dyrbara möblerna. "Du lever verkligen i ett slott, kära svägerska."

"Ja, det är ett vackert och kvävande hus", konstaterade Petra skämtsamt.

Teresia log mot henne med sina varma ögon och lade handen på hennes. "Är han så svår?"

"Han är en utmaning, om än en väldigt tilldragande sådan."

"James dyrkar Marc", log Teresia varmt. "Din man har gjort så mycket för oss."

Petra gav sin svägerska en varm blick. Hon gillade Teresia innerligt av så många anledningar; svägerskan utstrålade en sådan glädje att hon smittade omgivningen med den, hon gjorde Petras bror lycklig och hon var en av de roligaste och mest förtroendeingivande människor Petra kände. Hon kunde berätta vad som helst för sin svägerska utan att erhålla några fördömanden eller höjda ögonbryn. De var som vågor och vatten – gjorda för varandra.

"Marc älskar er, det vet ni." Hon gjorde en gest till en osynlig servitör att han skulle servera dem vin och sedan satt de och småpratade om allt möjligt tills hela Petras värld förändrades inom loppet av några sekunder.

En man kom in i rummet – från ingenstans var han helt plötsligt bara där. Petra kände igen honom, det var en av Marcs anställda – en storvuxen man med kall blick och arrogant ansikte som hon inte bytt mer än ett fåtal ord med. Hon hörde de grova gummisulorna tungt möta deras välpolerade golv och tänkte flyktigt att de skulle lämna märken. Hon hann även för någon bråkdels sekund fråga sig varför han var i rummet ensam med dem då Marc inte godkände att hans anställda var med hans familj utan honom. Hon registrerade även att han hade sin blick vänd mot Teresia och att den var mörk av hat.

Något var fruktansvärt fel. Hon öppnade munnen för att fråga vad han ville samtidigt som Teresia lade händerna över munnen med en förtvivlad flämtning.

Sedan gick allt smärtsamt snabbt.

Han lyfte sin hand och sköt henne flera gånger med ett svart vapen. Teresia flög bakåt mot kuddarna samtidigt som skotten ekade mellan väggarna. Bilden av svägerskans skräckfyllda ögon, och munnen som gapade i ett skrik som aldrig trängde fram, skulle för alltid etsa sig fast i Petras minne.

Samtidigt som två av Marcs anställda rusade in i rummet och sköt förövaren, lutade hon sig panikslaget över sin svägerska och försökte att stoppa blodflödet med sina händer. Varmt rött blod spred sig över Teresias ljusa klänning och Petra skrek förtvivlat och försökte desperat att hitta alla ingångshål – men de var så många att hon omöjligt kunde hindra det dyrbara livselixir som flödade ut mellan hennes fingrar. Den metalliska lukten gav henne kväljningar och blodet klibbade mot hennes hud. Var blod verkligen så här klibbigt? "Nej! Nej, nej, nej, nej, nej! Du får inte lämna mig, Teresia, hör du det!"

Teresias ögon rullade bakåt i sina hålor och Petra skakade henne som om livet på det viset skulle återvända till hennes kropp. "Du lämnar mig inte! Ring en ambulans! Nu!" Hennes andning rosslade ansträngt och blodet vätte hennes läppar inifrån, ögonen var blanka och bar på den fruktansvärda insikten att det här var de sista sekunderna i hennes liv. Hennes bleka vackra ansikte omslöts av de mörka lockarna som en gloria där hon låg mot kuddarna medan det röda blodet svepte runt hennes kropp som långa spretande fingrar. Hon tittade för en bråkdels sekund upp på Petra och viskade knappt hörbart: "Co-lin… James… lova…" Efter de orden försvann livet ur hennes ögon, hennes bröst hävdes en sista gång och tomheten tog över hennes blick.

Petra satt chockat kvar med händer täcka av blod och skakande kropp. Hon fick inte ner någon luft i lungorna och hulkade våldsamt mellan tårarna samtidigt som hon kramade sin svägerskas livlösa kropp.

En av Marcs män sprang fram till henne och lade en hand på hennes axel. "Mrs Discenza, är du träffad?" Hon skakade förvirrat på huvudet. "Jag hjälper dig upp." Han tittade med allvarliga ögon på henne och flyttade Teresias kropp åt sidan så att han kunde få upp henne på fötter. Hon stod darrande på golvet, hela hennes inre var kallt som is.

Vittorio, som skjutit förövaren, riktade en hård spark i mannens sida för att se om han levde. Han pratade samtidigt i sin mobil och försökte att rädda sina dyra skinnskor från pölen av blod som bredde ut sig på det blankpolerade golvet.

Petra vinglade på sina ostadiga ben; hon höll ut händerna med handflatorna upp som för att skona sina kläder från blodet, som om inte hennes svarta klänning redan var helt täckt av Teresias blod.

Sen kom Marc och James springande – och därefter kom det hjärtskärande skriket när James insåg att Teresia var död och kollapsade vid hennes livlösa kropp.

"Är du oskadd?" frågade Marc andlöst och synade varje bit av hennes kropp för att försäkra sig om att hon inte blivit träffad. Petra bara stod där och skakade medan Marc undersökte henne, men fick inte något ord över sina läppar.

Hon stirrade upp på sin man och lät honom ta henne i sin trygga famn där ingen kunde skada henne.

Hon hörde sin brors upprepade skrik bakom sig och visste att det här var slutet på den James Dahlén hon kände.

Det var den dagen Petra blev initierad i den värld av våld som skulle komma att omge henne de kommande åren.

Kapitel tre

Tiden efter Teresias död var en mardröm. Hela familjen Dahlén var djupt medtagna av det inträffade, liksom James vänner och de som arbetat med James och Teresia i Miami. Det var Jerry Gourdin, Teresias före detta make – tillika Colins pappa, som skjutit henne.

Ingen visste säkert, men de flesta, inklusive polisen, delade samma teori, och det var att han hade blivit vansinnig när han fått se Teresia med en ny man som dessutom tog hand om hans eget barn – ett barn som han hade övergivit.

Petra skulle för alltid känna skuld för att hon var gift med den man som anställt hennes svägerskas mördare, vilket även fick henne att undra vad för sorts människor Marc anställde egentligen. Jerrys rykte var redan känt sedan långt innan, och med tanke på Marcs talang att kolla upp människor så innebar detta att Jerry var precis den typ Marc sökt. Det skrämde Petra ordentligt.

Det var i *hennes* hus Teresias ex-man hade hittat Teresia. Alla år hon hade lyckats gömma sig för honom hade lett till ett avslut på en plats där hon borde ha varit fullständigt säker. Petra tackade samtidigt en högre makt för att Jerry inte hade sett James först.

James var helt nedbruten; Teresia hade varit hans värld, hans ljus, hans glädje. Nu var han en skugga av den bror Petra kände. Han vägrade åka tillbaka till deras gemensamma hem och han vägrade fortsätta att sköta hotellet och den verksamhet de hade byggt upp tillsammans. Utan henne, sa han, var det inte något värt. Hon hade varit den enda anledningen till att han hade velat bygga något. Nu när hon var borta återgick han till att bli den rotlöse James Dahlén som Petra vuxit upp med – men en betydligt mer mörksinnad variant.

Marc blev hans räddare under den här tiden. Delvis på grund av att han själv ville gottgöra James då det var han som lämnat Jerry obevakad i huset, och delvis på grund av att Marc Discenza såg en vinst i allt han gjorde. Petra hade ingen aning om vilken del som vägde tyngst i detta fall. Det resulterade i alla fall i att han tog över driften av James hotell – ett hotell som därtill gick väldigt bra. Det resulterade även i att James lämnade Colin i Marcs och Petras vård då han själv hade ett gnagande behov av att ge sig ut i världen för att bearbeta förlusten av Teresia.

"Jag ser hur glad han är över att ha en son i huset, Martika", sa Petra med hoprynkade ögonbryn samtidigt som hon rörde om i kaffet. "Det passar honom utmärkt att James har lämnat oss."

Martika tittade först fundersamt på Petra och kastade sedan en blick på de två män som satt bara ett bord bort och kontrollerade vad de två vännerna gjorde. Sex år hade gått och Marc Discenza övervakade fortfarande sin fru som en hök. "Det är ditt fel att du aldrig gav honom en son", sa hon retsamt.

Petra grimaserade. Hon var fortfarande lika förvånad över att Marc hade gått med på hennes helstrejk gällande att vara med barn. Hon var dock bara tjugosju år gammal så hotet var inte helt överblåst ännu.

"Älskling, min lunch är snart över. Men sammanfattningsvis tror jag att du har rätt, din man är ute efter att ta över vårdnaden om Colin och ingen kommer vara gladare än James över det. Var *är* din bror förresten?"

"Sist jag pratade med honom var han i Karibien. Han surfar med sina vänner, dricker för mycket och sätter på alla vackra kvinnor han kommer över."

"Så han är lycklig med andra ord?" log Martika ironiskt.

"Jag skulle gärna byta liv med honom i några veckor", sa Petra bittert och kastade en snabb blick mot de två livvakterna – eller *övervakarna* som hon skulle vilja kalla dem. "Jag önskar att jag också hade ett jobb att gå till. Jag vill inte spendera mitt liv med att sitta hemma med barnen – även om jag älskar dem över allt annat. Jag vill jobba som modell igen, och jag vill vara ute och festa med dig och leva livet."

Martika lade en varm hand på Petras och log lätt. "Inte ens jag kan leva det livet längre, Petra. Men en partyrunda utan din man och utan livvakter hade inte skadat." Hon kastade en less blick på Petras följeslagare.

Petra stod i sitt och Marcs badrum den kvällen och borstade håret när hennes man dök upp bakom henne; han hade lossat på slipsen och knäppt upp översta knappen i skjortan. Hon stannade upp med borsten mitt i en rörelse och mötte vaksamt hans blick i spegeln. Han lutade sig mot dörrkarmen och studerade henne med sina kalla ögon. Han hade fortfarande förmågan att få hennes hjärta att rusa bara genom att titta på henne. Han gick fram till henne och lösgjorde borsten ur hennes grepp, fortfarande med ögonen mötandes hennes i spegeln. Därefter lade han ner borsten på det exklusiva tvättstället och lät händerna glida utmed hennes armar. Hon var enbart klädd i vita spetsunderkläder och hans beröring fick alla hårstrån att resa sig på hennes bara kropp. Ena handen stannade med ett grepp om hennes överarm och den andra gled ner mot hennes stjärts rundning och cirkulerade på den mjuka huden.

Hans ansikte var allvarligt medan hans fingertoppar lekte med spetskanten på hennes trosor. "Franco och

Giovanni tyckte sig höra dig och Martika prata idag om partyrundor utan störande manligt sällskap."

Petra stelnade till; han fortsatte att titta på henne genom spegeln och utmanade henne att slita sin blick från hans. Det gjorde hon dock inte trots att hjärtat hamrade i hennes bröst och hon inte ville något hellre än att titta ner. Hon bet sig i underläppen när hans fingrar letade sig in under det mjuka sidentyget som täckte hennes kön. Han snuddade med sina fingertoppar i vätan som omgärdade hennes öppning och lekte lätt kring mynningen. Hennes kinder hettade och andhämtningen blev tyngre. Hon slöt snabbt ögonen bara för att öppna dem igen.

"Såja, Petra, titta på mig", manade han lugnt. Han lät handen som gripit lätt om hennes arm åka uppåt över hennes spetstäckta bröst och stanna vid hennes hals där han cirkulerade med sina fingertoppar över hennes rusande pulsåder. Han stannade med handen löst vid halsgropen hela tiden med blicken på hennes ansikte. "Är det något du saknar hemma, Petra?" frågade han mjukt intill hennes öra samtidigt som han snabbt tryckte in två fingrar i henne.

Petra flämtade till och slöt ögonen igen. Greppet om hennes hals hårdnade för några sekunder. "Titta på mig."

Det här var den Marc Discenza som skrämde henne mest, den som kunde paralysera henne av skräck. Den Marc Discenza som fick hela omgivningen att frukta honom.

"Vad är det du vill göra med Martika på en partyrunda utan din man?" Tre fingrar. Han arbetade med dem så snabbt att hon knappt kunde stå på benen. Hon lutade sig flämtande över det kalla handfatet och kved av skrämmande njutning. "Vem tror du att du är gift med, Petra?" Han släppte hennes hals och lade i stället armen runt hennes midja för att stödja henne under hans intrång.

"Jag släpper inte i väg min fru på några partyrundor."
Fyra fingrar. Hon stönade högt och grep om kanten på
handfatet för ytterligare stöd. "Marc, snälla."

"Vad är det du längtar efter, Petra? Är det frihet?" Han
tog snabbt ut fingrarna och drog ner gylften på sina byxor
för att ersätta dem med sin hårda mandom. Han tryckte in
den till roten och greppade om hennes höfter med sina
starka händer. Fastän han tog henne stenhårt och
hämndlystet så gav han henne galen njutning; hon behövde
bara röra sig själv i några sekunder så kom hon kraftfullt runt
honom och vågen spred sig till varenda cell i hennes kropp.
Marc tömde sig strax efter i henne utan att en enda gång ha
lämnat hennes spegelbild med sin blick.

"Det begär jag har för dig, Petra... det är en besatthet
som driver mig till vansinne." Han tittade sammanbitet på
henne medan han knäppte sina byxor. "Jag kan inte tänka
klart när jag är med dig."

"Du är för svartsjuk, Marc", sa Petra anklagande. "Jag
har inte gjort något på sex år förutom att sitta här och ta
hand om våra barn. Vad har du att oroa dig över?"

"Så länge jag inte släpper ut dig på egen hand har jag inte
något att oroa mig över. Men du förvrider sinnet hos alla
jävla män i den här världen när du rör dig ute. Tror du inte
att mina män vittnar om det de ser när de följer dig?
Herregud, det är galenskap. Du kan göra allt med mig, Petra,
jag ska ge dig hela världen om du vill, men utmana mig inte
utöver det. Jag kan inte ansvara för mina handlingar om du
gör något med någon eller om någon annan försöker göra
något med dig." Han lämnade badrummet och markerade
därmed att deras diskussion var över.

Den dagen, efter sex år i isolering, bestämde Petra att
hon skulle utmana sin man; att hon hellre dog som straff för

att ha brutit sig fri från sina bojor än att hon dog av tristess på sin guldtron.

Kapitel fyra

Den andra avgörande händelsen i Petra Discenzas liv inträffade när hon och Martika var på en fullsatt lunchrestaurang i närheten av ett av Chicagos kända shoppingstråk. Petra och Marc hade precis kommit tillbaka från Stockholm där de hade spenderat en vecka hos Tony och Katrin tillsammans med barnen. Martika och Ralph hade gjort dem sällskap och spenderat dyrbar tid hemma hos Martikas föräldrar med lille Michael.

Inkluderad i familjen Discenzas barnaskara var numer även Colin Gard som, helt enligt Petras farhågor, bodde permanent i Discenzaresidensen. James var fortfarande Colins enda vårdnadshavare, något som Teresia sett till när deras förhållande gått över i något mer varaktigt, men Petra anade att detta skulle ändras framöver – helst med tanke på det vilda liv som James levde. Sorgen efter Teresia hade förvisso, nu nästan ett år efter faktum, nått en mer hälsosam nivå, men han verkade inte ha några planer på att lugna ner sig. Han var samma James som en gång hade flyttat från Stockholm till Washington och hans liv lämnade inte något utrymme för en åttaårig liten kille – så i stället för att uppfostras av den sorglöse James Dahlén så uppfostrades Colin i stället som Marc Discenzas son. Det enda positiva detta förde med sig var att Petra slapp pressen att själv föda Marc Discenza en son. Hon älskade dock Colin, det var omöjligt att inte göra det – och Colin i sin tur avgudade Angelina.

James hade sålt en stor del av sitt hotellkomplex till Marc och även lämnat över den största delen av affärerna till honom och anställda. Han såg till att enbart behålla tillräckligt för att underhålla sitt lyxliv. "Tack och lov för din man, Petra. Jag visste hela tiden att du gjorde rätt val när du gifte dig med honom." Hur många gånger hade han inte yttrat de orden till Petra genom åren? – helst efter Teresias död. Och på sätt och vis hade han rätt. Med Marc lade hon hela världen för sina fötter; var de än gick öppnades alla dörrar för dem. Det var lätt för omgivningen, som Petras och Martikas föräldrar, att dras med i deras livsstil. Att vara med Marc innebar att riva alla hinder. Om en omöjlig uppgift presenterades så löste han den, och det tog sällan lång tid för honom att leverera resultat.

Att ta del av det Marc Discenza erbjöd var oemotståndligt, men detsamma som att sälja sin själ till Djävulen. Det fanns inte någon väg bakåt, det enda val man hade var att fortsätta. Samtliga var medvetna om detta, men ansåg att det var ett rimligt pris att betala för att leva det liv de levde. Och hur roligt Petra än hade tillsammans med Marc, hur speciell han än fick henne att känna sig, tickade alltid denna vetskap i hennes bakhuvud: om hon av någon anledning hoppade av tåget skulle priset de fick betala bli orimligt högt.

"Det var sådan nostalgi att vara tillbaka i Stockholm", myste Martika. Hon hade beställt en grekisk sallad som hon satt och petade i med sin gaffel för att hitta godsakerna. Hon var inne i sin vanliga tränings- och diethysteri som varade cirka ett halvår innan bikinisäsongen, det var alltid lika roande att följa hennes resa. "Det enda som fattades var en rejäl partyrunda med våra gamla vänner."

Hon mötte Petras blick med ett retsamt leende i väntan på den hetsiga reaktion hon visste skulle komma över att Petra inte fick ha någon som helst kontakt med Robert och Andreas samt deras likar. Vem visste, de själva kanske var stadgade vid det här laget.

"Svartsjuka män", spottade hon ur sig. "Det har gått över sju år och jag har inte bytt ett enda ord med mina barndomsvänner."

"Du menar barndomsligg?" skrattade Martika.

"Jag skulle lätt kunna ligga med båda två samma kväll för att ta igen alla förlorade år", muttrade Petra bittert. Hon kastade i sig sina salladsblad och tuggade på dem som om de vore köttbitar. Ja, hon tänkte också på sin figur.

"Schhhh", väste Martika nervöst. "Öron överallt. Jag vill inte att du blir arkebuserad när du kommer hem."

"Du ser hur lätt du har det. Det är inte som om Ralph begränsar vilka du får och inte får umgås med, eller kör säkerhetscheck på alla dina vänner innan du får träffa dem."

"Nej, men Ralph är inte Marc Discenza."

"Nej, han är fantastisk." Petra grimaserade och högg en tonfiskbit med gaffeln.

"Var har du Helan och Halvan? Har de semester idag?"

Hon skrattade hjärtligt åt Martikas liknelse. "Jag har hotat Marc med att lämna honom för gott om jag inte får lite frihet."

"Det har du inte. Den konversationen hade jag å andra sidan velat höra. Så hur ligger det till?"

"Jag vet faktiskt inte. Men Frances är här och hälsar på och du vet hur Marc slappnar av lite när hon är i närheten. Han vill inte visa henne vidden av hur paranoid han är gällande mig. Tack och lov för henne!"

Hon älskade verkligen sin svärmor och hade gjort det från första början. Det fanns ingen som kunde sätta Marc på plats som Frances och han avgudade henne. När helst hon var i närheten blev Marc mer medgörlig. Petra kunde bara drömma om att få den respekten från honom.

"Det här måste vi såklart utnyttja", flinade Martika. "Tror du att vi kan sträcka oss så långt som till en tjejkväll ute utan våra män?" Att det ens var en grej gjorde dem både minst sagt upprörda.

"Det tvivlar jag på. Men vi ska ha många trevliga caféstunder." Hon reste sig upp och greppade sin blå märkesväska. "Jag ska på toa och fräscha upp mig, sen tar vi väl en tur på stan och njuter av friheten? Kanske ett glas vin någonstans?"

"Behöver du fråga?" log Martika.

"Och försök att äta upp innan antingen våra äkta hälfter eller barnen hör av sig och vill ha vår uppmärksamhet."

Martika stoppade demonstrativt in ett salladsblad i munnen.

Toaletten var tack och lov fräsch; den luktade bara ett uns kiss och var skapligt vit och ren. Petra baddade kallt vatten i sin varma nacke och duttade lite parfym på halsen innan hon drog en borste genom sitt tjocka hår och bättrade på läppglansen. Väl medveten om att hennes utseende var lika mycket glädje som förbannelse såg hon alltid till att hålla sig så vacker som möjligt. Även om hon inte kunde använda sitt utseende med samma makt som tidigare så njöt hon ändock av att åtminstone förvrida huvudet på sin make. Inte ens fyllda trettio skulle de flesta säga att hennes liv knappt hade börjat, men i hennes fall kändes det som om hon levt minst två liv redan. Hon rättade till sin vita åtsittande klänning som smet åt perfekt runt hennes vältränade kurvor – gravidmagar hade suddats ut så nära inpå födseln det varit möjligt. Med tanke på att hon både var ung och vältränad innan så hade det inte tagit speciellt lång tid att komma tillbaka i toppform.

Hon greppade sin väska och lämnade toaletten – och tvärstannade utanför med uppspärrade ögon och ett hjärta som hoppade över åtminstone två slag.

"Eddie–" Det var bara en flämtning, knappt ett uttalat ord. Handen som höll i väskan darrade och benen ville vika sig under henne. Det var så många känslor som färdades genom hennes kropp och de alla samlades i två som var som mest påtagliga: kärlek och rädsla.

Eddie var lika chockad som hon. Han bara stod där och tittade på henne med ett ansiktsuttryck som visade att hon var den sista människa han hade väntat sig att träffa.

Och han var så fin; ljusa jeans, vit t-shirt och en fräsch solbränna att matcha till hans sammetsbruna ögon och det mörka håret. Han hade inte förändrats något – han var fortfarande *hennes* Eddie. Det var som om tiden stått stilla, alla känslor bubblade upp till ytan, all sorg, all kärlek, all åtrå – och såret som hade bränts i hennes kropp när han tagits ifrån henne slets upp igen. Hennes ögon fylldes av tårar och mot allt bättre vetande kastade hon sig om hans hals och lät sina läppar möta hans. Han kan ha tvekat en sekund, men sedan kände hon hans starka armar sluta sig runt hennes kropp och hans läppar pressades desperat mot hennes. Han luktade så gott, rent och manligt, precis som hon mindes honom, och hans läppar var så mjuka. Han pressade henne så hårt mot sin kropp att hon knappt kunde andas och hon kysste honom som om hon var nära svält. Han tryckte upp henne mot den mörka väggen bredvid toalettdörren utan att släppa hennes läppar och lät händerna smeka sidorna av hennes kropp. Hon drog in fingrarna i hans hår och lät sin tunga möta hans.

Då hon så uppenbart saknade konsekvenstänkande blev Martika hennes. Hon hade undrat varför Petra tog sådan tid på sig och gick ner för trappan, där toaletterna fanns, för att se efter. Det fanns inte något i denna värld som hade kunnat förbereda henne på det hon såg. Först registrerade hennes hjärna bara att det var ett par som hånglade väldigt oblygt mot väggen, sen tyckte hon sig känna igen det mörka hårsvallet, den vita klänningen och den blå väskan som låg slarvigt slängd på golvet. När hon kommit så långt som att förstå att det faktiskt *var* hennes vän som blev upphånglad mot väggen blev nästa fas att inse att det inte var Marc Discenza mittemot henne. Att komma fram till den stora förståelsen vad detta betydde tog någon bråkdels sekund till. Hennes kropp frös till is och katastroftänket tändes till en enorm eld i hennes hjärna.

"Petra. Vad i helvete." Då hon inte kunde skrika blev hennes röst bara en vass väsning. Men det var tillräckligt för att hångelteamet skulle stanna upp. När mannen släppte taget och vände sig mot Martika stannade hela världen. Hon drog häftigt efter andan och stirrade chockat på honom. Insikten vad detta betydde om det upptäcktes spreds som pesten i hennes kropp.

Petras armar gled kraftlöst ner längs hennes sidor och hon var tvungen att luta sig mot väggen för att inte ramla. Hon tittade på sin vän med glansiga ögon och svullna läppar. Hennes hår var rufsigt och hennes klänning hade åkt upp blottandes alltför mycket av de välsvarvade låren. Med någon sorts komisk tanke, långt under all katastrof som exploderade i hennes hjärna, så insåg Martika att Petra såg ut exakt som den Petra hon vuxit upp med; det här var den typiska party-Petra. Det högg till i Martikas hjärta innan hon samlade sig och i stället kände sig blodlös av skräck igen. "Är ni helt från vettet?" flämtade hon. Hon kastade en paranoid blick uppför trappan. "Är ni verkligen helt från vettet?"

Just då kom en tjej och två killar ner för trappan. De tittade frågande på samlingen och Martika vinkade dem vidare som en gest att de inte stod i kö. De försvann snabbt in på toaletterna.

Vid det laget hade Eddie hunnit samla sig en aning. "Hrm, Martika. Det var länge sedan." Han tittade därefter på Petra med en blick som delade Martikas hjärta itu. Allt det här var så fel på så många olika plan. Inget av det här var rätt. Det blev för ett ögonblick helt tyst. Martika undrade paranoid vad mer som fanns på undervåningen. Det verkade dock bara vara toaletter och förråd. Hon tittade upp för trappan en gång i sekunden i rädsla att se någon som kände dem. Och de var många i det här området – för många.

Petra rätade på sig och tog ett steg fram till Eddie. Hon sträckte ut sin hand och han fattade den i sin. "Jag är så ledsen", viskade hon. "Så ledsen att det blev som det blev."

"Jag vet. Jag förstår. Jag fick ditt brev." Han tryckte hennes hand hårt, som om han aldrig ville släppa den igen. Det fanns så mycket att säga och ingen tid.

"Petra, om vi–" Martika tystnade när killarnas toalettdörr öppnades och de kom ut. De ställde sig sedan och väntade på tjejen. Det uppstod några sjuka sekunder där ingen hade något att säga; två personer tittade på varandra, en på trappen och två på toalettdörren. När tjejen äntligen gjorde entré och de försvann uppför trappan fortsatte Martika. "Om vi står kvar här så är vi alla tre körda inom en snar framtid. Petra–" Hon tittade desperat bedjande på sin vän. "– du vet vad jag menar. Var inte dumdristig."

Petra tittade ner i golvet och tog samtidigt ett djupt andetag. Hon höll fortfarande Eddie i handen. "Hon har rätt, Eddie. Jag måste gå." Hon mötte hans varma blick och kände hur hjärtat snurrade ett smärtsamt varv i hennes bröst.

Hon drog sakta handen ur hans och lade armarna runt hans hals för att ge honom en sista kram. Han slöt sina armar runt henne och tryckte henne hårt mot sin kropp; han söp in hennes lukt som för att spara den inom sig. Det kändes som om hans kropp skulle gå sönder av smärta. Han älskade henne innerligt. Hans Petra – som hade stulits från honom.

Martika såg sig nervöst om, kollade uppför trappan och letade efter övervakningskameror eller vad fan som helst som kunde bli deras undergång. "Petra, vi måste verkligen gå."

De släppte varandra och Martika tog Petras hand i sin för att dra henne med sig – med våld om det krävdes.

"Vänta. Ta det här." Eddie räckte Petra ett visitkort och Petra slöt sin hand runt den tunna glansiga kartongbiten. Deras fingrar snuddade varmt varandras innan han släppte taget.

"Petra, gör det inte. Lämna det", bad Martika förtvivlat. Men Petra lade visitkortet i sin väska och kastade en sista blick på Eddie innan Martika drog med henne uppför trappan.

Kapitel fem

Martika drog Petra med sig till närmsta park där de satte sig på en vit träbänk så långt från alla människor som möjligt.

Hon såg sig om hela tiden precis som om de var bankrånare med polisen hack i häl. "Okej, vi måste prata om vad som just hände." Hon vred sig mot Petra och noterade med ett sting i hjärtat att tårarna strömmade ner för vännens kinder. "Åh, Petra", suckade hon och omfamnade henne.

Petra grät mot Martikas axel, vätte ner hela den med sina salta tårar – och fick Martika att gråta med. De satt så en stund, Martika med handen strykandes tröstande över Petras rygg och Petra snyftande mot hennes axel. Hon insåg att Petra aldrig hade gråtit framför henne under de sju år som hade gått sedan hon gift sig med Marc Discenza. Hon hade inte gråtit när hon berättat för Martika om Eddie; hon hade inte gråtit när hon fått veta vad hennes pappa hade gjort mot henne; hon hade inte heller gråtit när Marc Discenza satte i gång sin kalla behandling av henne och klargjorde hur hennes framtid skulle se ut.

Insikten gjorde ont i Martika. Petra hade burit på alla dessa sorger själv medan hennes omgivning haft fullt upp med att skörda frukterna Marc Discenza sådde. Det var Petra som var tvungen att leva som en fågel i en gyllene bur, inte någon av dem – även om de alla drabbades av att hon inte var helt fri.

Löven i trädkronorna ovan dem prasslade i vinden, precis som om de applåderade Martikas insikt. Hon suckade djupt och fattade Petras händer i sina. Hon tittade medlidsamt på hennes rödgråtna uppenbarelse och torkade bort hennes tårar med sina fingertoppar.

"Åh, Petra", sa hon igen och skakade på huvudet.

"Martika, jag älskar honom", sa Petra lågt. "Jag har alltid älskat honom."

"Petra lyssna på mig noga. Jag förstår vad du säger och jag förstår vad du känner. Men ärligt, inser du vad som kommer hända om du ens funderar en sekund på att kontakta honom eller träffa honom?"

"Jag var med Eddie först. Det var Marc som tog mig från honom, inte tvärtom."

"Mm, men nu försöker du använda logik igen. Du kan inte applicera logiskt tänkande på Marc Discenza. Han såg dig, han ville ha dig och han tar vad han vill ha. Vad tänker du göra, lämna honom eller?"

"Det vet du att jag inte kan." Petra höll Martikas ena hand hårt i sina och tittade ner.

"Så? Du planerar väl inte att träffa honom?"

"Tänk om det här är ödet, Martika? Jag menar, vad gör Eddie ens i Chicago? Det kanske var meningen att vi skulle träffas."

Martika bara skakade på huvudet. "Om det finns en mening med att ni ska träffas så är det bara för att ditt öde är att dö. Minns vem du är gift med, Petra. Eller har du glömt det helt plötsligt?"

"Nej."

"Tänk på Angelina, Cassandra och Colin – och Marc. Vad känner du för honom egentligen? Älskar du inte honom alls?"

Petra tittade tyst på Martika. Hennes ansikte avslöjade de tusentals känslor och den förvirring som stormade inom henne. "Jag vet inte. Det är klart jag har känslor för honom. Men de är så paradoxala. Jag vet knappt vad de betyder.

Marc är storm och Eddie är kärlek. Men jag älskar mina barn över allt annat."

"Jag är rädd för att du känner så starkt för Eddie för att du knappt hann vara med honom. Jag är rädd att han är som en symbol för den frihet du förlorade; att det inte handlar om honom utan ditt förra liv."

"Kanske."

"Petra, ge mig kortet så kastar vi det i soporna här. Du vill inte riskera att Marc hittar det och du vill inte heller sätta dig i situationen att använda det."

Hon visste att Martika hade rätt, men hon kunde inte tänka klart. Mötet med Eddie hade skakat om hela hennes värld. Hon kände för att söka upp honom på en gång; äta middag och ta igen allt de hade förlorat, och sedan fortsätta att vara med honom – se vart livet förde henne och ta vid där hon varit innan Marc Discenza tvingat sig in i bilden.

"Jag kan inte, Martika. Jag måste tänka över det här."

Martika bet ihop käkarna hårt – känslan när man visste att en katastrof var i antågande och att den enda personen som kunde se till att den katastrofen inte inträffade var instabil och riskerade att gå åt fel håll, och om det skedde så skulle halva världen falla med henne.

"Petra, du inser väl vad du riskerar?"

Petra nickade, men hennes ögon befann sig i fjärran.

"Alltså, du inser det på riktigt? För helt ärligt så skulle din man röra upp hela jävla världen enbart för det som redan har hänt. Men, Petra, om du tar kontakt med Eddie och gör något ännu värre... det kommer inte förbli en hemlighet, jag vet det. Han kommer få veta det på ena eller andra sättet, och när han får det så kommer han bli så galen att han gör något riktigt illa mot dig."

Petra nickade tyst. Hon hade precis bestämt sig för att träffa Eddie, men hon skulle inte betunga sin vän med sitt beslut.

Den kvällen och den kommande dagen sysslade Petra med en hel del tankeverksamhet och många överväganden, men hon återkom hela tiden till sitt första beslut.

Även om hon var beroende av Marc Discenza vid det här laget, och inte riktigt kunde se sitt liv utan honom, så konstaterade hon även att hon älskade Eddie Warlock.

Och hon var tvungen att träffa honom.

Trots att varenda cell i hennes kropp skvallrade om hur farligt detta beslut var.

Andersonville, en svensk stadsdel i Chicago – även om den i dagens läge praktiskt taget var tömd på svenskar – blev platsen för Petra att stämma den ödesdigra träffen med Eddie Warlock. Marc hade aldrig visat något intresse av att besöka den stadsdelen och inte heller någon av hans associerade.

Området hade fortfarande svenska butiker och restauranger och varje år gick en stor midsommarfest av stapeln.

Petra vandrade mot det vackra äldre vinröda huset som restaurangen låg i. Hon var så nervös. Bara att få till telefonsamtalet med Eddie hade varit en utmaning. Hon hade väntat till hon var helt ensam, och ironiskt var den enda gången hon var det i Discenzaresidensen. Det hade bara varit hon och tjänstefolket hemma och hon hade för säkerhets skull gått ut ur huset för att ringa. Paranoid som hon rätteligen kände sig vågade hon inte ringa inomhus ifall det fanns någon sorts avlyssningsutrustning riggad där, eller bara nyfikna ögon. Gudarna ska veta att Discenzaresidensen var mer övervakad än Vita huset och Rosenbad tillsammans.

Hennes fingrar hade skakat när hon slagit numret till Eddie; hon hade memorerat det noga och spolat ner de små strimlorna av papper, som hon hade förvandlat hans visitkort till, i toalettstolen.

Ja, hon var helt medveten om att Marc på något sätt kunde övervaka hennes samtal eller ha för vana att gå igenom hennes telefonregister, men hon tog risken och hoppades att de år de tillbringat tillsammans hade avväpnat honom en aning.

Hon hade bara snabbt viskat fram att hon inte kunde prata men att han skulle möta henne på nämnd plats och nämnd tid dagen därpå. Han hade svarat ett snabbt, ja, och sedan hade hon lagt på luren.

Då Frances fortfarande var kvar i residensen kunde Petra njuta av stunder utan sina livvakter och eftersom hennes äventyr inträffade under dagen så yppade inte Marc någon protest när hon gav sig i väg.

Det allra värsta var att han hade rätt, hon var på väg att göra precis det han fruktade allra mest och hans paranoia gällande henne var därav berättigad. Men i rättvisans namn hade han vetat vem hon var, och vad hon gick för, redan när de träffades. Hon hade trots allt varnat honom vid flertalet tillfällen.

Hon räckte hovmästaren sin vita kappa och hoppades att han inte skulle känna igen henne – hon var trots allt gift med en av de mest välkända männen i hela Chicago. Han tittade uppskattande på henne och den dyra svarta klänningen hon bar men visade inte något tecken på att känna igen henne.

Jag visar vägen, mrs Myles", log han.

"Miss", kunde inte Petra låta bli att rätta honom bara för att ge honom den lilla glimten av hopp.

"*Miss* Myles", flinade hovmästaren med rodnande kinder.

Dessa män, så lätta att förvrida huvudena på.

Restaurangen var gemytlig och hemtrevlig med robust träinredning och dämpad belysning; svag stråkmusik flödade från osynliga högtalare. Det var ingen stor restaurang och hälften av borden var upptagna med ett klientel utanför hennes umgängeskrets. Det fick henne att andas ut en aning.

Och där var han – *hennes* Eddie.

Hennes hjärta tog ett skutt i bröstet och hon drog efter andan när han reste sig upp med just det leendet som fick hennes värld att kännas komplett.

Hovmästaren lämnade dem och Eddie slöt henne i sin varma famn.

"Petra–"

"Jag har saknat dig–" Hon lutade kinden mot hans vita t-shirt och andades in den bekanta doften av hans hud. Hennes ögon fylldes åter igen av tårar och hon tryckte honom tätt intill sig medan han smekte hennes rygg.

"Du är så vacker", mumlade han mot hennes hår innan han släppte henne och höll henne på armlängds avstånd.

Hon log mot honom med en värme som ingen man, som inte delade hennes blod, hade fått uppleva. Hon satte sig ner på den mjuka stolsdynan och lät Eddie följa hennes exempel. Han fattade hennes händer över bordet och lät dem vila tätt hopflätade mot det oljade träet. Hans varma hud skickade underbara pirrningar in i hennes fingrar. Tusen ord utbyttes i tystnaden som följde.

En servitör var snabbt på plats för att ge dem menyer och försvann lika fort igen.

Petra såg sig diskret om i den stora lokalen för att åter igen säkerställa att inte några bekanta ansikten fanns att skåda.

”Är du rädd?”

Hon drog efter andan och nickade. ”Livrädd.”

”Vi beställer, sen vill jag veta allt.” Han tittade allvarligt på henne och hon nickade igen.

Hon fick Eddie att testa köttbullar med brunsås och lingonsylt, och medan han beställde åt dem båda studerade hon honom med ett hjärta som värkte av kärlek. Det var som om hon varit ute på en lång resa och äntligen hade kommit hem igen.

Hon hade kommit hem, men nyckeln var utbytt och hon kunde inte bo kvar.

Hon återgav precis allt för Eddie som hade hänt de sista dagarna i deras förhållande och medan hon berättade började världen att snurra snabbt runt henne. Hon slöt ögonen och andades koncentrerat. Först nu, när hon berättade sin historia för den man hon så brutalt hade slitits ifrån började hon själv inse vidden av det hon varit med om. Någonstans på vägen hade hon likt en kameleont ändrat färg för att passa in i omgivningen men nu tappade hon den igen. Sanningen var att hon hade blivit utpressad, kidnappad, sviken och tvångsgift.

Först när hon tystnade kände hon att Eddie kramade hennes ena hand smärtsamt hårt; hans käkar var sammanpressade och blicken mörk. ”Din egen familj gick bakom din rygg”, sa han ilsket. ”Du tvingades in i ett äktenskap mot din vilja. Petra–”

”Min pappa hade inte något val. Marc hade förstört honom. Tro mig att det har tagit många år för mig att inse och acceptera hur omöjlig hans situation var.” Hon berättade dock inte att han oavsett varit helt för giftermålet.

”Jag hade verkligen ingen aning. Av alla tänkbara scenarier hade jag aldrig gissat detta. Jag är så ledsen, Petra

– så ledsen. Jag dömde dig och hatade dig. Jag trodde att du gick bakom min rygg."

"Men du läste ju mitt brev. Jag förklarade allt."

"Jo, men jag trodde dig inte helt. Jag trodde att du delvis ville svära dig fri från skuld och att du överdrev eller undanhöll vissa saker. Även om jag samtidigt var fullt medveten om att något var konstigt – jag menar hur många män söker upp en kvinnas pojkvän och hotar honom till livet? Men jag trodde ändå att du i slutändan själv valde honom."

"Men har inte Set berättat?"

Han skrattade avmätt och höjde frågande på ögonbrynen. "Set? Vi har inte kontakt med varandra och har inte haft på flera år. Vem tror du ligger bakom det?" Han skakade bittert på huvudet och rös i hela kroppen. Det var så mycket hon inte kände till.

"Min närmsta vän. Jag borde dock ha insett att inte det heller var normalt. Jag önskar din man allt ont"

Petra skrattade avmätt; de hade knappt rört maten. "Han är far till mina barn, Eddie. Hur mycket jag än vill hata honom så gör jag inte det. Han behandlar mig bra och jag lever generellt ett bra liv – instängd i en bur."

Eddie tog sin gaffel och högg en köttbulle, täckt av lyxig gräddsås, och doppade den sedan våldsamt i lingonsylten innan han stoppade den i munnen. Han tuggade sedan fundersamt. "Hm, intressant", sa han kort och fick henne att skratta hjärtligt.

"Du menar fantastiskt gott?" blinkade hon.

Han höjde roat på ett ögonbryn och tittade sedan ömt på henne. "Han förstörde mitt liv när han tog dig från mig, Petra. Jag älskade dig över allt annat och ville spendera mitt liv med dig. Han tog dig bara. Du är min. Du har alltid varit min, och han sa till mig att du var hans. Förstår du hur jag kände det? Han satt i *mitt* vardagsrum och sa att jag inte kan ge dig det du behöver, att du var lovad till *honom*. Det är så obeskrivligt sjukt. De hotade att besöka min syster om jag inte lämnade dig. Vet du hur många gånger jag har gått igenom den scenen i mitt huvud och önskat att jag handlat annorlunda?"

Hon lade handen på hans och tittade in i hans sammetsbruna ögon. "Eddie, du hade inte kunnat göra på något annat sätt. Jag har sett vad han går för på nära håll. Hans hotelser är inte tomma ord. Om han vill göra sig av med en person så gör han det. Du gjorde rätt som backade."

"Men det är förnedrande, Petra. Jag kunde inte skydda min egen flickvän."

"Det är inte förnedrande att göra det enda vettiga. Min pappa kunde inte skydda mig trots alla pengar han har, min bror kunde inte skydda mig och inte mina vänner heller."

"Jag försökte gå vidare och jag levde med en kvinna i tre år. Hon var fantastisk. Men jag kunde inte känna för henne som jag gjorde för dig."

Hon försökte att kväva svartsjukan som exploderade i hennes kropp – hon kunde inte missunna honom lycka. Men hon ville.

"Är du singel nu? Har du barn?" tvingade hon sig själv att fråga.

Han nickade och skakade på huvudet och hon kände egoistisk lycka över detta, hur grymt det än var av henne.

"Och nu sitter vi båda här och riskerar våra liv genom att träffas. Det är galenskap." Hon skakade på huvudet.

"Vad skulle han göra?"

"Jag vet inte. Men jag är säker på att våra liv skulle bli en mardröm."

"Lova mig att han inte behandlar dig illa."

Hon skakade på huvudet och tittade ner i sin tallrik. "Inte egentligen. Men han låser mig inne, och jag får inte umgås med någon som han inte godkänner."

Han slöt sin hand runt hennes haka och förde hennes ansikte uppåt så deras blickar möttes. "Petra, tror du att vi hade varit ett par nu om det här inte hade hänt?"

Hon tittade in i hans varma ögon och lät blicken fortsätta över hans vackra ansikte – ett ansikte som var förknippat med lycka. "Det enda jag kan säga är att jag aldrig tidigare har känt för någon det jag känner för dig. Hur långt det hade räckt kan jag inte svara på. Men jag älskar dig, Eddie. Det har jag alltid gjort." Hon mindes med längtansfull smärta det sorglösa liv hon delat med honom i Washington – så mycket glädje, så mycket kärlek.

Han lät tummen glida över hennes läppar och startade en obarmhärtig kemisk reaktion i henne. Hon drog överraskat efter andan och tittade på honom med längtan i blicken.

"Jag vill ha dig, Petra, på alla sätt. Tror du att vi kan rymma tillsammans?"

Hon skakade på huvudet. "Nej. Det är den här gången och aldrig mer, Eddie. Jag kommer vara med Marc Discenza tills någon av oss dör, det finns ingen annan väg."

Eddies ögon mörknade och han samlade sig för ett ögonblick. "Jag förstår, även om jag absolut inte vill göra det. Men jag vill inte att du ska bli skadad."

"Hur lång tid är du här?"

"Jag skulle ha åkt idag men sköt upp resan till imorgon eftersom jag ville träffa dig."

Hon log mot honom och fick hela hans kropp att mjukna.

"Vad gör du ens här? Intressant nog har jag inte ens kommit så långt som till att fråga." skrattade hon. "Förlåt."

"Jag har öppnat ett gym här. Det är inte jag som driver det, men jag är här och ser över mina affärer. Petra, det går riktigt bra för mig. Jag har öppnat gym på flera platser i fyra olika delstater nu och jag fortsätter att expandera. Jag vet att dina föräldrar inte ansåg mig vara tillräckligt bra för dig, men nu tror jag inte att de skulle ha några problem."

"Du var alltid tillräckligt bra i mina ögon och det är det enda som räknas."

"Petra…, han tvekade ett tag innan han fortsatte, "vill du följa med till mitt hotellrum?"

Konsekvenstänkandet låg redan på noll och Petra nickade tyst. Det fanns ingen annan väg, hon måste få känna honom i sig en sista gång, ge dem det avsked de aldrig fick.

Fastän varningsklockorna hämtade förstärkning slog hon dövörat till och åkte i taxin med Eddie till hans hotell. Väl där inne behövde de bara titta på varandra i några sekunder för att låta begäret ta överhanden; de tog av varandra kläderna på väg till sängen och kastade dem överallt medan deras läppar åt varandras kroppar. Hans varma hud brann mot hennes när han slöt henne i sina starka armar; den välbekanta doften av honom gjorde henne våt av begär. Hon förde ner sin hand mellan dem och masserade hans hårda mandom – han kysste hungrigt hennes hals, ansikte och läppar samtidigt som hans fingrar utförde magi mellan hennes ben. Med hans tunga kropp över sin slöt hon sina ben runt hans höfter och lät honom köra sin hårda mandom till botten av hennes inre. De gned varandras kroppar; tryckte sig in i varandra i ren desperation; åt av varandra som två hungriga djur i en högljudd älskog. Deras läppar lämnade knappt varandras i den svettiga omfamningen; hon kunde älska med honom i evigheter utan att få nog.

Under de timmar som följde älskade de gång på gång trots att deras krafter tog slut och trots att hon var brinnande öm. Men då hon visste att det här var den sista gången hon träffade honom så klamrade hon sig fast vid honom som om han var livet självt.

Efter ett tårfyllt avsked, alldeles för sent på eftermiddagen, lämnades Petra ensam i en taxi med sina tankar. Hon hade kramat honom i en evighet och insupit hans doft som för att lagra den i sitt minne. Det var svårt att låta honom gå ytterligare en gång – och med honom allt som varit hennes liv.

Hon hade varit otrogen mot sin man som hon trots allt hade känslor för; hon hade svikit sina barn genom att svika deras pappa – och hon hade svikit hela sin familj. Och nu, när den galna attraktionen hade lagt sig och den nyktra verkligheten trängde sig på, så hade hon, rent ut sagt, så jävla mycket ångest.

Hade det varit värt det? Det kunde hon inte svara på. Men något hon visste med all säkerhet var att någon skulle få sätta sitt liv till om detta kom ut. Hon kunde inte ens berätta det för Martika.

Vad har jag gjort? Hennes hjärta hamrade av tärande skuld i bröstet och hon slöt ögonen för att stänga verkligheten ute.

Den kvällen kramade hon om sina barn extra hårt när hon lade dem och hon suddade bort alla spår av ångest från sitt ansikte innan hon träffade sin man. Det kändes som om hon skulle gå sönder under hans utforskande blick när han frågade hur hennes dag varit, och hon var under stor ansträngning tvungen att dölja hur öm hon var den kvällen när han tryckte in sin stora mandom i henne och tog hennes kropp tillbaka från hennes älskare.

Samtidigt som hon skrek av njutning till orgasmen han gav henne städade hon undan alla minnen av Eddie Warlock och låste omsorgsfullt.

Kapitel sex

De följande två månaderna återgick Petra till att bli den perfekta mrs Discenza igen. Den ångest hon kände över det hon hade gjort mot sin familj fick henne att ge både Marc och barnen mer kärlek än hon någonsin gjort, och i denna röra insåg hon att hon faktiskt ändock var relativt lycklig med sitt liv. Möjligtvis hade Martika haft rätt när hon uppgivit att Petra bara klamrade sig fast vid minnet av Eddie för att hon inte lämnat honom frivilligt och för att hon i samma veva blivit fråntagen sin frihet. Medan veckorna gick försvann ångesten med dem och ersattes med insikten att hon var där det var menat att hon skulle vara: med Marc Discenza, oavsett hur hon hade hamnat hos honom.

Därför var det extra tragiskt när den ödesdigra middagen ägde rum i Discenzaresidensen nio veckor efter hennes möte med Eddie.

Just den här kvällen var både Hank och Luca med vid middagen – de skulle jobba med Marc efter – liksom Angelina, Cassandra och Colin. Colin var så självklar hos dem nu att ingen längre reflekterade över att han inte var Petra och Marcs biologiska barn. Och han spelade sin roll som flickornas bror som en expert; Marc hade tidigt lärt honom vad som förväntades av en bror i en italiensk familj – och specifikt en bror i familjen Discenza.

De småpratade om den kommande semesterresan till Australien; familjen skulle vara borta i två veckor och bara slappna av ihop. Petra såg fram emot det. Cassandra var mest exalterad över att träffa kängurur medan Colin och Angelina inbillade sig att de skulle surfa på de höga vågorna som proffs.

"Mrs Discenza, vill du ha lite mer kyckling?" frågade
Denise med ett leende när hon klev in i den stora salongen.
Hon bar på en silverbricka med påfyllning till de skålar som
redan stod på bordet.

"Nej tack, Denise, det är bra för mig", log Petra.

"Jag vill gärna ha mer", sa Hank och lyfte på sitt ärrade
ansikte. Denise serverade Hank med ett litet flin. Det var
praktiskt taget allmänt känt att Hank och Denise hade ett
förhållande; nu väntade alla, inklusive Denise, på att Hank
skulle göra det officiellt.

"Jag kan också ta lite till", sa Luca med sin mörka lena
röst och höll upp tallriken medan Denise lade upp mat på
den.

"Sen måste vi åka", sa Marc understrykande och avböjde
påfyllning.

Denise fyllde på skålarna på bordet och var precis på väg
ut med brickan när hon stannade till.

"Ja, jag höll ju nästan på att glömma! Petra, min kusin
tyckte det var så trevligt att du gjorde ett besök på hans
restaurang i Andersonville för två månader sedan. Jag har
helt glömt bort att säga det till dig, men jag pratade med
honom för någon vecka sedan och han sa att han hade
serverat dig och den där mörkhåriga mannen den
eftermiddagen. Han kände sig väldigt hedrad över att du
gjorde ett besök på hans enkla restaurang. Sen hade han
väldigt roligt åt ditt alias, *miss Myles*, eftersom han gott och
väl visste vem du var", skrattade hon. "Men han antog att
du inte ville få någon uppmärksamhet med tanke på hur
välkänd du är här i Chicago." Hon var precis på väg att säga
något mer men tystnade när hon såg hur vit Petra blivit i
ansiktet. "Mrs Discenza... har jag sagt något fel?"

Ding dång slog dödsklockan.

Det blev helt tyst i rummet; till och med barnen stannade upp i sitt tjattrande och tittade upp på de vuxna. En fruktansvärd iskyla av skräck intog Petras kropp; händerna blev fuktiga och halsen torr; hjärtat dunkade stenhårt och det enda hon kunde se för några sekunder var dimma. Det kan inte ha gått mer än en sekund. Petra mötte först Lucas tomma blick som stirrade frågande på henne; hon såg hur Hank lade ner sina bestick och vände det ärrade ansiktet mot henne. Hon hade aldrig, sedan hon lärt känna Hank, ansett hans ansikte som skrämmande, men nu gjorde hon det. Hon var så överraskad av Denises uttalande att hon inte lyckades se ut som att det hon sagt handlade om en fullständigt oskyldig händelse. Hon hade inte förberett sig på ett sådant här scenario och nu kunde alla se på henne hur det låg till: att hon var skyldig som synden.

Hon släppte sakta ner sina bestick, som landade med ett ljudligt klirr mot det vita porslinet, när hon mötte Marcs iskalla blick – i den fanns hennes dödsdom – hans käkar spändes och de starka händerna knöts så hårt att hans knogar vitnade och stack ut som hotfulla vapen.

Petra var fullt medveten om att det handlade om sekunder; hon hade bara en chans och hon satt närmast dörren. Hon kastade sig upp från stolen som välte med ett tungt brak bakom henne och på väg mot dörren knuffade hon undan den förskräckta Denise och såg i ögonvrån hur Hank, som var närmast Petra, drog bak sin stol och gav sig efter henne. Hon hann inte titta, men visste att även Luca och Marc hade rest på sig, och hon sprang – *som* hon sprang. Hennes egen snabba andhämtning var det enda som susade i hennes öron, adrenalinet pumpade som ett helt maskineri när hon slängde sig genom försalen och ut i hallen. Hon halkade nästan på det blankpolerade hallgolvet och drog ner ett bord på vägen som farthinder för Hank som flåsade henne i nacken. Hon tackade sin lyckliga stjärna för alla spinning pass och att hennes handväska var slängd på ett bord nära ytterdörren. Hon kastade sig ut genom de tunga dubbeldörrarna med handväskans rem kring handen och fintade Hank genom att slänga sig åt sidan ner för bron; han tappade tack vare det taget som han tänkt ta om hennes arm. Petra höll på att tappa balansen när hon hoppade ner från bron men återfick den, och sprang sedan snabbare än vad hon någonsin sprungit tidigare. Hon hörde samtidigt hur de andra började knappa in på henne.

"Tappa henne inte, Hank!" hördes Marcs röst, kall och andfådd i bakgrunden. "Luca, ta andra hållet!"

Efter att ha tagit sig den långa sträckan genom framsidans trädgård, med de andra flåsande i nacken, kastade hon sig ut genom grinden till deras ägor. Hon visste inte längre hur många som jagade henne och hade inte heller tid att se sig om för att bli varse. Halsen sved, det kändes som om hon inte fick luft längre. Hon var rädd att hon skulle snubbla i de nätta ballerinaskorna hon hade på sig men kunde inte heller stanna och kasta av sig dem. Människor vände sig om där hon sprang, stannade längs vägen och tittade på henne och Petra hoppades innerligt att ingen skulle hinna känna igen henne. Hon kunde vara tacksam att de flesta inte stoppade en kvinna som blev jagad av män, och med alla krafter hon kunde uppbringa fortsatte hon att springa. Hon kryssade mellan bilar och rödljus, hoppade mellan människor och byggnader och undrade samtidigt om någon av Marcs män, eller han själv, närmade sig henne utan hennes vetskap. Hon var livrädd att Luca eller Marc skulle genskjuta henne någonstans på vägen då hon var väl medveten om att Luca inte följt henne i samma riktning som Hank.

"Petra! Ge upp!" flåsade Hank alltför nära. "Du vet att vi kommer få tag på dig till slut." Hans ord fick henne att springa än snabbare och hon hoppades att hennes lätta kropp skulle orka längre än Hanks tunga. Tårarna rann och bröstet värkte så hon trodde att det skulle sprängas. Hon fick inte stanna nu. Fick inte. Ödet som väntade henne om hon inte orkade var långt värre än det här.

Hennes ben sprängde och mjölksyran hotade men hon fortsatte envist sicksacka fram och byta väg för att förvilla hennes förföljare. Hon hade fortfarande ingen aning om hur nära Hank var. Det enda hon visste med all säkerhet var att han inte var tillräckligt nära än.

När hon nådde ett stort grönområde i en lummig park började hon att sakta ner en aning. Hon dök in i en liten träddunge och sjönk utmattat ner på knä i den fuktiga jorden. Hon andades så fort att hon höll på att kräkas, tårarna rann och halsen var som sandpapper. Hon snyftade tyst och lutade pannan mot den svala marken, den luktade starkt av jord och växtlighet. Hon försökte att vara så tyst som möjligt trots att det var helt omöjligt, hon hade knappt någon luft i lungorna.

Hon kom med ens att tänka på sin mobiltelefon och hur lätt det skulle vara att avslöja hennes plats bara genom att ringa den eller spåra den på kartan. Hon öppnade vimmelkantigt den svarta väskan med darrande fingrar och trevade efter mobilen – med ett snabbt knapptryck var den avstängd. Hon var tvungen att bita sig själv i handen för att inte gråta hysteriskt och hoppades att ingen hade sett henne springa in bland träden då detta verkade vara en populär park. Hon hade bott här i hela sju år men inte haft någon möjlighet att lära sig om omgivningen. Eftersom Marc ständigt oroade sig för hennes säkerhet åkte hon bil överallt.

Hon rörde sig längre in i träddungen och försökte att se något genom den täta vegetationen. Det fanns människor lite här och var; ett gäng ungdomar hade ställt upp en högtalare som spydde ur sig rockmusik, de spelade fotboll och lyckades få omgivningen att pressas åt sidorna. Det fanns mammor med barn spridda här och där samt diverse par och kompisgäng. Tack och lov fanns ingen i hennes direkta närhet för att ställa nyfikna frågor om vad hon sysslade med.

Det verkade som om hon för tillfället hade lyckats komma undan, men hon kunde inte lämna det här området på lång tid; Marc skulle säkerligen finkamma omgivningarna innan han tog någon som helst paus i letandet.

Tiden gick och marken började bli kall, det var inte mer än 15 plusgrader ute och hon önskade att hon haft en jacka att sitta på. Törsten började att bli outhärdlig och i den närmsta framtiden skulle hon inte ha någon möjlighet att hämta vatten någonstans.

Vad skulle hon göra nu? Visst, hon hade kommit undan just nu, men sen då? Skulle hon fly från Marc hela livet? Vem skulle gömma henne? Var skulle hon få pengar ifrån?

Katastroflarmet ljöd fortfarande i hennes huvud och hindrade henne att inse till fullo vad som verkligen hade hänt och vad det skulle komma att betyda för hennes framtid. Var hon fri nu? – eller var hon mer fånge än någonsin?

Hon lutade sig mot en trädstam och drog upp knäna till hakan. Någonstans långt inne hade hon anat att hon skulle få betala för det hon gjort – att hon inte skulle komma så lätt undan som det verkat. Hon stirrade tomt framför sig, försökte reda ut de trassliga tankarna. Fåglarna kvittrade ovanför och ett milt sorl hördes från de människor som roade sig i parken.

Sedan var det Petra Discenza som gömde sig i ett buskage på flykt från sin man.

När Petra väl vågade lämna sitt gömställe frös hon så hon skakade. Hon hade suttit i över tre timmar på det kalla fuktiga gräset, och hon var så törstig att hon var beredd att dricka regnvatten direkt från marken. Hennes kropp kändes stel och onaturlig och chocken hade ännu inte lämnat henne. Människor tittade på henne där hon gick och hade antagligen svårt att placera henne i ett bekant fack; hon var för välklädd för att vara uteliggare men för smutsig och rufsig för att höra hemma i de dyra kläder hon bar.

Hon vinkade in en taxi vid *West North Avenue* och sa åt chauffören att köra henne till något billigt hotell som låg minst en halvtimme bort. Hon kunde inte riskera att synas på något ställe där både hon och Marc var välkända. Tacksamt noterade Petra att hon hade gott om kontanter i sin handväska, för hon var väl medveten om att Marc skulle spärra hennes kreditkort omgående.

Frågan var vad hon skulle göra när hennes pengar tog slut? Vem kunde hon ringa för att få pengar då? De flesta hon kände skulle bli uppsökta av Marc. Denises kusin stod garanterat högt på besökslistan och denna skulle bli tvungen att berätta allt han sett och tvingas visa film från övervakningskamerorna. Marc skulle bli varse hur hon hade gått bakom hans rygg och med vem. *Herregud, när han får se att det är Eddie kommer han tappa det helt.* Minnen från hur de kramat varandra och hållit varandras händer över bordet for genom hennes huvud och hon bet hårt ihop käkarna tills det kändes som om tänderna skulle falla i bitar. Han skulle få se allt och inse att hon var skyldig som synden. Det här var en katastrof på så många olika sätt. Hon hade inte varit ute efter att såra sin man på det här grymma viset.

För Marc att se de här filmerna skulle leda till misstankar om långt mer än vad som verkligen hade hänt. Han skulle tro att hon hade haft ett längre förhållande med Eddie –att de hade träffats flera gånger – även om det som skett var tillräckligt illa.

Och Eddie... hur skulle hon varna honom?

Det värkte i hennes kropp när hon tänkte på vad Marc skulle göra med honom. Han hade ingen aning om vad som väntade. Hon bet sig i läppen för att inte börja gråta. *Marc kommer döda honom – och jag kan inte ens varna honom så han kan fly.* Hon slöt ögonen och lutade huvudet mot nackstödet. Säg att hon bara drömde en mardröm, för den här verkligheten var för skrämmande att ta in.

Vad har jag gjort?

Fyrtio minuter senare släppte taxichauffören av Petra utanför ett billigt hotell. Hon hade ingen aning om vilken stadsdel hon befann sig i och hon slog tveksamt igen bildörren efter att hon betalat. Hon hade aldrig rört sig i sådana här områden i sitt liv utan enbart sett dem på film. Verkligheten var än mer skrämmande. Hon stod på en parkeringsplats som var mer än öde och utan belysning; det stod flertalet billiga bilar på den som skvallrade om ägare med ringa resurser. Bredvid parkeringen fanns en lång låg byggnad i plåt med avskavd färg som uppenbart bestod av små billiga hotellrum, och precis intill denna fanns en liten barackliknande byggnad med en blinkande neonskylt där det stod *Sleep in – Reception*. Knappt halva namnet var synligt då lamporna hade gått sönder. Hon gnisslade tänder av vämjelse. Det här var inte hennes typ av boende – men det var antingen det här eller helvetet.

Mannen i den slitna receptionen tittade ointresserat på henne när hon klev in genom glasdörrarna; han var överviktig och hade grå överkamning, han tuggade på en tandpetare när han pratade och längtade antagligen till stängningsdags. Det passade Petra alldeles utmärkt – ju mindre intresse av henne desto bättre.

Receptionen luktade unket och såg lika skabbig ut som utsidan skvallrade om. Den innehöll inte mer än en brun sliten trädisk och en soffgrupp i beigt tyg som sett sina bästa dagar. Det låg gamla tidningar slängda på det slitna träbordet tillsammans med en ledsen blomma och en överfull askkopp.

"Ett rum", sa hon trött. Hon hoppades innerligt att Marc inte skulle skicka ut någon efterlysning på den svarta marknaden så att receptionisten såg en möjlighet att tjäna extra pengar.

Han gled med blicken över Petras dyra klädsel och tittade sedan ifrågasättande på henne.

"Vi tillämpar förskottsbetalning", muttrade han och slängde fram en nyckel på den ljusa trädisken.

"Inga problem", sa Petra irriterat och slängde fram hundra dollar till honom. "Räcker det? Jag vill ha två flaskor vatten också", tillade hon och nickade mot kylen bakom honom.

Mannen rev åt sig pengarna och lade dem i sin ficka.

"Absolut. Köket är stängt. Om du vill ha något att äta får du gå till cafét här bredvid. Inget horande på rummet och inga droger."

Hon nickade bara och lämnade receptionen med den kalla nyckeln i sin ena hand och handväskan med vattenflaskorna i den andra.

Tre män och två kvinnor stod och hängde på parkeringen; de tittade nyfiket på Petra när hon passerade. Hennes hjärta slog hårt i bröstet när hon skyndade förbi dem. I sådana här områden kunde vad som helst hända. De här personerna trodde väl antagligen att hon var prostituerad, precis som äcklet i receptionen, med tanke på hennes klädsel och det område hon befann sig i. Bättre det än att de visste sanningen.

Nummer tjugosju. Petra insåg snart att hon skulle upp till nästa loftgång. Hon gick in genom den smutsiga glasdörren och tog trappan som gick på insidan; det stank sprit och urin i det kvava utrymmet. Hon höll andan och tog sig ut genom nästa skitiga glasdörr till nästa loftgång. Det här var rätt. Nummer tjugosju låg i mitten. Låset skulle behöva en smörjning, men hon fick upp det efter lite övertalning. Den unkna lukten slog emot henne så fort hon öppnade dörren. Hon rynkade gråtfärdigt på näsan och klev motvilligt in. Hon skyndade sig att låsa dörren efter sig och dra ner persiennerna. En dubbelsäng stod mot väggen i mitten av rummet med ett nattduksbord på sidan om i samma ljusa trä som sängen. På golvet låg en sliten ruggmatta och i ett hörn stod en gammal gungstol som Petra aldrig skulle våga sätta sig i. Hon ställde ner sin väska på gungstolen och önskade att hon hade haft något ombyte med sig; hon hade på sig en beige halvlång klänning med diverse jordfläckar. Ur sin väska fiskade hon upp en hårsnodd och gjorde en knut av sitt hår. Hon orkade inte ta en dusch den här kvällen men gick in i badrummet för att tvätta sitt svettiga ansikte och händerna.

Badrummet var såklart en besvikelse; grönt kakel på väggarna, ett gulnat badkar och ett tvättställ där packningen antagligen inte var bytt sedan grundandet av hotellet. Hon var glad över att åtminstone den flytande tvålen luktade gott. Hon bestämde sig dock för att rata den beigea handduken som hängde på en krok, säker på att den innehöll alla världens smittor, i stället tog hon pappersservetter och torkade ansikte och händer i. Efter att ha slängt dem i den en gång vita papperskorgen gick hon tillbaka till sovrummet. Det här var allt annat än vad hon var van vid; hon hade aldrig trott att hon under sin livstid skulle spendera en natt på ett så ofräscht ställe.

Hon lade sig tveksamt på det röda överkastet och satte på tv:n. Sängen doftade fukt, på gräns till mögel, den fick henne att känna sig pestsmittad, och tanken på att krypa ner med sin bara hud mot de här lakanen gav henne panik.

Hon zappade planlöst mellan kanalerna utan att egentligen se vad det var för program. Den tanke som hela tiden dök upp i hennes huvud var vad hon skulle ta sig till härnäst. Vad skulle hända vid en eventuell konfrontation med Marc? Hur såg framtiden ut nu? Var det helt omöjligt för henne att återvända till sitt hem och sina barn? Vad skulle hennes barn tro? Hur hade de reagerat när hon sprungit i väg med alla efter sig? Vad skulle hennes familj säga?

Stressen dunkade i hennes huvud. Det kändes som om hon sov och drömde. Hon önskade att hon gjorde. Det kunde inte vara sant att hon låg här på ett billigt hotell och precis hade raserat hela sitt liv för ett ligg – även om det varit med Eddie som hon avgudade. Hon ville slå sig själv men i stället grät hon hysteriskt.

Hur hon än vred och vände på sina tankar fanns det ingen bra lösning på problemet. Hon hade två val: antingen flydde hon för sitt liv och fortsatte att leva på det viset, *utan* sin familj, *utan* sina barn, *utan* Marc (vilket intressant nog gjorde väldigt ont) och utan sina vänner; eller så åkte hon hem och konfronterade Marc, vilket hon aldrig skulle våga.

Leva utan de hon älskade, eller inte leva alls – för Petra var säker på att Marc skulle förgöra henne för det hon hade gjort. Han skulle aldrig kunna förlåta henne. Marc Discenza var inte en man som lät någon gå ostraffat bakom hans rygg, och han var definitivt inte en man som tog tillbaka sin fru efter att en annan man hade haft henne.

Instinktivt hade hon flytt, men det var också den enda planen hon haft. Kanske hon borde ha stannat kvar i salongen efter att detta hade avslöjats? Det hade möjligtvis varit superdumt att fly på det här viset, bevisligen skyldig som synden. Men om hon stannat… nej det hade omöjligt gått bra.

Hon snurrade nervöst på de vackra ringarna hon fått av Marc. Innebar det här slutet på deras liv tillsammans?

Ja. Vilken dum fråga. Det är klart att det var slutet.

Det gjorde ont. Mer ont än hon föreställt sig.

Hon hade varit kvinnan han dyrkade och hennes tack var att jaga Eddie Warlock och gå i säng med honom.

Din dumma idiot.

Det här var precis vad hennes omgivning hade förväntat sig av henne; hennes

föräldrar, Martika, James – alla hade de vetat att hon skulle sabba sitt äktenskap. Hon överraskade inte någon.

Absolut inte sig själv.

Kapitel sju

Petra vet inte när hon somnade, men någon gång mitt i all ångest, allt självförakt och alla tårar så måste hon ha gjort det.

När hon vaknade, och insåg att allt faktiskt inte var en dröm, började hon genast att gråta igen.

Solen strålade in genom de billiga persiennerna, bilar trängdes på vägarna och människor passerade utanför hennes dörr. Det var full ruljangs i stan, precis som alla andra morgnar. Hur kunde detta ens vara tillåtet när hennes liv fallit i bitar?

Hon satte sig upp i sängen och gnuggade sina svullna ögon. Rummet var ännu hemskare i fullt dagsljus; tapeterna såg ut att vara från mitten av sjuttiotalet, bruna och orangea blommor, och avskavda lite här och där. Hon hindrade en rysning och suckade uppgivet när hon insåg att hon inte hade någon plan från och med nu. Hon reste sig upp ur sängen och var noga med att sätta på sig sina skor innan hon satte ner fötterna på golvet. Inne på den sunkiga toaletten svalkade hon sitt ansikte med kallt vatten och undvek sin spegelbild – hon var inte redo att se sig själv ännu.

Vart skulle hon ta vägen efter det här? Hon hade inte ens ett pass med sig så att hon kunde lämna landet, och förutom pengar var det enda vettiga hon hade med sig i handväskan ett läppbalsam som hon tacksamt smorde på de torra läpparna.

Tankarna for runt i hennes huvud; funderingar över vilka alternativ hon hade och vad barnen gjorde nu. De måste absolut ha frågat efter henne. Hon sov nästan aldrig borta och därtill hade de sett henne fly deras hus. Vad hade Marc givit dem för förklaring? – hade han helt kallt berättat att deras mamma var en slampa som förtjänade att dö?

Hon lade sig ner i fosterställning på sängen och stirrade en lång stund planlöst på det persienntäckta fönstret; minsta ljud utanför fick henne att rycka till – och de var många. Det var definitivt inte den här sortens frihet hon hade längtat efter. Hon kunde inte stanna på det här motellet och var i desperat behov att fundera ut steg två. Hon kunde inte ringa till någon från sin telefon och hon kunde inte använda sitt kreditkort utan att bli spårad. Vem kunde hon kontakta i staterna för att få hjälp? Marc kände alla och visste var alla bodde. Det fanns ingen i hennes familj som skulle riskera att gömma henne. De visste redan att de skulle få betala ett för högt pris för det. Detta var vad Marc hade försäkrat sig om från första början; alla i Petras omgivning var mer framgångsrika än någonsin tack vare honom och han skulle begrava dem alla i smutsen om de gjorde något för att hjälpa henne. Med andra ord var hon tvungen att stryka varenda person hon vanligtvis sökte stöd hos från listan – samt alla som hade en aning om vad Marc Discenza var kapabel till.

Hon gjorde sitt bästa för att reda ut sitt hår med fingrarna och svor över att hon inte hade förvarat en liten borste i den här väskan, sedan baddade hon ögonen med kallt vatten för att lindra svullnaden efter alla tårar. Det fungerade så där men fick duga.

Med handen hårt knuten kring handväskans läderhandtag lämnade hon nervöst rummet för att söka upp en affär i närheten; hon måste handla något att äta och samtidigt försöka gissa sig till var hon var någonstans. En blick på klockan fick henne att svänga förbi receptionen och samma sura man för att betala för rummet en natt till. Han sa inte många ord till henne men tog snabbt emot pengarna. Hon skyndade sig ut när hon märkte att de som satt nedslagna i den skabbiga soffgruppen tittade på henne. Oavsett anledning var hon inte säker någonstans.

Det stod betydligt fler bilar på parkeringen den här dagen; Petra antog att de flesta utnyttjade den för sina ärenden till affärerna i närheten med tanke på att den varit halvtom sent på kvällen. Hon lyckades hitta ett gatukök med kinamat och en mindre mataffär där hon köpte vatten, snacks och godis. Hon började nästan skratta hysteriskt när hon lämnade affären med påsen i ena handen och kinamaten i den andra. När hade hon egentligen varit och handlat mat senast? – det gick inte att minnas. Så länge hon varit gift med Marc Discenza hade hon inte handlat mat en enda gång, de hade antingen ätit ute eller blivit serverade kockarnas underbara mat i deras enorma residens. Hennes tårar började rinna igen utan förvarning och förbipasserande tittade avvaktande på henne. Hon undvek deras blickar och insåg att hon måste se ut som en galning.

Solen värmde skönt och inbjöd henne att stanna ute i det vackra vädret, men tyvärr hade hon inte något annat val än att stänga in sig i det mörka rummet igen, hon kunde inte riskera att bli upptäckt. Hon lapade sol en sista minut ståendes utanför dörren innan hon gick in igen. Hon kastade påsen med snacks och vatten på sängen och satte sig sedan ner med kinamaten på överkastet för att äta direkt ur kartongen med de veka plastbesticken hon fått med sig. Hon synade kycklingen noga innan för att försäkra sig om att den var väl tillagad. Det fattades bara att hon skulle få matförgiftning också för att göra lidandet komplett.

Maten var god, tack och lov – något positivt i allt elände. Hon sparade lite till senare för att slippa lämna rummet när det började mörkna; det rörde sig garanterat skumma människor i det här området på natten.

En godispåse senare var Petra nära bristningsgränsen. Var fanns alla geniala planer någonstans?

Hon undrade om någon hade försökt att nå henne på telefonen i deras hem? Vad hade Marc sagt i så fall? Var han ute och letade efter henne? – eller satt han hemma och väntade på besked från de som gjorde? Det skulle vara mer likt honom att skicka ut alla anställda för att hitta henne.

Det gjorde ont att tänka på honom. Ja, hon hade gift sig mot sin vilja – och, ja, hon hade velat ha mer frihet – men hon saknade honom. Hon hade haft allt, och det enda hon ville nu var något så enkelt som att vakna i Marcs famn på morgonen, känna hans värme, lukta på hans hud och röra hans manliga ansikte.

Hon plockade upp mobiltelefonen från väskan och vägde den fundersamt i sin hand; om hon inte pratade med någon skulle hon bli galen. Den enda hon kunde tänka sig att ringa till var Martika. Även om inte Martika kunde hjälpa henne skulle det kännas mycket bättre om hon åtminstone fick berätta för henne vad som hade hänt. Hon skulle tappa förståndet helt om hon fortsatte att ligga helt själv på det här hotellrummet utan att få något slags råd vad hon skulle ta sig till.

Hon satte sig tankfullt ner på sängen fortfarande med telefonen i sin hand. Var det möjligt att Marc hade någon utrustning som larmade direkt när hon satte på sin telefon? Och hur lång tid krävdes det i så fall att den var på innan hennes plats var avslöjad? Å andra sidan kunde han inte få veta exakt på pricken var hon befann sig. Det fanns hur många rum som helst här och flera andra byggnader i närheten. Hon var så nervös att hon kunde kräkas.

Om han kommer efter att jag har ringt måste jag kontakta polisen. Jag har inte något val. Jag får inte låta honom ta mig. Han kan omöjligt ha makt över hela poliskåren.

Hon stirrade in i den döda tv:n några sekunder och tryckte sedan på telefonen innan hon hann ångra sig. Displayen lyste långsamt upp och hennes puls dunkade i varning. Hon letade med darrande fingrar fram Martikas mobilnummer. Signalerna släpade sig fram.

Inget svar.

Hon lade sig ner på sängen med mobilen i handen. Hennes hjärta dunkade hårt. En gång till. Inget svar.

Hon satte sig upp i sängen igen och kastade med tårar i ögonen telefonen åt sidan. Allt kunde väl inte gå emot henne nu? Det var inte rättvist.

Telefonen ringde. Petra lyfte den tveksamt, rädd för att det skulle vara Marc. Hon hade händelsen i Taormina färskt i minnet då han ringt henne och direkt vetat var hon var. Hennes hjärta slog så hårt att hon hörde det eka i rummet.

Det var Martika.

"Petra! Var i helvete är du någonstans? Vad är det som har hänt?" Hon lät både stressad och upprörd.

"Var är *du* någonstans?" viskade Petra med ostadig röst och tårarna rinnande nerför kinderna.

"På jobbet, var annars?" väste Martika. "Kan du förklara för mig varför jag igår på eftermiddagen fick besök av Marc och Hank?" frågade hon sedan anklagande.

"Har de varit hemma hos dig?" flämtade Petra och knöt näven så hårt att det gjorde ont. Någonstans hade hon hoppats att Marc inte sökte efter henne så intensivt som hon befarade – att han kanske inte tagit det här på så stort allvar och att hon kunde återvända till sitt hem utan att sätta sitt liv på spel.

"Nej, Petra, de var så angelägna så de uppsökte mig på mitt jobb. De har ställt miljoner frågor om var du är. De kollade igenom min telefon för att vara säkra på att jag inte ljög för dem – framför *alla* på mitt jobb, Petra. Vad har du gjort och var är du någonstans?"

Petra mådde illa. Hon kramade telefonen hårt i sin hand. Det här var värre än hon kunnat tänka sig.

"Jag kan inte berätta var jag är, Martika. Jag är ledsen, men det är för din skull. Marc kommer antagligen göra vad som helst för att pressa den informationen ur dig om han anar att du vet. Jag har gjort något väldigt dumt och jag är så ledsen för det." Hon bet sig hårt i läppen för att inte börja snyfta okontrollerat i luren. Hon svalde några gånger och blinkade bort de kvävande tårarna.

"Du träffade Eddie, eller hur?" viskade Martika andlöst.

Petra förmådde inte svara utan nickade bara snyftande som om Martika kunde se henne.

Martika var tyst en lång stund – väntade tills Petra lugnade ner sig igen.

"Jag vill inte veta något mer, Petra. Berätta absolut inte någonting för mig. Förstår du?"

"Jag förstår", viskade hon ostadigt. Hon torkade sina våta kinder.

"Du trodde på fullt allvar att Marc inte skulle få veta det här? Jag är mållös, Petra. Du är en riktig idiot."

"Jag har ingenstans att ta vägen, Martika. Jag vågar inte gå tillbaka. Jag vet att du inte kan hjälpa mig, men du kanske kan ge mig något råd? För jag kan inte tänka klart. Mitt huvud bara snurrar." Hon kunde höra desperationen i sin egen röst. "Jag kommer aldrig få se mina barn igen. Och jag älskar Marc, Martika, jag gör verkligen det", snyftade hon desperat. Hon förvånade till och med sig själv med den insikten – men det var en aning för sent att komma till den nu.

"Petra, du har knappt några val. Jag önskar att jag kunde låtsas som det, men helt ärligt har du inte det. Marc kommer riva upp himmel och helvete för att hitta dig, det vet du, och gudarna vet vad han kommer göra mot dig när han väl gör det. Petra, på riktigt, det här är Marc Discenza. Och du beter dig som att det är en lek. Du skulle ha sett honom när han var här. Jag var så rädd att jag knappt kunde prata. Du vill *inte* träffa honom, Petra. Ditt enda alternativ är att kontakta polisen och be om skydd eller en ny identitet. Jag kan inte se någon annan lösning. Vem ska kunna hjälpa dig nu utan att riskera sitt eget liv och sin egen familj?"

Petra var tyst. Illamåendet var tillbaka. Hon svalde några gånger för att väta sin gråtsvullna hals och göra det möjligt att tala igen.

"Jag har ställt till det riktigt ordentligt va?"

"Av alla idiotiska saker du har gjort i ditt liv så är det här en klar vinnare."

"Martika, jag älskar dig mest. Jag ringer dig senare igen."

"Jag älskar dig så mycket, Petra." Hennes röst var tjock av återhållen gråt. "Snälla, göm dig! Och lycka till."

När hon lade på luren hade hon sprängande huvudvärk. Liggandes på sängen med slutna ögon insåg hon till fullo att hon var körd. Ett återseende med Marc var inte ett alternativ. Polisen var den enda utvägen. Förutom att hon inte hade något brott att anmäla. Skulle hon ta kontakt med dem och säga att hon varit otrogen och att hennes man, tillika en av Chicagos rikaste, skulle döda henne som hämnd? Det fanns inte något uttalat hot mot henne. Ingenting. Risken fanns att de skulle skratta åt henne och säga åt henne att lösa saker med sin man. De skulle antagligen tycka att det var rätt åt henne om hon fick det hett om öronen. Och de poliser som visste hur farlig Marc

Discenza var, var de som stod under hans kontroll och därför inte skulle hjälpa henne.

Efter en halvtimme reste hon sig kraftlöst upp ur sängen och bestämde sig för att ta en dusch. Även om badkaret inte var det minsta inbjudande fanns det inget bättre alternativ till njutning. Det här var allt.

Hon drog av sig kläderna som hon haft på sig en mindre evighet och satte på varmvattnet. Det smällde i röret innan vattnet rann till. Hon höll en hand under strålen och försökte ställa in temperaturen med de två kranarna så gott det gick. Hon tvättade sig med tvål men hade inget schampo eller balsam att tillgå; det var nästa punkt på inköpslistan. Det långa håret skulle vara en enda röra när hon klev ur duschen. Trots detta var det underbart att känna det varma vattnet mot sin ömma kropp och hon försökte att njuta så gott det gick – trots att doften av gammal rost och billig tvål fyllde hennes näsa.

När hon klev ur duschen och satte ner fötterna på det slemmiga golvet bestämde hon sig ganska snabbt för att använda handduken hon ratat dagen innan. Hon tog en pappersservett och torkade bort imman från spegeln.

Japp, håret skulle bli en utmaning att reda ut.

Hon saknade definitivt alla lyxhotell hon varit incheckad på i sitt liv där det alltid fanns dyra produkter att frossa i med välgörande balsam och inpackningar som fick håret att glänsa.

Efter att ha frotterat håret så gott det gick och rett ut det med fingrarna öppnade Petra toalettdörren för att åter sätta på sig sina smutsiga kläder.

Men hon tvärstannade chockat på tröskeln, allt blod försvann från hennes ansikte och hjärtat tog ett smärtsamt skutt i hennes bröst.

Lutad mot rummets dörr stod Hank med armarna i kors och tittade kallt på henne.

Kapitel åtta

Hennes ben bar henne inte, all kraft gick ur hennes kropp samtidigt och hon sjönk till golvet med handduken tryckt mot sig. Hon blundade och hoppades att han skulle vara borta när hon öppnade ögonen igen.

Varenda del av hennes kropp ömmade och öronen fylldes av stresstjut. Hon ville inte vara med. Om hon kunnat hade hon dött på fläcken och sluppit träffa Marc någonsin igen.

"Ligg inte där som ett fån", sa Hank mörkt och drog våldsamt upp henne från golvet med en hand hårt runt hennes överarm.

Hon var så förskräckt över hans omilda behandling att hon inte fick fram ett ord mellan de våldsamma snyftningarna. Hon backade sakta och sjönk ner på sängen utan att våga titta på honom. Droppar från hennes blöta hår föll ner på täcket och bildade små mörka öar runt henne.

Hon såg i ögonvrån att han tittade på sin telefon, samtidigt greppade han hennes väska och kastade ner hennes telefon i den innan han stängde den. Han tog hennes klänning från gungstolen och kastade den nedvärderande på henne. Hon tog den med darrande händer men vågade ännu inte titta på honom.

"V- var–"

"På väg hit. Han är här vilken minut som helst."

Hon slöt ögonen och fortsatte att snyfta.

"H-hur hittade ni m-mig?"

"Du satte på din telefon. Klä på dig. Jag väntar utanför."

"Snälla… låt mig gå, Hank. Jag lovar att jag försvinner och aldrig kommer tillbaka."

Han stannade och gav henne den mest nedvärderande blick hon fått i sitt liv. Han slöt därefter handen runt dörrhandtaget och skrattade kallt innan han lämnade rummet med hennes handväska i ena handen.

Hon satte på sig klänningen med darrande fingrar och körde in sina fötter i de svarta ballerinaskorna.

Det fanns inte en risk att hon bara skulle sitta här och vänta på sin dom; hon tittade ut genom dörrens titthål och såg att Hank hade lämnat sin post. Efter ett djupt andetag gläntade hon försiktigt på dörren och tittade ut. Hank hade gått ut på parkeringen, antagligen för att möta Marc. Han kunde nog inte föreställa sig att Petra skulle försöka något. Men då trodde han fel, hennes överlevnadsinstinkt var starkare än så.

Hon gick ut och stängde snabbt dörren efter sig innan Hank, eller någon annan, hann se att något var på gång. En svart Mercedes med tonade rutor rullade fram till honom och Petra duckade när hon sprang längs loftgången och in i den illaluktande trappuppgången. Hon var medveten om att de skulle se henne när hon lämnade byggnaden, men hon hade sprungit ifrån dem tidigare och kunde göra det igen.

Hon öppnade snabbt dörren på nedervåningen och sprang direkt runt byggnaden till höger och följde dess gavel. Till hennes stora förvåning hörde hon inte Hank bakom sig men förlorade ingen tid genom att vända sig om och kolla.

Hon fick dock en förklaring direkt då hon kom till baksidan av huset och Luca stod där och väntade på henne.

"God dag, mrs Discenza", sa han med ett brett leende som inte nådde hans ögon.

Petra grät tyst medan Luca hårdhänt drog henne med till den svarta bilen.

Han öppnade bakdörren och knuffade in henne i baksätet där Marc satt och väntade.

Hon vågade inte titta upp men såg genom sin fuktiga hårman att det var Tomaso som körde bilen och att Hank satt i framsätet. Luca slängde igen dörren bakom henne och försvann – antagligen till en annan bil.

Hon var så rädd att hon knappt vågade andas. Hennes puls anordnade en hel konsert i hennes kropp.

Hon såg i ögonvrån att Marc var klädd i en svart välstruken kostym, och samtidigt som bilen spann i väg greppade han hennes hår i sin hand och tvingade henne att titta på honom. Nu kom tjutet i öronen tillbaka igen och Petra snyftade skräckslaget. Det enda hon såg genom sina tårar var Marcs isgrå ögon, de borrade sig in i henne; kalla, onda, livsfarliga, och tog allt syre från hennes kropp.

"Jag vill inte höra ett ord från din mun förrän jag ger dig tillåtelse att tala. Inte ett enda ord." Hans röst var så farligt lugn – borta var alla ömhetsbetygelser, kvar fanns bara den Marc hon aldrig velat möta.

Hon nickade hulkande och han knuffade henne ifrån sig som om hon vore pestsmittad.

Tusen och åter tusen tankar hann färdas genom hennes huvud under den fyrtio minuter långa bilresan.

Han hade hittat henne. Såklart.

Och han tog henne tillbaka till platsen där ingen skulle kunna höra henne skrika förutom hans anställda, och av vad de hade visat var de villiga att offra henne på fläcken.

Han må vara Marc Discenza, men var han verkligen kapabel att döda henne? – mamman till hans barn.

Barnen. Hennes hjärta gick itu när hon tänkte på dem. Skulle hon någonsin få träffa dem igen?

Hon slöt ögonen och försökte att samla sitt mod – hon visste att hon skulle behöva det.

Det var helt tyst i bilen, ingen musik och ingen som sa något, bara bilens motor som spann mjukt och ett svagt ljud från bilens fläktsystem.

Hon var så trött, så psykiskt trött att hon somnade mitt i alla oroliga tankar. Hon märkte inte när bilen stannade utanför Discenzaresidensen men blev abrupt väckt av Tomaso som öppnade hennes dörr och slet upp henne på fötter. Han knuffade henne framför sig och hon gick lamt framåt på vingliga ben och hörde samtidigt hur grindarna till ägorna låstes bakom henne. Marc gick framför henne med all sin arrogans och makt bakom varje steg han tog fram till Discenzaresidensen. Han slog upp dörrarna till ägorna och gick rakt in utan att vänta på henne.

Det som till nyligen hade varit hennes kära hem kändes nu som ett hotfullt fängelse.

Hennes kropp var som gelé och hon tog omedvetet stöd mot Tomaso när han drog henne med sig till biblioteket där Marc redan hade satt sig ner i samma fåtölj han suttit i första gången Petra träffat honom i Discenzaresidensen.

Tomaso tryckte ner henne i fåtöljen mitt emot och tittade frågande på sin arbetsgivare. "Mr Discenza?"

"Be Hank ta hit filmen."

Han nickade och försvann snabbt ut ur rummet.

Petra drog upp benen och slöt sina armar runt dem som om den ställningen kunde skydda henne från allt ont som väntade. Hon lydde hans order och yppade inte ett ord, i stället gömde hon sitt ansikte mot knäna, slöt ögonen och stängde världen ute.

"Titta på mig." Hans röst var så kall och föraktfull att hårstråna på hennes hud ställde sig upp. "Du kommer inte ha någon möjlighet att gömma dig igen, Petra Discenza. Titta på mig och våga inte vika undan med blicken."

De minuter som följde medan de väntade på att Hank skulle komma tillbaka satt Petra och tittade på sin mans skrämmande ansikte medan tårarna strömmade ner för hennes kinder och snyftningarna avlöste varandra.

Hank kom in ensam med en filmkamera i handen. Han satte den på bordet framför Petra och vinklade skärmen så att hon såg ordentligt; han startade den och ställde sig bakom henne utan att ge någon information om vad hon skulle få se.

Det var Eddie. Han satt på en stol i en, för henne, okänd tom lokal med plast under sig. Hans ben satt fast i de främre stolsbenen och hans händer var bakbundna. Han var blåslagen i ansiktet redan när filmen började och väl medveten om att han blev filmad. Hans sammetsbruna ögon sökte sig då och då till kameran, som om han visste att Petra skulle få se detta. Hennes hjärta rusade när två män äntrade scenen och tog sig fram till honom. Sen kom Marc. Hon såg med fasa hur hennes man långsamt gick fram till Eddie och stannade framför honom. Eddie tittade upp på honom med en blick som visade både avsky och skräck.

"Mr Warlock", sa Marc lugnt – med den rösten, den som innebar fara. "Det verkar som om vårt förra samtal inte nådde förväntad effekt."

Eddie sa ingenting, han bara tittade på Marc med sina blå-svullna ögon, och hans bröst hävde sig ansträngt upp och ner. Han visste vad som väntade, vilken smärta deras handlingar skulle leda till. Och det gjorde så ont att se. Hennes hud blev alldeles kall. Hon ville inte se det här.

"Vet du vad jag gör med män som ens vågar titta på min fru?" frågade han lugnt.

Eddie svettades. Hans blodiga gråa t-shirt klibbade mot hans muskulösa överkropp och svetten pärlades i hans panna.

Marc drog fram en lång kniv som varit dold under hans svarta tröja, han vägde den i sin handflata och Eddie spärrade upp ögonen och slet i repen som höll honom fast i stolen.

Hennes ögon svämmade över av tårar som letade sig ner för hennes kinder och droppade i hennes knä. Hon böjde ner huvudet för att slippa se, men Hank grep hårt tag i hennes ena axel och rätade upp henne igen.

"Jag skär av ett finger för varenda blick de ger henne."

Han gick långsamt runt Eddie och stannade bakom honom där denne inte kunde se vad som hände. Marc tittade sedan rakt in i kameran med bottenlösa grymma ögon och lade handen på Eddies axel. "Men du gjorde mer än att bara titta, eller hur, mr Warlock?"

Han gick fram en bit och begravde kniven djupt i Eddies ena lår. Eddie skrek, ett hemskt skrik av smärta, och Petra kvävde sitt i händerna. Marc satte sig sedan på huk framför Eddie med handen runt det svarta knivskaftet och studerade honom. Eddies kropp skakade och hans ansikte antog en grå färg, käkarna pressades samman av smärtan.

Marc vred runt kniven och Petra lade händerna för sina öron, bara för att få dem nedtagna igen. Eddies skrik var hjärtskärande. Rött blod spred sig runt skaftet och fortsatte över hans jeansklädda lår – hon kunde nästan känna den metalliska varma doften trots att hon inte var där.

"Nu ska du berätta för mig vad du har gjort med min fru."

Sen började mardrömmen.

De förhörde och torterade honom i evigheter och Petra fick det slutliga beviset på att hennes make, Marc Discenza, var kapabel att genomföra allt hon fruktat och mycket mer.

Hon hade aldrig sett någon bli misshandlad tidigare och filmer med våld hade aldrig intresserat henne. Eddies skrik, och de knäckande slitande ljuden, skulle för alltid etsa sig fast i hennes öron liksom bilderna av det han utsattes för.

Hon gömde ansiktet i händerna och försökte stänga ljudet av det grymma våldet ute men Hank drog bort hennes händer och höll på Marcs order hennes nacke och tvingade henne att titta.

Hon hulkade och kräktes på golvet, men fann ingen nåd.

"Du ska titta på varenda minut av den här filmen och se vad följderna blir när man trotsar och förnedrar mig." Marcs röst var dödligt lugn, den fick huden att krympa runt hennes kropp.

Med Hanks starka hand kvar runt hennes nacke och genom snyftningar och uppstötningar tvingades hon att genomlida över trettio minuters obegripligt våld och när filmen slocknade hade hon ingen aning om Eddie levde eller var död.

Och hon hade blivit fråntagen rätten att fråga. Men hon var inte dum. Om Marc var den hon trodde att han var så kunde inte Eddie leva. Han hade fått Marc att förlora ansiktet. Chansen att han gick levande ur detta var mer eller mindre osannolik.

Hennes kropp var iskall och hjärtat slog smärtsamt i bröstet. Hank släppte hennes nacke och lämnade rummet efter en blick från Marc och en snabb instruktion att han skulle förstöra bandet.

Hon var gift med Djävulen – och var den som skulle bestraffas härnäst.

Han satt bakåtlutad i sin fåtölj, till synes avslappnad, och tittade på henne med sina kalla ögon – som om han begrundade vilken tortyrmetod han skulle prova på henne.

Det enda ljud som hördes i det stora rummet var det låga brummandet från det cylinderformade akvariet och hennes kvävda snyftningar.

Hon ryckte till av rädsla när han plötsligt reste sig upp. Han gick sakta fram till närmsta bokhylla och vände för ett ögonblick ryggen mot henne medan han studerade de dyrbara böckerna. Hans fingrar trummade mot de läderinbundna bokryggarna som om han övervägde vilken titel han skulle välja.

Vartenda ljud gick genom Petras kropp som en stöt, hon höll om sina knän hårt och försökte på det sättet hindra sin kropp att skaka.

"Eddie erkände aldrig något."

Hon slöt trött ögonen och försökte samtidigt ta in vad Marc sagt. Hon hörde hur han vände sig om och sakta gick fram mot henne.

"Jag sa klart och tydligt att du ska titta på mig."

Hon öppnade motvilligt ögonen igen och fann honom stå precis framför henne. Han gick sakta runt hennes fåtölj och stannade bakom henne – varenda steg ljöd som ett hammarslag. Han stannade där och lät sin hand glida genom hennes tjocka, toviga hår. Hon började snyfta igen.

"Så, jag vet inte om du har haft sex med honom eller inte. Att du rymde kan ju förvisso skvallra om din skuld. Att du ens försökte förvånar mig. Förstår inte du att jag aldrig skulle ge upp? Jag hade rest till världens ände för att hitta dig."

Han satte sig på bordet precis mittemot henne och lutade sig fram så att hans ansikte var mycket nära hennes. Han tittade in i hennes ögon som om han letade efter sanningen där inne och Petra slöt dem igen.

"Våga Inte Blunda." Hans röst var så lugn och skrämmande – så farlig. Han tog ett varnande tag om hennes käke och tvingade henne att titta på honom igen.

"Så, på vilket sätt ska jag skada dig, min älskling, så jag får fram sanningen?"

Han tittade ner på hennes smutsiga klänning och knäna som trycktes hårt mot hennes bröst. Med en snabb rörelse drog han ner hennes ben så hennes fötter landade på golvet med en duns och en förskräckt flämtning undflydde henne.

Han fattade klänningens halsringning i båda händerna och slet med en snabb rörelse sönder tyget. Sen drog han brutalt ner det trasiga tyget så det föll kring hennes höfter.

"Har han haft sina händer på de här?" frågade han sammanbitet och drog ner hennes spets-BH så att de vita brösten blottades.

Hon grät så hennes kropp skakade men vågade inte säga något.

Han särade på hennes ben med sitt knä och förde hårdhänt upp en hand mellan dem. Med en snabb rörelse drog han hennes trosor mellan sina starka fingrar så att sömmen sprack. "Har han varit här inne, Petra?"

Hon skakade snyftande på huvudet.

Han höll hennes ansikte hårt med sin ena hand, tvingade henne att titta in i hans ögon samtidigt som hans fingrar skoningslöst letade sig in i henne. "Har du haft sex med Eddie Warlock, Petra?"

Petra kved under hans omilda behandling och snyftade om vartannat. Han var inte ute efter att ge henne njutning utan att förnedra henne och hon skrek när han tryckte henne bakåt i fåtöljen med handen smärtsamt runt hennes ansikte och fingrarna inuti hennes kropp.

"Marc, snälla, sluta. Jag har inte gjort något", grät hon.

Hans ögon var svarta som på en demon när han drog upp henne ur fåtöljen och kastade ner henne på golvet, hon landade med en smärtsam duns.

"Jag är den enda mannen i den här världen som har rätt till din kropp. Den enda."

Hon snyftade hysteriskt en stund och låg sedan kvar på golvet och tittade upp i taket; tårarna torkade mot hennes kinder och ansiktet kändes svullet. Hon var så trött. Hon slöt ögonen och stängde den smärtsamma världen ute.

Hon kände hur Marc lade en filt på henne – en konstig ömhetsbetygelse i kontrast till allt annat – och hörde hur han sen satte sig ner i fåtöljen igen, antagligen med blicken vilande på henne, funderandes hur han skulle plåga henne härnäst.

"Det var bara en middag. Ingenting annat." Hennes röst var inte mer än en viskning men hon var säker på att han hörde henne. Hon orkade inte öppna ögonen för att få det konfirmerat.

"Ni gick från restaurangen tillsammans", konstaterade han torrt.

"Och sa, hejdå, efteråt."

"Du gick bakom min rygg och förnedrade mig. Du planerade det här noggrant. Du riskerade allt för att träffa honom."

"Men inte på det sättet du tror." Hon öppnade sakta ögonen igen och tittade åter igen upp i det vackra taket med mahogny-stuckatur; hon följde de vackra urkarvningarna med trötta ögon – det kändes som om hon befann sig i en alternativ verklighet. Hon skulle aldrig erkänna. Om Eddie hade stått emot tortyr utan att erkänna vad som hänt kunde hon åtminstone se till att det inte varit i onödan. Det högg smärtsamt till i hennes hjärta när hon påmindes om vad han blivit utsatt för. Levde han? Men hon visste bättre än att ställa frågan.

"Ingen går bakom min rygg ostraffat, Petra – ingen."

"Jag vill bara ha dig, Marc, ingen annan" suckade hon utan att våga vända blicken mot honom. Det var åtminstone sanningen, hur sjukt det än var.

Han skrattade torrt. "Det borde du ha tänkt på innan du stämde träff med en annan man."

Hans röst var så slutgiltigt kall och rädslan spred sig inom henne som en sjukdom. Lämnade han henne? Var det här slutet på deras liv tillsammans? Hon satte sig upp med den mjuka filten kring sin smala kropp och tittade på Marc med sina rödgråtna ögon. Det gick inte att missa hennes bönfallande blick; det gick antagligen inte ens att missa den kärlek hon trots allt hyste för honom.

"Om jag haft bevis på att du varit otrogen mot mig med Eddie Warlock hade jag gjort mig av med dig, Petra – tro inte något annat. Oavsett förlåter jag aldrig en oförrätt. Du har ljugit och du har gått bakom min rygg för att träffa en annan man – vad du hade för anledning spelar mindre roll."

Hon vågade knappt andas utan tittade bara på honom, rädd för att höra fortsättningen.

Även om han tittade så kallt på henne så var hon helt säker på att han var en plågad man under masken – men han hade inte kommit så här långt i livet, och hade inte varit så fruktad, om han varit en man som förlät oförrätter.

Nej, Marc Discenza lät hela världen veta vad som hände när man gick emot honom.

Han tog sin telefon och lade den mot örat. "Hank, det är dags."

Petra stelnade till. "Dags? För vad?"

Han svarade inte utan tittade på Hank och Alfredo Greco som klev in i rummet.

Hon reste sig upp med den vita filten runt sig och backade mot bokhyllorna bort från de hotande männen. Hank tittade allvarligt på henne och Alfredo såg en aning road ut.

"Ta henne härifrån. Och, Hank, jag vill inte att hon ska få några bestående märken."

Märken?

Hank nickade allvarligt samtidigt som Petra panikslaget fortsatte att backa och tittade frågande på Marc – men hans blick var skrämmande likgiltig.

"Vad ska ni göra med mig? Vart ska jag?" Paniken gjorde hennes röst så gäll att den skar i hennes egna öron.

Men Marc bara nickade mot Hank och Alfredo som i snabba kliv var framme vid henne och tog henne i varsin arm samtidigt som de försökte hålla filten på plats. Petra kunde dock inte ha tänkt mindre på filten utan slogs desperat och försökte lönlöst ta sig loss. Hon tittade förtvivlat på Marc i ett försök att få honom på andra tankar men hans ansikte var uttryckslöst.

"Nej, Marc! Snälla, snälla, snälla!" skrek hon hysteriskt. "Gör det inte! Låt mig stanna! Låt mig få träffa barnen!"

"Mina barn får träffa dig när jag bedömer att du är redo."

Vad menade han? Hans grymhet försatte hennes kropp i iskyla och hon grät hysteriskt när Hank och Alfredo hårdhänt drog henne ut ur rummet, bort från hennes familj och bort från Discenzaresidensen.

Madeline Brazier

Kapitel nio

"Jag gillar inte det här alls." Angelina gick av och an i det stora vardagsrummet. Hon höll ett stadigt grepp om sitt whiskyglas och snurrade det så att isbitarna slogs mot varandra samtidigt som hennes klackar smattrade mot det välpolerade golvet.

"Älskling, Madeline kommer att klara det här alldeles utmärkt. Hon må vara en aning för snäll, men hon har skinn på näsan när det behövs.

Angelina satte stopp för sitt vankande och vände sina vackra bruna ögon mot sin man; de sprakade så där intensivt som de alltid gjorde när hon var upprörd över något. Hans fru var så vacker med sitt fantastiska mörka hår som böljade långt ner på hennes rygg och ett ansikte och kropp alla kvinnor drömde om att ha – och alla män drömde om att äga. Han hade alltid älskat henne, men hade inte trott att hon skulle bli hans.

"Ska du av alla människor komma och försvara familjen Discenza?" utropade hon.

Han skrattade lätt. "Inte alls. Men jag tror på vår dotter och hennes förmåga att klara det här. Sen har hon Mason."

"Mm, visst. Han har gjort mycket klart för oss var han står i den här konflikten", fnös hon och tog en stor klunk av whiskyn. Hon satte sig upprört ner i soffan med armarna i kors över den vita kråsblusen.

"Det är naturligt att våra barn vill utforska sitt ursprung."

Michael var alltid lugn. Angelina beundrade honom för det. Hennes blod brann av det italienska arvet och den våldsamma sfär hon vuxit upp i, och han var vattnet som släckte det – de var ett perfekt team.

"Jag har berättat allt om släkten som våra barn behöver veta. Det finns inte någon anledning för någon av dem att åka dit och dubbelkolla mina fakta."

Michael tystnade. Han visste gott och väl vad familjen Discenza gick för; han hade för många år sedan varit en del av skådespelet. Men till skillnad från Angelina förstod han att deras barn ville lära känna dem och hoppades att de självmant skulle komma tillbaka till Stockholm igen när de var klara.

"Sitt inte här och lek så förstående", sa Angelina vasst precis som om hon kunde läsa hans tankar. "Mason åkte till Chicago för snart tre år sedan och du vet att han är där för att stanna. Jag känner knappt igen honom när vi pratar. De sätter sina krokar i omgivningen och sen är det för sent – man kommer aldrig tillbaka igen. Din mamma håller med mig, hon vet precis vad jag pratar om."

Michael suckade och smuttade på sin whisky. Ja, hans mamma var alltid passande att vifta med som exempel, men så hade hon också varit med från första början.

"Madeline har ingen aning om vad som menas med Discenzamännen och hon är en alldeles för naiv flicka. Hon kommer bli deras nickedocka och sedan är hennes framtid gjord."

Michael skrattade lågt och Angelina tittade irriterat på honom. "Vad är det som är så roligt?"

"Bara det faktum att hon är din direkta motsats."

Angelina lutade sig bakåt och putade med sin förtjusande mun men reste sig sedan upp med ett leende när Michael klappade på soffan bredvid sig. Hon gled över till honom och kurade ihop sig intill hans varma kropp.

"Jag vill bara att våra barn ska stanna här, där de är trygga och långt borta från 'familjeföretaget'", suckade hon uppgivet.

"Jag vet, min älskling, jag vet." Han strök henne varsamt över ryggen och lät henne luta sin kind mot hans axel.

Madeline lade ner sina hörlurar i den svarta handväskan och tittade spänt ut genom flygplansfönstret. Hon var så nervös och snart var det dags att landa. Hon log ursäktande mot sin sätesgranne när hon råkade komma åt denne med sin väska och fortsatte sedan att titta på de vackra molnen nedanför.

Mason hade lovat att möta henne på flygplatsen vilket hon var tacksam för. Hon var tjugo år gammal och hade inte varit ute på egen hand någon gång i sitt liv och var tvungen att erkänna för sig själv att Chicago inte var platsen där hon ville inleda sin prövning av vingar. Hon längtade efter sin bror galet mycket. I övrigt hade hon ingen aning om vad hon skulle förvänta sig av sitt sommarlov.

Hon reste till Chicago för att lära känna sin släkt, en släkt hon inte träffat sedan hon var sex år gammal. Hon mindes knappt något av dem och hade egentligen inte förrän nyligen haft något intresse av att lära känna dem igen. Men Mason hade lockat henne och hon saknade honom så mycket att hon till slut inte hade kunnat motstå längre.

Hennes mamma hade såklart blivit galen, precis som hon förutsett, men Madeline hade lyckats lugna henne till slut och intygat att det bara rörde sig om tre månader, inte något mer.

Hon visste inte så mycket om sin italienska familj i Chicago, förutom att de var löjligt rika och att deras sätt att leva upprörde Angelina galet mycket. Och när något upprörde hennes temperamentsfulla mor så visste hela världen det.

Sedan Madeline föddes hade hon levt i skuggan av Angelinas konflikt med morfadern – en konflikt hon inte fullständigt kände till bakgrunden till men som varit tillräckligt allvarlig för att hennes morfar skulle klippa alla band till hennes mamma. Den hade åtminstone börjat med att deras mamma hade gift sig med deras far, som var son till Martika och Ralph Brazier.

Man tycker att alla skulle ha hurrat över det, så nära vänner som Madelines mormor och morfar varit med familjen Brazier.

Men Marc Discenza hade inte hurrat.

Det fanns, enligt Angelina, enbart *en* typ av man Marc Discenza möjligtvis kunnat godkänna som make till sina döttrar: en man från en bra italiensk familj med samma *värderingar* som familjen Discenza. Detta var Angelinas egna ord, men vad detta sistnämnda innebar hade inte Madeline en aning om. Det som däremot stått klart i Madelines faders fall var att han varken var italiensk eller hade samma *värderingar* som familjen Discenza. Följdfrågor lönade sig inte, Madeline hade försökt, men det var ingen som ville elda på Angelinas humör när hon satte i gång att prata om sin familj. Ju färre frågor desto bättre.

Madeline var dock säker på att anledningen till att samtalsämnet var så känsligt var för att hennes mamma verkligen älskade och saknade sin familj.

Av vad Martika, Madelines farmor, hade berättat så hade Angelina varit Marcs lilla prinsessa. Det måste ha varit smärtsamt för dem båda att skiljas åt.

Marc hade dessutom avlidit i en hjärtattack elva år tidigare utan att Angelina och han någonsin hade talat med varandra igen.

Madeline och Mason hade bara träffat sina morföräldrar vid ett fåtal tillfällen och då hade Angelina lämnat av dem utanför ett enormt hus med hur många rum som helst, sett ur ett litet barns perspektiv, men inte gått in själv – sen hade Madeline och Mason väntat på gården när det var dags för henne att hämta dem igen. Hon mindes inte så mycket av sina morföräldrar förutom att hennes mormor var jättevacker och att hennes morfar var allvarlig och respektingivande.

Mason var åtta år äldre än Madeline och därav fjorton år när banden klipptes helt. Han hade aldrig kommit över att han inte fick träffa sin morfar igen och ansåg att det var Angelinas fel. Madeline hade ingen aning om vad som hade hänt den sista ödesdigra dagen, förutom att ett bråk brutit ut när deras mamma kommit för att hämta dem. När Angelina öppnade bildörren och klev ut för att möta henne och Mason hade en man anlänt och slitit in henne i huset. Sedan hördes höjda röster och ljudet av saker som krossades. Madeline mindes bara hur rädd hon varit och att Angelina sedan i panik hade rusat ut och tagit dem därifrån för att därpå flytta till Sverige med familjen. Angelinas mormor och morfar, Tony och Katrin, hade låtit dem flytta in i deras hus och när de sedan inte var i livet längre hade familjen Brazier ärvt huset av dem.

På grund av att Angelina var i onåd hos familjen hade inte Madeline heller träffat sin moster, Cassandra. Det var Angelinas lillasyster och hon bodde i Italien tillsammans med sin man, Franko Montale.

De hade lång tid bott i Discenzaresidensen men sedan bestämt sig för att flytta till Italien för nio år sedan då Franko hade fått en *högre position* där, som de uttryckt det. Deras dotter, Alessandra, bodde dock kvar i Discenzaresidensen.

Madeline var nervös inför deras möte. Hon ville verkligen att hon och kusinen skulle bli nära vänner.

Men det som gjorde henne allra mest nervös var att träffa Colin och hans familj – för av vad Madeline lyckats snappa upp var han en av de skyldiga till att Angelina hade kastats ut från familjen Discenza. Hela historien kring Colin var invecklad; han var barn till Angelinas morbrors flickvän, Teresia, som blev skjuten av sin före detta man, tillika Colins pappa, i Discenzaresidensen. Madelines mormor och morfar hade uppfostrat Colin som deras egen son och sen hade Colin successivt tagit över familjeföretaget när Marc blivit äldre – och sen fullständigt efter hans bortgång. Corey, Colins son, bodde i Discenzaresidensen och styrde nu familjeföretaget tillsammans med sin pappa.

Madeline var tacksam att Colin inte bodde kvar i Discenzaresidensen, han hade flyttat till Miami, där han bodde med sin fru, Daphne, och en dotter som hon glömt namnet på. Enligt Mason styrde Colin familjens affärer där.

På sin mor hade Madeline förstått att Colin var en mycket skrämmande man som hon, så långt det var möjligt, skulle undvika att träffa.

Hon blev yr bara hon tänkte på alla dessa människor. De var för många och deras historia för invecklad.

Hon lutade sin kind mot det kalla fönstret och såg hur de små boxarna på marken sakta förvandlades till byggnader och spindelnätet tog formen av vägar med hundratals bilar. Hennes mage snurrade av nervositet. Vad hade hon att vänta sig när hon kom fram? Skulle hon fläckas av sin mammas "synder" eller skulle de acceptera henne som hon var? Det verkade dock inte ha varit några problem för Mason att bli accepterad – nu hoppades hon på samma behandling.

Kapitel tio

När Madeline gick genom terminalen med sin resväska dragandes bakom sig var hon så nervös att hon svettades. Tänk om släkten skulle hata henne? Tänk om Alessandra, som hon verkligen ville bli vän med, skulle avsky henne? De här tre månaderna kunde i det fallet bli oändligt långa. Och tanken på att återvända hem till föräldrarna, specifikt Angelina, med svansen mellan benen var uteslutet. Hon kunde leva utan alla: *vad var det jag sa.*

Ett sommarlov, Madeline, sen kan du återvända hem till dina föräldrar och ditt underbara jobb; hon jobbade som sekreterare på sin pappas advokatbyrå. Han hade tagit över byrån efter sin morfar, Madelines gammelmorfar, och drev den nu själv.

Hon älskade sitt jobb; hon fick vara mitt i stan, träffa massa människor och ta del av spännande brottmål. Vad fanns det att inte gilla?

Själv hade hon inte insett hur ofattbart söt hon var och hur mycket uppmärksamhet hon drog till sig från sin fars klienter. Män som visade henne uppskattning avfärdade hon som ren hövlighet. I sina egna ögon var hon en lagom söt tjej – i allmänhetens ögon var hon godis.

Hela hennes liv hade varit lagom okomplicerat med bra föräldrar och bra vänner. Hon var sammantaget väldigt tillfreds med tillvaron och var inte i behov av något extravagant i sitt liv. Hon behövde varken uppmärksamhet eller upptäcka världen för att känna att hon levde.

Och sanningen var den att Madeline inte heller behövde oroa sig för något gällande sin materiella framtid – för hon var stenrik. Även om hennes morfar hade gjort Angelina arvlös så var detta inte fallet med henne och Mason. Hon hade ingen aning om vilka summor det rörde sig om men hade förstått på sin mor att det var enormt mycket pengar. Pengarna skulle bli hennes när hon fyllde tjugoett; Mason hade redan fått sina och Madeline var medveten om att han levde världens lyxliv i sitt nya land. Han hade tjatat lång tid på sin syster om att få betala en flygbiljett till Chicago åt henne och lovat henne att han skulle stå för alla kostnader under hennes vistelse. Hon hade envist nekat honom detta då hon inte ville utnyttja honom, men nu närmade sig dock hennes tjugoett årsdag så hon skulle inte vara en belastning för sin bror särskilt lång tid.

Inte för att han brydde sig – tvärtom – de två syskonen stod varandra väldigt nära.

Det var helt galet mycket folk när hon kom ut i det stora väntrummet. Alla ansikten blandades till en enda hotfull röra av okända människor och hon grep hårt om väskans handtag sanslöst rädd för ficktjuvar. Hon hann utveckla panikkänslor innan hon hörde sin brors trygga röst.

"Madeline! Här!" Han stod en bit bort och höjde sin arm i en vinkning över alla huvuden. Med viss möda tog hon sig fram till honom och lät honom omfamna henne med sina starka armar.

"Syrran", sa han kärleksfullt medan han begravde ansiktet i hennes hår, "som jag har saknat dig!"

Madeline torkade glädjetårar och tittade upp på sin långa bror. Hon hade alltid varit hans lilla, och mycket yngre, lillasyster och han hade alltid varit hennes hjälte.

"Vad brun du är!" utropade hon och log brett. Han var så lik deras far med ljusbrunt, lite rufsigt, hår och hasselnötsbruna ögon. Han var mer än huvudet längre än hon och välbyggd. Idag var han ledigt klädd i ett par slitna jeans och en vit t-shirt. De hade inte träffats på ett och ett halvt år och att döma av Masons blick så hade hon förändrats en hel del sedan de setts senast.

"Helvete, jag kommer få rota fram alla vapen jag äger för att skydda dig i den här staden." Han lade en stark arm runt henne och tog hennes väska med den andra handen.

Den fuktiga luften slog emot dem när de lämnade byggnadens svala innanmäte. Bara några meter från dem stod en svart blänkande Mercedes med en chaufför lutad mot passagerarsidans bakdörr. Han rätade snabbt på sig när han såg Mason och öppnade dörren han precis vilat sig mot. Han skyndade därefter fram till dem och tog väskan.

"Miss Brazier, välkommen till Chicago." Hans arroganta ansikte sprack upp i något nära ett leende – ett sådant som lika bra skulle kunna säga: *"Jag kommer döda dig alldeles strax"*, men som i detta fall antagligen var menat som genuint trevligt. Madeline log lätt som svar och var precis på väg att kliva in i bilen när en virvelvind, bestående av en ung kvinna, hoppade på henne och omfamnade henne hårt.

"Madeline, min kära kusin, som jag har sett fram emot din ankomst." Hon höll Madeline på armlängds avstånd och studerade henne ingående och hennes bruna ögon lyste av genuin glädje. Det enda Madeline kunde tänka på var hur vacker hon var: blond, slank; klädd i en vit tunn klänning med tidernas urringning som blottade två välformade bröst och en spetsbehå. Madeline insåg väldigt snabbt att detta måste vara hennes kusin, Alessandra, och denna verkade inte bry sig minsta lilla om att hon blottade en aning för mycket av sina tillgångar. Hon log brett mot Madeline så en rad jämna, vita tänder blottades. Hennes näsa var nästan skrämmande rak ovanför den fylliga munnen och ögonen var svartmålade.

"Det här är din kusin, Alessandra, hon insisterade på att få följa med", fortsatte Mason och gjorde en gest mot yrvädret.

Madeline hann knappt säga något innan Alessandra hade pussat henne på båda kinder och fattat hennes händer i sina.

"Vet du hur länge jag har väntat på att få träffa min mystiska kusin från Sverige? Jag trodde aldrig att du skulle komma! Vet du hur det känns att vara ensam tjej bland de här alfahannarna? Herregud, jag trodde jag skulle bli galen. Äntligen har jag någon att dela tjejgrejer med. Underbara dag!"

Hon log blygt och lät Alessandra studera henne ingående. Det fanns inte något som kunde relateras till blyghet i kusinens beteende – de var med andra ord varandras motsatser. Hon gillade henne omgående.

"Jag ska visa dig hela Chicago, Madeline. Är det sant att du inte har träffat någon i vår släkt sedan du var sex år gammal? Min mamma har berättat det mesta men jag fattar inte i alla fall", babblade hon glatt och drog med sig Madeline in i bilen med sin söta parfym ångande runt dem. Mason skrattade roat och satte sig i fram med chauffören.

"Jag vet ärligt talat ingenting om vår släkt, jag har inte träffat någon, förutom mormor och morfar", erkände Madeline blygt.

"Det är helt otroligt. Jag vet att vår morfar var sträng, även om han var helt underbar mot oss barnbarn, men jag fattar fortfarande inte att han och moster kunde bli så oense om hennes val av man. Helt sjukt!"

Madeline tittade på sin kusin och undrade flyktigt vad hon använde för hårprodukter. Hennes hår glänste verkligen. Eller så var det vad rikedomar gjorde med ens hår.

"Gud vad du är vacker!" utropade hon plötsligt och grep tag i Madelines ena hand.

"Inte lika vacker som du", sa Madeline och tittade ner en aning generat. Madeline visste att hon var söt, inte snygg som hon ville vara, inte läcker, inte kvinnligt tilldragande.

Hon var söt.

Alla sa det till henne. Att hon såg ut som någon sorts godbit som man ville äta upp. Men Alessandra var snygg. Om Madeline var Barbie, så var Alessandra Bratz. Det var skillnad.

Madeline ville definitivt vara Bratz.

"Du har ju så söt, trubbig näsa, och vad skulle jag inte göra för att få din överläpp", sa Alessandra exalterat.

Madeline skrattade förvånat. Hennes överläpp hade alltid stört henne något enormt. Den var fylligare än hennes underläpp och spädde bara på hennes *söta* utseende.

"Du har ju världens hetaste läppar!"

Alessandra viftade avfärdande. "Det är filler", konstaterade hon med ett skratt, precis som om det var världens naturligaste sak.

"Va?" Som sagt, en helt annan värld. Men läpparna var snyggt gjorda, hon hade aldrig kunnat gissa att de var fejk.

"Absolut! De här med", flinade Alessandra och tryckte på sina fylliga bröst. "Vänta du bara. När du får njuta av alla pengar och leva ditt liv här så kommer du snart vara där själv. Det finns *så* mycket du kan göra för att slösa pengar." Hon kastade en liten blick på Madelines jeans och vita linne. "Till exempel köpa en helt ny garderob."

Madeline höjde på ett ögonbryn och kastade en blick på sina kläder.

"Älskling, de är helt okej. Men jag vill att du ska se fantastisk ut, och det kommer du göra när jag är klar med dig." Hon log brett och slängde med sitt långa hår. "Det här kommer bli så roligt", myste hon och kramade Madelines händer.

Mason skrattade kort och gav Madeline en varm blick från passagerarsätet. Med ens kände hon sig som en utböling. Det var *de* och *hon* – två olika sidor av släkten – och Mason hade gått över till *deras* sida för länge sedan. Hon försökte att svälja sin bittra förlägenhet och ansträngde sig för att denna insikt inte skulle skina igenom under resten av resan.

Kapitel elva

Inget hade kunnat förbereda Madeline på åsynen av Discenzaresidensen. Hon hade inte ens sett en bild på ägorna, och barndomens minnen gjorde inte heller byggnaden någon rättvisa; huset var enormt, trädgården var enorm, lyxen var enorm. *Allt* var enormt. Och till hennes stora förvåning gjorde detta henne en aning upprörd.

För första gången i sitt liv kände hon en direkt ilska över att hon ofrivilligt hade slitits från sin släkt och sin bakgrund. Hon var arg på sin mamma, arg på Marc, arg på sin pappa, arg på sin farmor och farfar; ja, hon var arg på alla som hade isolerat henne från en släkt som var hennes. Hon hade inte varit inblandad i den här konflikten. Varför hade hon fått lida? Det var så orättvist.

Men då Madeline var en person med milt lynne visade hon inte sina känslor utåt utan skyfflade undan sin ilska och besvikelse i en box och låste omsorgsfullt.

Den skrämmande chauffören lät dem kliva ur och körde sedan i väg med bilen – antagligen för att parkera den någonstans. "Men… mina väskor", utbrast Madeline oroligt och tittade först på Mason och sedan efter bilen.

Mason skrattade kort och Alessandra tog armkrok med henne. "Älskade vän, de tar ju chauffören upp till ditt rum", informerade hon roat med ett tonfall som sa att något annat hade varit helt absurt.

Hon följde en aning nervöst med sin kusin och bror uppför de blänkande vita stentrapporna som ledde till de stora dörrarna.

Mason stannade till med handen på ett av två dörrhandtag och tittade allvarligt på sin lillasyster. "Du kommer väldigt snabbt att få svar på varför jag inte har velat komma hem de senaste åren", lovade han med en blinkning.

Hon kände sig som en sardin mellan sin bror och kusin, men var trots allt nöjd med det varma mottagandet. Att sitta fast hemma i Sverige med sina föräldrar var väl knappast idealet för ett givande liv. Det var dock idealet för ett lugnt och händelselöst liv. Här skulle hon få allt utom det.

Genom hela guidningen av Discenzaresidensens innandöme var Madeline mållös; hennes morföräldrars hem var en orgie i lyx. Alessandra och Mason berättade kort om varje rum de passerade, precis som två betalda guider – allt för att få henne att känna sig som hemma.

Det var en sådan konstig känsla för henne att befinna sig i detta hus som hon inte mindes längre men tydligen hade tillbringat en del tid i som litet barn. "Det här är helt otroligt", flämtade hon när de klev in i den stora salongen med de mörka möblerna och de orientaliska inslagen blandade med antika klenoder och målningar. Det tog en evighet för henne att insupa varje detalj och Mason skrattade åt hennes reaktion.

"Jag lovar dig, älskade kusin, att när du har varit här i någon vecka kommer du inte att tänka på all lyx längre. Dessutom är allt detta även ditt."

Det var den overkliga delen och Madeline valde att inte kommentera. "Var det här som Teresia blev mördad?" frågade hon i stället.

Mason nickade till svar och studerade sin syster när hon tittade upp i det höga taket och tog in alla nya intryck. Han älskade henne mer än han älskade någon annan i den här världen och den känslan gjorde honom farligt sårbar. Kanske det var den stora åldersskillnaden som gjorde honom så överbeskyddande, eller det faktum att deras far aldrig hade satt upp några speciella regler för dem vilket gjort att han axlat rollen som Madelines manliga beskyddare. Hon var den snällaste och sötaste tjej han kände och för oskyldig. Världen skulle sluka henne i ett nafs om han inte höll ögonen på henne – helst denna nya värld – för att inte tala om alla gamar till män. Han kastade även en snabb blick på sin vackra kusin, Alessandra, och insåg att hon var mer än redo att dra ut Madeline på alla tänkbara äventyr. Hon hade mer än en gång informerat honom och Corey om hur skönt det skulle bli med kvinnligt sällskap i huset. Hur goda nyheter detta var återstod att se; Alessandra hade minst sagt svårt att hålla sig till familjens konservativa regler. Därav hennes flytt från sin far och familj i Italien.

"Så det här är Madeline Discenza från Sverige?" hördes en självsäker stämma från dörröppningen.

Madeline snodde runt, en aning förläget med tanke på sin hänförda granskning av inventarierna, och fann sig vila ögonen på något av det snyggaste hon någonsin hade sett.

"Eh, ja", stammade hon, oförmögen att dölja vad hon tänkte om mannen som precis gjort entré.

Alessandra iakttog roat Madelines reaktion och Madeline fann sig rodna under kusinens genomborrande blick. Så typiskt henne att avslöja varenda liten känsla som färdades genom hennes kropp.

Mannen var klädd i mörka jeans och en vit kortärmad skjorta som satt smickrande på hans hårda kropp. Liksom både Mason och Alessandra var han vackert solbränd och hans svarta tjocka hår låg bakåtkammat på hjässan; ögonen var varmt bruna och de mörka ögonbrynen gav honom en arrogant framtoning som förvisso suddades ut en aning vid hans pussvänliga mun. Hon fann sig fastna med blicken vid den attraktiva gropen han hade i hakan och hennes kropp svämmade över av en högst pinsam attraktion som hon insåg var uppenbar för omgivningen.

Det här var ju fånigt.

När han stod rakt framför henne och studerade henne uppifrån och ner med en outgrundlig blick, kunde hon känna hans fräscha manliga doft och huden knottrade sig på hennes armar.

"Det här är min syster, Madeline. Madeline, det här är Corey Discenza", sa Mason formellt och kastade en snabb förebrående blick på sin syster.

Madeline lyfte praktiskt taget från golvet när Corey fattade hennes hand i sin varma och förde den till sina mjuka läppar.

"Trevligt att träffas, Madeline", sa han med en behaglig röst.

Hon nickade bara till svar, fullt upptagen med att smälta alla nya intryck – helst det senaste.

Hon förstod att hennes liv, efter detta ögonblick, aldrig mer skulle bli detsamma och det var en skrämmande vällust som uppfyllde henne när hon skådade sin läckra bonussyssling – tillika familjens överhuvud. Fjärilar tumlade runt i hennes mage och hon svalde exalterat. Hade hon verkligen missat alla år hon haft möjlighet att skåda denna man? *Skärp dig, Madeline, sen när började du ränna efter män som ett fån?*

"Har någon visat dig runt ännu?" Corey tittade in i Madelines ögon på ett kusligt genomborrande vis. Nu när den första vågen av hänförelse lagt sig insåg hon att det fanns något oroväckande i hans allvarliga ögon; ett mörker som hon kände igen från vissa av sin fars klienter.

"Jag har sett det mesta av undervåningen tror jag", svarade hon tveksamt och hoppades att omgivningen inte såg hur mycket hennes kinder blossade.

Han såg en aning road ut och Madeline insåg hur konstigt hon betedde sig. Hon kastade en liten blick åt sin brors håll, men han såg mest irriterad ut.

"Då får vi göra något åt den saken, eller tycker du inte? Alessandra kan visa dig till ditt rum så kan jag själv visa dig runt ägorna när du har fått fräscha upp dig lite."

Hon nickade och började förläget undra om hon såg ofräsch ut eller något.

Alessandra lade armen runt henne och föste henne mot dörren för att sedan leda henne till den stora trappan. Halvvägs upp lutade hon sig mot Madelines ena öra. "Du behöver inte vara generad, älskling, Corey har den där inverkan på alla kvinnor. Han är döläcker, eller hur?" Hennes läppar snuddade varma vid Madelines öra när hon viskade.

Madeline rodnade upp till hårfästet. "Ja det är han", svarade hon dock ärligt.

Alessandra öppnade en av de många dörrarna på andra våningen och skrattade hjärtligt. "Corey är kvinnornas favorit – problemet är att det inte är någon som duger åt honom. Ja, mer än tillfälligt då. Han måste vara den mest kräsna man jag någonsin har träffat, och irriterande. Men han tjänstgör åtminstone som ögongodis." Hon gjorde en dramatisk gest mot rummet och log så att hennes vackra ögon gnistrade. "Det här, älskling, är det rum vår mormor sov i när hon kom till Discenzaresidensen den första gången. Det var då hon blev tillsammans med vår morfar. Romantiskt va?"

En stor eksäng, nougatfärgade väggar, stora antika tavlor och en enorm ekgarderob var det första som träffade Madelines ögon; golvet såg kallt ut med sina grå stenplattor, men visade sig behagligt att gå på. Hon gick fram till de stora fönsterna och tittade ut över den vackra välskötta trädgården på baksidan; här trängdes magnifika träd med vackra blomsterrabatter, prunkande växter och dyra trädgårdsmöbler.

"Jag ska låta dig vara ifred", kvittrade Alessandra. "När du känner för att ses är det bara att slå en pling så kommer jag. Jag ska i väg ner till stan en sväng och träffa en vän." Hon svepte därefter ut ur rummet på ett dramatiskt vis som skulle visa sig vara karaktäristiskt för henne.

Kapitel tolv

Efter att Alessandra försvunnit någonstans i den stora byggnaden, satte sig Madeline ner på den mjuka sängen; hon lät handen glida över det beigea, glansiga överkastet och blicken drogs mot de dyra lamporna och målningarna.

Helt plötsligt drabbades hon av hemlängtan. Hon avskydde att känna sig som hon gjorde nu: vilsen, förvirrad och frågande till vad hon skulle göra med alla sina dagar på det här stället. Hur fördrev Corey, Mason och Alessandra sina dagar? Hon insåg att hon inte ens frågat Mason vad exakt han jobbade med – bara att han jobbade för familjeföretaget. Men vad innebar ens det? Alessandra jobbade deltid som modell, men bara för att hon tyckte det var roligt, knappast för att hon var beroende av pengarna. Och hennes läckra bonussläkting, Corey, styrde det stora imperium som Marc Discenza lämnat efter sig, men vad det imperiet bestod av hade hon ingen aning om. Hennes mamma hade bara föraktfullt kallat det för "familjeföretaget", men utan att lämna utrymme för några frågor.

Badrummet var en upplevelse i sig; golvet var klätt i stora mörkgrå kakelplattor, ena väggen var gjord av glas och erbjöd en generös utsikt över hela den bakre magnifika trädgården. Från en vägg pekade en mörk hylla ut från väggen hållandes en glasskål med en silverfärgad kran över sig. Det vita skålformade badkaret befann sig till vänster i rummet med en silverfärgad elegant duschstång som böjde sig som en svanhals över det rymliga karet. Bredvid tvättstället stod en väl tilltagen guldkantad spegel lutad mot väggen; hon kastade en snabb blick på sin slanka kropp i denna innan hon vände sig bort för att leta efter handdukar.

Hon hittade en preussiskt ihop-vikt handduk på en smal hylla ovanför badkaret. Ordet *minimalistiskt* dök osökt upp i Madelines huvud.

Hon tog god tid på sig när hon hängde in alla kläder i garderoben samtidigt som hon funderade över vad hon skulle sätta på sig. Valet föll på en ljusbeige enkel klänning som slutade ovanför knäna. Den framhävde tillräckligt av hennes kropp för att vara smickrande men inte för utmanande. Det glansiga ljusbruna håret gjorde hon inte mycket åt. När hon blåst det torrt kammade hon en slät mittbena och satte två stora ringar i öronen. Lite mascara och läppglans så var allt klart.

Vid närmare eftertanke.

Hon sprang tillbaka till sin necessär och bestämde sig för att sätta på lite rouge också. Hon var inte hemma längre och kunde åtminstone *försöka* att mäta sig med de rika tjejerna i sitt nya liv. Hon var övertygad om att Alessandra redan nu hade några förslag på vad de kunde göra med hennes yttre.

Dessutom ville hon vara snygg inför Corey Discenza. Hon fick en nervös klump i magen bara hon tänkte på honom.

Hon lämnade rummet efter att ha tittat sig själv i spegeln en sista gång – det här började nästan gå för långt.

Hon kastade en nyfiken blick på den breda trappan som gick upp en våning och bestämde sig sedan för att gå ner och leta efter sin bror. Åtminstone *antog* hon att han väntade på henne där nere någonstans.

"Vad tycker du om huset, Madeline Discenza?"
Madeline ryckte överraskat till. Corey stod nonchalant lutad mot väggen på sidan av trappan på nedervåningen, han tittade utforskande på henne och stoppade ner sin mobil i jeansfickan. Den vita kortärmade tröjan satt verkligen oförskämt bra på hans vältränade kropp. Hon rodnade när hon mötte hans blick och tittade snabbt ner i golvet.

"Brazier", mumlade hon lågt.

Han höjde på ett ögonbryn. "I det här huset är du Madeline Discenza." Han yttrade det som en order och inte ett förslag och Madeline kom av sig några sekunder.

"Eh… var är Mason någonstans?"

Han lyfte sin ena hand och placerade hennes hår bakom ena örat, precis som om det inte låg på det viset han ville; han studerade flyktigt örhänget och fångade sedan in hennes blick med sina genomborrande ögon. Hans varma fingrar efterlämnade pirrningar på hennes lena kind och hon tittade på honom med för lite luft i lungorna. Hon hade aldrig mött någon som han tidigare – han fyllde med enkelhet ett helt rum och hans närvaro fick hennes hjärta att slå dubbelslag av skräckblandad förtjusning.

"Han har åkt i väg en sväng. Det är bara du och jag. Jag tänkte visa dig runt som jag lovade tidigare." Han backade en aning och fick åter ett arrogant uttryck i ansiktet innan han gjorde en gest att hon skulle följa honom.

Hon hade svårt att läsa av om hon var en välkommen eller ovälkommen börda för honom. Det sista hon ville var att komma till Discenzaresidensen och vara till besvär.

Det var en upplevelse att följa Corey genom det enorma huset. Han visade henne en mångfald av antika klenoder och målningar, för att inte tala om alla de skatter som gömde sig i det stora biblioteket.

"Det här var farfars arbetsrum. Eller ja… min *låtsasfarfar* om vi ska vara väldigt korrekta. Din morfar."

Madeline lät blicken glida över de mörka väggarna; de många böckerna med slitna bokryggar; dyra klenoder som stod i var hörn och ett stort mörkt skrivbord som såg ut att väga hundra kilo. I mitten av rummet fanns ett fantastiskt cylinderformat akvarium med all världens färgglada fiskar.

Hon kunde inte motstå lockelsen och gled sakta fram mot böckerna i rummets vänstra del – men försiktigt då hon var rädd att förstöra de fantastiska orientaliska mattorna med sina skor. Tystnaden i rummet var överväldigande och hon kände Coreys granskande blick när hon vandrade längs de gedigna bokhyllorna; hennes känsliga fingertoppar gled över de bruna nötta läderryggarna; enbart gamla mästerverk vars titlar hon knappt kunde utläsa. Gissningsvis hade hon inte råd med ens en enda av dessa böcker. Lukten av det gamla lädret gjorde henne lyrisk – hon önskade att hon varit ensam så hon kunnat glida ner i någon av de bekväma fåtöljerna och bläddra bland de gulnande sidorna.

"Alla dessa målningar och klenoder som skulle imponera på vem som helst, men det krävs några gamla böcker för att imponera på dig", mumlade Corey så nära att Madeline ryckte till.

"Om du bara visste. Jag älskar böcker", log hon varmt.

Han tittade roat på henne. "Vill du se trädgården?"

"Självklart. Jag fattar inte hur jag ska kunna hitta här själv sen", log hon och följde honom ut genom biblioteket och till försalen med fyra dörrar där trappan var belägen. Han öppnade en av dörrarna för att ta sig ut till hallen och sedan ut genom de stora dörrarna som ledde ut till husets framsida. När han öppnat dem och stod på den stora stenbron gav han Madeline ett litet leende.

"När du har varit här ett tag kommer du att hitta överallt, det kan jag försäkra dig."

"Du menar precis när det är dags att åka tillbaka till Sverige igen?" skrattade hon och kisade mot den starka solen.

Om hon varit medveten om hur vacker hon var just då så hade hon förstått den fundersamma blick Corey gav henne, men hon njöt av värmen från solen och av det äventyr som låg framför henne, helt ovetandes om den inverkan hon hade på omgivningen.

"Ja, *om* du någonsin kommer göra det", replikerade han kort och blickade ut över den vackra framsidan med den stora fontänen på mitten av gårdsplanen.

Han sade det med sådan skrämmande enkelhet, som om han pratat om något helt betydelselöst – men för honom självklart – och håret reste sig i hennes nacke.

"Vad menar du? Jag har inga planer alls på att stanna kvar här. Jag måste självklart tillbaka till mitt jobb och mina föräldrar. Hur skulle jag klara mig utan dem?"

"Vi får väl se", sa han bara och började gå nerför den breda stentrappan.

Hon skyndade sig efter honom ner för bron och reflekterade samtidigt över vad han sagt. Av någon anledning bekymrade det henne. Hon kunde inte sätta sitt finger på varför, men det var något med Corey som tedde sig mer eller mindre hotfullt. Hennes mammas ord: "Du vet inte vad som menas med Discenzamännen", ringde i hennes öron och en rysning färdades långsamt ner för hennes rygg.

"Jag ska visa dig baksidan; jag känner på mig att du kommer att gilla den", lade han till med en liten blick över axeln.

Hennes blick gled över den lilla gropen i hans haka och de manliga käkbenen; det pirrade till i hennes mellangärde och hon svalde långsamt. Det här var ju riktigt fånigt.

Trädgården var prunkande med en mångfald växter och lummiga träd; den perfekta platsen för att sitta och läsa och begrunda tillvaron. Här skulle hon tillbringa mycket tid.

Corey däremot visade upp den fantastiska trädgården med föga intresse – långt ifrån lika fascinerad som Madeline var. Hon fann sig undra om det berodde på att han hade sett den så många gånger att han saknade förmågan att uppskatta den som hon, eller om han helt enkelt inte var en sådan som tog sig tid att njuta av naturens underverk.

Hon lät sina känsliga fingertoppar smeka buskarnas mjuka blad och drog händerna längs trädens skrovliga trädstammar, helt i sin egen värld, omedveten om att Corey studerade henne ingående.

"Du beter dig som om du aldrig har sett en trädgård förut", sa han roat och stannade till på stenplattorna som ledde dem genom det färggranna mästerverket.

"Men den är underbar! Tänker du aldrig på det? Här skulle jag kunna sitta i timmar och bara titta."

Han rynkade fundersamt ihop ögonbrynen men sa ingenting.

"Vad är det?" frågade hon en aning förvånat och kisade mot solen som sken henne rakt i ögonen.

"Jag var säker på att du skulle vara helt betagen av huset, med tanke på den situation som uppstod med din mamma och din morfar – alla rikedomar som du har saknat under uppväxten." Han gled med blicken utrönande över hennes ansikte och kropp utan att avslöja om han tyckte att detta var en god eller dålig nyhet.

Hon tittade på honom och hoppades att hennes blick förmedlade ett självförtroende hon inte kände. "Men jag har inte saknat några rikedomar. Huset är fantastiskt, men jag imponeras inte av pengar. Det här–", hon svepte med handen över den storslagna trädgården, "–det är vackert, det skänker lycka."

"Det är förvisso glädjande om trädgården kommer till användning. Jag har än så länge varken sett din bror eller Alessandra komma längre ut än till terrassen." Hans ton var sarkastisk och han vände sig därefter om och gick i riktning mot den stora poolen som låg centralt på baksidan med en stenlagd gång upp mot terrassen.

"Du då?"

"Nej, men jag kanske har en anledning nu." Han stannade till några sekunder med blicken lekande över hennes ansikte.

Hon kände hur hennes kinder hettade under hans granskning och var tacksam när han vände sig och började gå igen. Hans blick hade verkligen en förmåga att krypa in under hennes hud – som om han sökte efter alla hennes hemligheter.

Poolen var storslagen med blått rent vatten som glittrade lockande i solens varma strålar. Till skillnad från resten av den lummiga trädgården var poolområdet helt öppet; runt poolen fanns grå granitplattor som vid den ena gaveln mynnade ut i en mysig grillplats med utekök och en exklusiv matgrupp. Hon noterade att det nedfällda parasollet i grillplatsens utkant var så pass stort att det antagligen bildade ett tak över hela området; solstolar var utspridda i perfekta rader runt hela poolen.

Den perfekta platsen för poolparty.

Från poolen gick den stenbelagda gången upp till terrassen som löpte längs hela husets baksida; den var helt under tak och inredd som ett vardagsrum. Det fanns bekväma soffor, mattor och lampor som var alldeles för dyrbara att ha ute på en terrass, och en mängd med prydnadskuddar. Även på terrassen fanns det en grillplats och lyktor hängde lite varstans om man ville göra det riktigt mysigt. Mason stod där och väntade, vilket gjorde Madeline glad; hon hade för svårt att andas när hon var ensam med Corey.

"Madeline har hunnit vara här en halv dag och du har redan lagt beslag på henne, Corey", klagade han skämtsamt. Han sträckte ut handen när Madeline nådde honom och gav henne en varm kram.

Corey höjde på ena ögonbrynet. "Din stackars syster var ju helt övergiven. Men eftersom jag vet hur mycket du har längtat efter henne kan jag glädja dig med att jag måste jobba." Hans plötsligt kalla blick sökte sig till Madeline. "Ni får ha en trevlig eftermiddag. Vi ses antagligen senare."

Hon nickade stumt och följde honom med blicken då han försvann in i huset genom terrassdörren.

Mason tittade allvarligt på henne och tryckte sedan hennes arm. "Maddie–", sa han varnande och tittade mot den ännu öppna dörren, "–han är inte för dig."

"Va? Vem?" Hennes kinder hettade under broderns granskande blick.

"Spela inte dum, du vet vem jag menar. Corey är inte för dig, Maddie."

"Men vem har sagt–"

"Jag känner dig och kan läsa av dig med enkelhet", avbröt han irriterat.

"Det är inte mitt fel att han ser bra ut, Mason. Det är svårt att låta bli. Men vad gör det? Ögongodis har väl aldrig skadat någon?"

"Låt det stanna där. Corey är långt ifrån de killar du är van vid från Stockholm, på väldigt många sätt. Det skulle bara sluta med att du blev ledsen. Han är även den mest kräsna man jag någonsin har träffat. Den dagen han träffar en kvinna är hon antagligen skapad i något datorprogram efter en egendesignad mall." Han log roat och Madeline misstänkte att han även sagt detta direkt till Corey.

Kapitel tretton

Det fanns några saker som Madeline lärde sig mycket fort gällande livet i Discenzaresidensen. Den första var att Corey bestämde över samtliga i familjen och att de anställda lydde hans order blint. Hon lärde sig även att många av de män som arbetade för honom var skräckinjagande och gav henne rysningar. Hon hade blivit presenterad för samtliga hon mött och hoppades att hon skulle träffa dem så lite som möjligt. De var förvisso mycket trevliga mot henne och behandlade henne med stor respekt – men deras ögon var dödliga och kalla. Det talades alltid italienska, något som Corey och Alessandra tydligen talade flytande och Mason vid det här laget behärskade på skaplig nivå. Första gången Madeline hört honom växla över till italienska hade hon blivit både imponerad och en aning skrämd. Varför det skrämde henne visste hon inte, men hon gissade att det var för att Mason nu ingick i en helt ny värld som hon själv ännu inte var en del av – och hon kände inte den nya versionen av honom riktigt. Hon kände sig även lite sårad för att han till synes hade lämnat familjen Brazier till förmån för familjen Discenza.

Hon lärde sig även att Corey och Mason nästan alltid jobbade och att hon inte ännu hade någon aning om vad deras jobb bestod av förutom att de "styrde familjeföretaget" som hon vid det här laget hört till leda. De talade aldrig om jobbet med Madeline och Alessandra – även om denna verkade känna till långt mer än hon gav sken av – och när Madeline frågade Mason om jobbet så gav han henne bara korta svar. Alessandra verkade dock inte bry sig nämnvärt om bristen på information utan levde sitt lättsamma liv med högar av pengar och alla de förmåner som följde. Hon var en av de mest sorglösa personer Madeline träffat i sitt liv. Men även om hon kunde förstå lockelsen med pengarna och det gränslösa liv Alessandra levde så var hon personligen van vid att vara inkluderad i alla betydelsefulla delar av familjens liv. Hon och hennes far jobbade mycket nära varandra och han hade alltid värderat hennes åsikter – men här var hon lämnad ute i kylan.

Hon konstaterade att hennes sorglösa bror hade förändrats. Han var förvisso samma varma och underbara person som han alltid hade varit, men den nya Mason hade hemligheter för henne och uteslöt henne ur delar av sitt liv.

Något som även skrämde henne var några uttalanden från hans sida om att hon, som kvinna, inte hade något med familjens affärer att göra och därtill att det var viktigt att hon tänkte på familjens rykte genom att tänka på sitt eget; fritt översatt förväntades hon vara en fin flicka. Vad var detta för nya främmande värderingar? – det var inte något de lärt sig av sina föräldrar. I stället verkade det stämma väl överens med vissa saker som Angelina vräkt ur sig de gånger hon svurit över Discenzamännen.

Madeline bestämde sig dock snabbt för att inte ringa och informera sin mamma eller pappa om dessa överraskande uttalanden då hennes mamma redan var tillräckligt sårad för att Mason lämnat familjen och anslutit sig till fienden.

Nej, hon fick genomleva detta själv och sedan återvända till sin familj efter sommaren och se detta som ett berikande sommarlov.

"Nu är smekmånaden över. Mason har haft monopol på dig i över en vecka. Ikväll är det du och jag." Alessandra ställde ner några shoppingpåsar på golvet och log brett mot sin kusin. "Men först ska vi styra upp din klädsituation."

Madeline skrattade och noterade samtidigt att det bara var påsar från galet dyra affärer. Alla anledningar att shoppa var tydligen välkomna sådana för Alessandra.

"En bok, Maddie, på riktigt?" stönade hon och tog boken Madeline hade i handen och slängde den på det ena nattduksbordet. "Att du ligger här i din säng och läser ger mig huvudvärk!" Hon svängde dramatiskt med sitt långa hår och satte sig bredvid Madeline i sängen. "Du vet att du är tjugo år och inte åttio? Hjälp mig här att hjälpa dig."

Madeline skrattade roat. Hon gillade Alessandra; på bara några dagar hade denna fått henne att känna sig välkommen och som en i familjen. Tyvärr tvivlade hon dock på att hon skulle bli lika vild som Alessandra hoppades, men helt ärligt ville hon ut och ha roligt, lägga sin blyghet åt sidan och låta sig dras med i äventyr.

"Jag har tvingat en vän att prova kläder åt dig hela dagen, så du måste ta något av det jag köpt", kvittrade kusinen och började ivrigt dra fram innehållet ur påsarna.

Madeline tittade förläget på de dyra plaggen. "Jag kan inte ta emot så där dyra kläder från dig, Alessandra. Det känns inte rätt."

"Driver du eller? Vet du hur mycket pengar jag har?" skrattade hon och viftade avfärdande med handen. "Jag älskar att ha en ursäkt att göra mig av med dem. Och du kommer att vara så snygg!"

Efter att ha provat diverse olika plagg i fantastiska material och utföranden dröjde Madeline kvar vid spegeln i en svart åtsittande, och mycket kort, klänning med ett paljettband som knäpptes bakom nacken. Den lämnade lite åt fantasin både i framhävandet av brösten, benen och ryggen, och smet åt runt Madelines rumpa på det mest smickrande vis. Den liknade inte något Madeline någonsin skulle bära hemma i Stockholm men väckte hennes vågade sida här i Chicago långt hemifrån. Hon ville för en gång skull känna sig som en kvinna värd att lägga märke till – en kvinna som ägde världen – även om den kvinnan var så fantastiskt långt från hennes riktiga personlighet. Men varför inte passa på att vara den kvinnan här bara under denna begränsade tid?

Alessandra log nöjt och räckte fram ett par högklackade pumps med paljetter som matchade klänningens knäppning.

”Klänningen är verkligen helt underbar”, log Madeline, ”och väldigt utmanande”, tillade hon med en liten grimas.

”Jag vet!” utropade Alessandra exalterat. ”Du måste ha den på dig ikväll. Du är så läcker, Madeline, och jag ser så mycket fram emot att visa upp min vackra svenska kusin för männen här i Chicago. Sen måste vi fixa ditt hår; några skruvlockar så kommer varenda man att titta på dig ikväll, och kvinnor med för den delen.”

”Du är världens gulligaste som har ansträngt dig så här”, log Madeline och gav kusinen en varm kram.

När Madeline var färdig stod hon nervöst och granskade sig i spegeln; hon drog kritiskt ner den svarta klänningen men den åkte bara upp igen för att stanna mitt på hennes lår. Herregud, vad tänkte hon? – hur skulle hon kunna gå ut i den här? Hon var absolut *inte* den kvinnan, vad hon än tänkt tidigare.

Precis när hon började få kalla fötter knackade det på hennes dörr. Det var Alessandra, iklädd en vit klänning som lämnade än mindre åt fantasin. Hon var självfallet döläcker – och ägde det faktumet.

”Tror du inte att den är för kort?” sa Madeline tveksamt och tittade ner på sin klänning.

Alessandra gapade. "Är du inte klok? Den är perfekt! Fan, vad snygg du är, Madeline. Vilken satans läcker kropp du har. Jag kanske borde dra in *dig* i modellbranschen också."

"Nej, Alessandra, det kommer inte att hända", sa en mörk röst.

Alessandra snodde runt och Madeline rodnade upp till hårfästet.

Corey stod i dörröppningen och lutade sig tankfullt mot dörrkarmen. "Att din pappa har tillåtit dig kommer förbli en gåta för mig." Han studerade samtidigt Madeline upp ifrån och ner med ett kallt värderande ansiktsuttryck.

"Corey! Vad du skrämde oss", log Alessandra och undvek att kommentera hans inspel. "Är hon inte fruktansvärt snygg vår Madeline?"

Madeline hade velat sjunka genom golvet men försökte att hålla huvudet kallt under Coreys granskning.

"Ja, det är hon", sa han kort. "Är ni redo?"

Madeline nickade bara och kastade en sista tveksam blick på sin uppenbarelse i spegeln. Hon kunde inte minnas att hon någonsin tidigare i sitt liv varit så i iordninggjord eller utmanande – men hon var tvungen att erkänna för sig själv att hon trots tvivel gillade det hon såg.

Mason satt redan bakom ratten på en mörkblå Bentley när de kom ut. Han kastade en kritisk blick på Madelines korta klänning och höjde sedan på ett ögonbryn.

"Lysande, nu kommer jag inte att kunna lämna din sida på hela kvällen, Maddie", muttrade han när sällskapet gled ner i de exklusiva skinnsätena; Corey i fram och tjejerna i bak.

För en sekund mötte hon Coreys blick i sidospegeln, han studerade henne under tankfull tystnad. Hon vände nervöst blicken ut genom fönstret och kände en plötslig obehagskänsla färdas genom sin kropp – det var något med Corey Discenza som skrämde henne.

Det var en sak att gå ut i Stockholm tillsammans med sina kompisar och det var en helt annan sak att gå ut i Chicago som en del av den stenrika familjen Discenza. Den nattklubb de gick till, som även var en restaurang, var totalt fullsatt. Detta visade sig dock vara ett smärre problem; personalen skyndade fram till Corey och Mason för att hälsa med allvarsam respekt och därefter trollades ett bord fram som inte hade varit där innan. Madeline höjde frågande på ögonbrynen och Mason skrattade roat åt henne efter att ha viskat "välkommen till Chicago" i hennes öra.

Alessandra fann sig till rätta på tre sekunder och viftade vant efter drinkar och svängde sin läckra kropp till musiken på ett härligt medvetet sätt. Männen älskade henne och hon älskade dem – och Madeline älskade sin kusin.

Mason skakade på huvudet och vände sig med en förmanande blick mot Madeline. "Om du beter dig så där kommer jag att ge dig utegångsförbud hela sommaren."

Hon vred sitt glas med gin och tonic mellan fingrarna och höjde på ena ögonbrynet med ett skratt. "Jag är inte fem heller."

"Nej, men du är min lillasyster hur gammal du än är."

Med Mason och Corey i sällskap vågade inte Madeline gå upp och dansa i sin utmanande klänning, vilket irriterade henne då det varit hela avsikten med den här kvällen. Men att börja en utmanande karriär med dem som åskådare stod inte på hennes önskelista. Alessandra försökte övertala henne några gånger men fann sig snart till rätta utan Madeline bland både vänner och beundrare på dansgolvet. Mason, som så vackert deklarerat att han skulle hålla ögonen på Madeline hela kvällen, blev snart överfallen av diverse lycksökerskor som visste vem han var och gjorde allt för att få hans uppmärksamhet. Föremålet för uppmärksamheten verkade dock inte nämnvärt bekymrad över detta utan såg till att ge köttstyckena all beundran de suktade efter. Det var uppenbart att detta inte var den första gången och Madeline började förstå de många anledningarna till att hennes bror inte kommit tillbaka sedan han lämnat hemmet för Chicago tre år tidigare; han älskade det här livet.

Corey däremot blev kvällens överraskning; han var helt klart omsvärmad av kvinnor som inte ville något hellre än komma både innanför hans kläder och skinn, men han visade inte något intresse för dem. Tvärtom så avvisade han dem med en illa dold avsky.

Då de var ensamma kvar vid bordet kände hon att hon borde prata med honom men hon visste inte vad hon skulle säga – det var inte som om de egentligen hade så mycket gemensamt. Hon tittade i stället roat på Mason och Alessandra samtidigt som hon då och då sneglade på Coreys spända ansikte i smyg. Med jämna mellanrum kom olika personer fram till honom för att byta några ord och sedan försvinna igen. Alla nickade kort mot henne men gjorde ingen ansats att presentera sig – tvärtom gjorde de allt för att titta på henne så lite som möjligt utan att vara respektlösa. Det var obehagligt.

Hon fingrade på drinken och undrade om hon ändock skulle våga sig upp på dansgolvet där Alessandra roade sig kungligt; Mason hade flyttat sig till två kvinnor några bord bort som var fanatiskt intresserade av allt han hade att säga. Då varken det ena alternativet eller det andra tedde sig särskilt lockande tog hon mod till sig och pratade med Corey. "Alessandra och Mason verkar ha roligt."

Corey studerade henne några sekunder med sina intensiva ögon innan han tog till orda. "Deras sätt att roa sig på övergår mitt förstånd", sa han kort.

"Hur gör du när du roar dig då?" Hon log avväpnande mot honom glad att hon hade fått en reaktion. Han såg fantastiskt bra ut i mörka jeans och en svart skjorta.

"Att roa sig är slöseri med tid. Jag tjänar hellre pengar än gör av med dem på nöjen."

"Det låter som ett otroligt tråkigt liv", skrattade hon. "Vad är det för mening att tjäna pengar om man inte kan göra något roligt med dem?"

"Man tjänar pengar för att bilda familj och se den växa – för att säkerställa familjens försörjning och säkerhet."

"Det märks att du är uppfostrad i ett italienskt hem. Du har sådana värderingar", skrattade hon mjukt.

Han nickade allvarligt och drack av sin whisky under tystnad.

"Det borde du också ha varit, Madeline", sa han efter ett tag.

Hon tittade på honom utan att veta vad hon skulle svara. Det var inte som om hon valt något av det som hade hänt, och egentligen inte hennes mamma heller.

När hon inte svarade vände han sig ordentligt åt hennes håll, plötsligt med en mindre trevlig blick. "Säg mig, Madeline, varför du har valt de där kläderna ikväll?"

Hon svalde chockat och hindrade en impuls att rätta till klänningen över brösten. "Vad menar du?" sa hon förvånat. Huden i hennes ansikte kändes med ens bortdomnad och öronen tjöt.

"Vad är du ute efter? Är det männens uppmärksamhet?"

"Jag tycker att den är snygg", mumlade hon med bultande hjärta. Hon insåg att Corey Discenza kunde vara både obehaglig och oförskämd.

"Jag tycker att den är billig."

Hon trodde knappt sina öron, som vid det här laget tjöt ännu högre, och tittade gapande på honom. Ingen hade någonsin tidigare tilltalat henne så otrevligt och dessutom utan orsak. Vem trodde han att han var som läxade upp henne som om han hade någon som helst rätt att göra det – han var varken hennes far eller bror.

"Men Alessandra–"

"Alessandra är Alessandra, hon vet vad som gäller. Du är Madeline. Du är en nykomling i familjen Discenza. Du har inte någon aning om vilka vi är och vilka regler vi lever efter, eller vad som förväntas av dig som kvinna i familjen. Men *jag* kommer att lära dig, Madeline. Du ska inte komma hit och skämma ut oss. Du kommer följa mina regler precis som alla andra. Den första är att du inte ska klä dig så där billigt." Efter de orden reste han på sig och gick i väg. Madeline satt kvar med gråten i halsen men höll tårarna tillbaka för att inte göra sig själv till åtlöje. Hon bet sig så hårt i läppen att hon kände blodsmak och tittade på Alessandra, som dansade fram sorglöst på dansgolvet, genom en dimma av tårar.

Kapitel fjorton

Det tog nästan en månad innan Madeline skapat sig någon form av eget liv i Chicago och Discenzaresidensen. Under hela den tiden hade hon dock en enorm hemlängtan; det var ren envishet som fick henne att stanna i Chicago.

När hon pratade med sina föräldrar höll hon modigt skenet uppe, och många gånger ställde hon sig frågan varför hon så gärna ville skapa sig ett liv i Chicago? Visst, det var ett liv i lyx, men så fort hon fyllt tjugoett så hade hon tillgång till sin egen förmögenhet. Den kunde hon med enkelhet ta med till Stockholm i stället för att leva på det här hemska stället där hon så uppenbart inte hörde hemma.

Hon duckade skickligt när Angelina ställde de heta frågorna och poängterade att det var omöjligt att allt gick så bra som Madeline gav sken av.

"Jag känner Discenzamännen, Maddie, kom inte och säg att du har blivit mottagen med öppna armar. De hatar mig och kommer automatiskt att dra min dotter över samma kam. Enligt Discenzamännen finns det två kategorier av kvinnor: bra och dåliga."

Madeline var tacksam att hennes mamma inte kunde se henne för hon hade avslöjat sin dotter på en gång. Hon tittade på sitt sorgsna ansikte i spegeln och undrade varför det var så viktigt att undanhålla sanningen från Angelina. Hon visste dock redan svaret på den frågan: hon ville visa sig stark och självständig. "Mamma, tycker inte du att det är dags att berätta för mig varför du blev förskjuten av din familj?" Hon kunde nästan känna den ilskna hettan genom luren och var glad att hon befann sig på säkert avstånd.

"Jag har redan berättat det för dig, Maddie, en miljon

gånger. Jag gifte mig med fel man. Det finns inte något mer att berätta. Säg mig i stället hur det är med min son."

Alessandra hade snabbt noterat hur ledsen Madeline varit den första kvällen när de varit ute på krogen. Efter lite övertalning hade hon berättat vad Corey hade sagt och Alessandra hade givit henne nöjet att bli riktigt upprörd och kallat Corey allehanda fula ord. "Du vet, Madeline, att bara för att han är snygg behöver du inte ursäkta hans dåliga beteende", sa hon skämtsamt. "Du klär dig som du vill och gör vad du vill. Låt inte Discenzamännen bestämma. En gång i tiden körde han samma sak med mig om mina kläder, men jag visade honom att jag gav blanka tusan i hans åsikt. Det är väldigt lätt att låta Corey bestämma – han har en talang för övertalning. Men jag lät honom inte, och det ska inte du heller."

"Han sa att du vet vilka regler du har att följa."

Alessandra hade skrattat hjärtligt och slängt med sitt fantastiska hår. "Såklart jag vet. Men jag vet också hur jag ska dölja alla gånger jag bryter mot dem." Hon blinkade överlägset mot Madeline. "Du kan varken trotsa eller besegra Corey, men du kan lura honom så fort du har möjlighet."

"Men vad ger honom rätten att bestämma allt?"

"Han är familjens överhuvud", svarade hon som om det förklarade allt. En påminnelse om att Madeline inte kände sin släkt. Alessandra var dock tillräckligt barmhärtig för att ge henne en förklaring. "Om du inte följer Coreys och familjen Discenzas regler blir du antingen straffad eller utslängd. Man vill inte ha ont och man vill inte vara fattig. Därför följer man reglerna." Hon sade det så enkelt – som om det var den mest naturliga sak. Som om det inte vore helt fel.

"Corey låter som en hemsk människa."

"Klart han är. Annars hade han inte fått ta över familjeföretaget", skrattade Alessandra. "Maddie, ge inte upp. Stanna här. Låt inte Corey vinna."

Madeline lät inte Corey vinna – eller vem försökte hon lura? Hon betedde sig fläckfritt för att inte ge honom något att klaga på, men var säker på att det irriterade honom. Hon klädde sig lagom sexigt när hon gick ut och hon var fantastiskt lagom när hon festade. Det passade henne förvisso då hon inte ens var i närheten av Alessandras kaliber vad gällde nöjen, hon hade inte samma förmåga att äga dansgolvet som kusinen hade.

Corey iakttog henne ständigt med samma kalla blick och uttryckslösa ansikte. Vad han tänkte var en evig gåta – sannolikt inte bara för henne. Helt plötsligt gick hennes vistelse i Chicago ut på att vinna hans förtroende och godkännande – något som fick henne att hata sig själv. Om hennes mamma hade sett detta hade hon skickat henne en flygbiljett direkt och sedan läxat upp henne för hennes idiotism vid återvändandet till Sverige.   Men hon gjorde sin bror stolt, något han sa så fort han fick möjlighet.

Var hon verkligen här för att vara männen till lags? Hon hade aldrig tänkt i sådana termer i Sverige, men så hade hon inte heller haft miljoner regler att leva efter.

"Alla kommer på din fest, Madeline", sa Alessandra upprymt. "Att vi ska ut och shoppa är en självklarhet. Du måste se ut som balens drottning, älskling."

Madeline skruvade på sig i soffan där hon satt tillsammans med Alessandra; de befann sig i stora salongen och även Mason och Corey var närvarande. Hela den här festen var något som Madeline med enkelhet hade kunnat spola över; hon hatade att vara i centrum för allas uppmärksamhet och hade bönat och bett om att de skulle hoppa över den. För en gång skull var det inte bara Alessandra som opponerat sig, utan samtliga. Mason och Corey hade informerat Madeline om hur stort det var att fylla tjugoett och att denna fest även var tillfället då alla släktingar skulle få möjlighet att träffa Marcs dotterdotter för första gången. Cassandra skulle flyga in med sin man från Italien och samtliga från USA skulle komma för att träffa henne. Det fanns inget att diskutera – hennes åsikt var inte något som togs i beaktande.

"Varför ser alla fram emot det här utom jag?" stönade hon och mötte hastigt Coreys allvarliga blick.

"Vad känner dina föräldrar inför att missa ditt 21-årsfirande?" frågade han plötsligt.

"De firar mig när jag kommer tillbaka till Sverige." Som om han brydde sig om deras känslor. Hon däremot var uppriktigt ledsen över att de inte kunde närvara.

"Så du tror att du kommer att åka tillbaka till Sverige när sommaren är slut?" Hans sneda leende gav henne oväntade skälvningar och hon knöt sin ena hand i den andra. Mason log roat åt Coreys kommentar precis som att det var något sorts internt skämt; hon uppskattade det inte; liksom hon inte uppskattade den hårda person Mason blivit sedan han lämnat Sverige. Ibland lyste hans gamla sorglösa personlighet igenom, men oftast var han sitt nya oresonliga jag – ett *jag* som kontrollerade Madeline överdrivet mycket och med ett uppenbart gillande från Coreys sida. Hon saknade sin gamla bror och hon saknade sina föräldrar.

Bara tanken på att träffa resten av denna kalla släkt gav henne ångest.

"Jag kommer utan tvekan att åka tillbaka till Sverige", svarade hon kort och gav Alessandra en trött blick. Denna rynkade ihop ögonbrynen och kastade en frågande blick på

Corey. Det var uppenbart att inte heller hon förstod vad han och Mason sysslade med.

”Tänk om vi bestämmer oss för att behålla dig här, syster”, sa Mason retsamt. ”Jag kanske inte har lust att lämna dig tillbaka.”

Hon tittade indignerat på sin bror, inte utan en viss rädsla. Hon borde ta med honom tillbaka till Sverige så att han blev normal igen. Det var uppenbart att familjen Discenza inte var bra för honom.

”Det är knappast ditt beslut att fatta.”

”Din bror älskar dig ofantligt mycket, Maddie”, tröstade Alessandra efter att ha hittat Madeline gråtandes på sitt rum. ”Jag tror att han beter sig så där för att han såg så mycket fram emot din ankomst och nu inte vill att du ska åka. Han hoppas att du ska trivas så mycket att du bestämmer dig för att stanna här. Det hoppas jag också. Sen varför Corey beter sig som ett svin är en gåta för mig. Det är inte likt honom. Eller, jo, att bete sig som ett svin är – men varför han är det i så hög grad mot dig förstår jag inte.”

Då var det konfirmerat; Corey gillade henne inte helt enkelt. ”Om han vill att jag ska stanna så borde han se till att jag trivs. Min bror har förändrats”, sa Madeline och bestämde sig för att inte kommentera det sistnämnda.

”Han jobbar med Corey, Madeline. Han har inte haft något val. Om man ska jobba med Corey måste man vara hård, ha skinn på näsan.”

”Ja, men han behöver inte behandla mig som en del av jobbet. Jag känner mig som en tioåring som inte får lämna hemmet utan tillåtelse.”

”Men i övermorgon fyller du tjugoett och då ska vi ha riktigt roligt. Släkten kommer att älska dig. Jag lovar! Och du ska äntligen få träffa min mamma. Vet du hur mycket hon ser fram emot att träffa dig?"

"Jag vet inte vad jag skulle göra utan dig, Alessandra", sa Madeline och torkade sina tårar. Hon kramade sin kusin hårt. "Du är som en syster för mig."

"Kan jag få prata med Madeline ett tag?" Madeline och Alessandra blev ordagrant tagna på sängen och undrade nervöst hur mycket Corey hade hört av deras samtal. Madelines hjärta hamrade på som en liten orkester när hon satte sig upp ordentligt i sängen samtidigt som Alessandra lämnade rummet med en ursäktande blick.

Corey gick sakta fram till en av de bruna fåtöljerna vid fönsterna och satte sig ner med blicken fäst på henne. Det gick upp för Madeline att hon, förutom första dagen, aldrig varit riktigt ensam med Corey, och det var en aning obehagligt. Helst med tanke på att hon visste att han inte gillade henne nämnvärt.

Han var klädd i kostym och var superläcker i hela sin farliga manlighet. Hon var inte säker på vad som fick henne att irritera sig på honom mest: att hon trots allt var så dragen till honom eller att han ogillade henne. Var det inte så typiskt tjejer att dras till fel män? Hon fingrade nervöst på överkastet medan hon väntade på att han skulle ta till orda, och han log en aning, gissningsvis av tillfredställelse, när han såg det.

"Ser du fram emot din fest?" frågade han helt otippat.

Hon tittade förvånat på honom. "Nja, jag vet inte. Det är inte riktigt jag, att ha fest och vara i centrum", erkände hon förläget.

"Vem *är* du då, Madeline Discenza?"

Hon tittade tyst på honom och undrade hur mycket till svar han egentligen ville ha på den frågan.

Hon orkade inte längre rätta honom när han använde fel efternamn – om det gav honom någon sorts tillfredställelse så kunde hon ge honom det.

"Jag kan säga vad jag *inte* är. Jag är inte som ni; pengar är inte det viktigaste i världen, även om jag gillar att ha dem. Men jag behöver inte leva ett liv i lyx och överflöd för att vara lycklig. Snarare tvärtom. Jag tror att för mycket pengar bara leder till lidande. Jag gillar inte att vara ute och festa i samma omfattning som Alessandra, men skulle tycka det vore roligt att få gå ut någon gång utan att du och min bror anklagar mig för att vara billig eller får mig att känna att jag gör något fel." Så där, då fick hon in den piken också. "Jag gillar att vara med min familj och leva ett lugnt och okomplicerat liv. Jag gillar inte att min bror har förändrats sedan han kom hit."

Corey rynkade ihop sina mörka ögonbryn och tittade allvarligt på henne. Hade hon sagt för mycket på samma gång? Hade hon nu givit honom ännu fler anledningar att avsky henne?

"Är du oskuld?"

Ingenting i hela världen hade kunnat förbereda Madeline på den frågan, hon kände hur hon rodnade ända upp till hårfästet och en klump bildades i hennes hals så hon knappt kunde andas.

"Va? Vad säger du?" var det enda hon kunde få fram med en alltför låg och chockad röst.

Corey tittade henne rakt in i ögonen med en okuvlig blick. Det fanns inget skämt i den här konversationen och Madeline var tvungen att byta ställning i sängen; hon satte sig upprätt med knäna uppdragna under hakan och tittade frågande på honom.

"Jag vill bara veta hur mycket heder jag har att försvara under din vistelse här", svarade han lugnt.

Hon var alldeles torr i halsen. Hon tittade på honom utan att finna några bra ord. "Heder? Det angår inte dig, Corey. Jag vill inte berätta", sa hon kvävt.

"Madeline… berätta", sa han enträget med en dold varning i rösten. "Hur svårt kan det vara? – antingen har du haft sex eller så har du inte haft det."

Nu började det att svida i ögonen igen, den här gången av förnedring och inte för att hon var sårad.

"Vill du att jag ska hämta din bror och ta upp diskussionen en gång till?" frågade han och reste på sig.

" Ja, det är jag. Nöjd?", fräste hon upprört. Hon hade aldrig trott att hon kunde låta så otrevlig, men så hade hon heller aldrig umgåtts med män som Corey Discenza. Nu hettade hennes ansikte vansinnigt mycket och hon var väl medveten om hur tydligt det måste synas i kontrast till hennes blå linne.

"Mycket. Då är det avgjort att du inte kan hänga med Alessandra på några vilda fester. Det skulle sluta med en tragedi", sa han kort.

"Va? En tragedi om jag skulle förlora oskulden?" Hon tittade chockat på honom. "Den dagen jag känner att det är rätt kommer jag att välja det själv. Det finns ingen som kan påverka mig till något jag inte vill. Jag vill verkligen inte diskutera det här med dig, Corey. Det är absurt verkligen, att diskutera min oskuld med dig eller min bror. Det är mindre sannolikt att det kommer ske här i Chicago, och när jag åker tillbaka till Sverige–"

"Det är därför du inte kommer att åka tillbaka till Sverige, Madeline", informerade Corey kort. "Du kan väl inte inbilla mig att du är beredd att ge upp allt det här för att återvända till ditt enkla liv i Sverige?"

"Det är precis vad jag är beredd att göra. Helst om jag slipper den här övervakningen som du och min bror håller på med." Okej, så han ogillade henne men ville samtidigt att hon skulle stanna? Det var omöjligt att förstå sig på den här mannen.

"Vi tar upp den diskussionen igen i slutet av augusti. Jag är säker på att dina åsikter kan ha ändrats till dess." Han tittade ner på henne där hon satt i sängen och var på väg att säga något mer, men han ångrade sig dock i sista stund och vände på klacken för att gå.

"Var det allt? Kom du upp hit bara för att kolla om jag har hedern i behåll?" kunde inte Madeline låta bli att fnysa.

"Absolut", svarade Corey bara och lämnade rummet.

Kapitel femton

Alessandra var ute på äventyr och Madeline tog tillfället i akt att gömma sig från omgivningen ute på den stora terrassen. Hon njöt av solens varma strålar och ljudet av vinden som mjukt smekte trädgårdens lummiga grönska; doften från blommorna lekte med hennes sinnen. Så sorglöst livet kunde verka när hon befann sig här ute – men i verkligheten låg åtskilliga prövningar framför henne. Hon drog djupt efter andan och vägrade låta den vetskapen förstöra stunden. Men det störde henne att hon på bara drygt en månad hade vunnit Coreys ogillande. Vad hade hon egentligen gjort mot honom som var så hemskt? – förutom att vara dotter till sin mamma. De första dagarna hade han verkat tycka om henne, de hade haft roligt tillsammans – så roligt man kunde ha med en så allvarlig person som Corey. Men efter hans anmärkning på hennes klänning den där kvällen hade han behandlat henne på ett betydligt kyligare sätt och medan veckorna gick hade han blivit alltmer hård mot henne.

En kvinna i tjänstefolket, lite rund och gråhårig, med ett väldigt trevligt ansikte och glasögon, kom ut och frågade Madeline om hon ville ha något att dricka. Madeline tittade upp på det leende ansiktet och försökte komma på vad hon hette. Mary var det första namn som dök upp i hennes huvud, men det kunde förstås vara den andra smala, yngre kvinnan som hette så.

Vad hemskt! – här sprang de omkring och servade henne hela dagarna och hon kom inte ens ihåg deras namn.

”Ja, tack, lite cola skulle vara gott”, log hon och kände sig förlägen över det där med namnet. Hon skulle fråga Alessandra så fort hon fick tillfälle.

"Så det är här du är", log Mason och klev ut på terrassen. Han tittade en stund rakt framför sig i poolens riktning och vände sig sedan mot Madeline.

"Ja, jag vill passa på innan solen går ner. Det är underbart här."

Mason stod en stund under tystnad och tittade på henne; hon undrade vad han tänkte på. Hade Corey möjligtvis berättat om deras samtal för honom? Tanken var förnedrande. Hon kände sig mörbultad sedan sin ankomst till Discenzaresidensen, som ett blött plagg som slängdes runt i en torktumlare i väntan på att bli torrt. Fastän hennes säng var så skön var hennes muskler spända varje morgon när hon vaknade. Hennes mamma hade rätt, familjen Discenza var inte alltid trevlig.

"Ser du fram emot din fest? Har du handlat en klänning?" frågade Mason och satte sig ner på en stol bredvid Madelines. Han såg som vanligt bra ut, klädd i ett par jeans och en röd tröja som passade perfekt till hans mörka hår.

"Ja, det har jag. Jag hoppas att den kommer duga åt alla högt uppsatta släktingar vi har", sa hon en aning sarkastiskt.

Mason log roat och avvaktade ett svar tills Madeline tagit emot läsk av kvinnan med okänt namn.

"Det gör den säkert."

"Även för Corey? Han har än så länge haft åsikter om hur utmanande klädd jag är; 'billig' var visst ordet han använde."

Mason bet ihop käkarna och tittade på henne med hoprynkade ögonbryn. "Corey har en bestämd uppfattning om hur han anser att en bra kvinna ska vara. Han gillar inte kvinnor som klär sig för utmanande – åtminstone inte singelkvinnor."

"Finns det något han gillar?" fnös hon och rörde ilsket om bland isbitarna med sugröret.

"Värst vad du bryr dig mycket om vad Corey tycker om dig", anmärkte Mason med ett höjt ögonbryn.

Madeline tittade snabbt ner då hon kände att kinderna hettade. Hon brydde sig tydligen *alldeles* för mycket om vad han tyckte.

"Att han lägger den energin på dig gör mig glad. Det innebär att han ser dig som en i familjen."

"Jag vet inte om jag vill vara en del av familjen om det innebär att få skäll som om jag var tre år gammal." Hon tänkte tillbaka på det obehagliga samtal hon precis hade haft med honom på sitt rum.

"Trivs du här, Mason?"

"Jag älskar att vara här. Jag känner äntligen att jag har kommit hem. Du kanske inte kommer ihåg våra morföräldrar, men det gör jag. Jag var fjorton år när mamma bröt all kontakt med sin familj. Det kändes, Maddie. Jag älskade min morfar, att vara med honom. Han lovade att lära mig allt och sen drogs jag med till Sverige mot min vilja. Hon tog ifrån mig möjligheten att vara med honom hans sista år. Det var meningen att jag och Corey tillsammans skulle ta över familjeföretaget, inte att jag skulle hoppa på tåget flera år efter. Jag fick inte ens möjlighet att säga hejdå till våra morföräldrar, inte heller närvara på deras begravning. Jag känner mig som en svikare."

Hon noterade hur upprörd han blev när han talade om detta och insåg att hon aldrig hade funderat över hur det hade känts för honom. Hon hade valt att enbart se det skedda genom sina sexåriga ögon och det som hänt hade inte varit så traumatiskt för henne. Hon mindes så lite, av både morföräldrarna och livet i USA.

"Glöm inte att du har en familj i Sverige också", påminde hon lågt.

"Jag har inte glömt – men jag och pappa har aldrig haft så mycket gemensamt, och mamma–", han tvekade några sekunder som om han funderade över hur han skulle fortsätta på bästa vis, "–jag kan inte förlåta henne för att hon drog oss med i fallet. Det är en sak att hon hade en konflikt med familjen, men hon hade inte behövt hålla oss borta från dem."

"*Jag* kommer åtminstone att sakna dem i övermorgon. Av vilken anledning kan inte de komma på festen? Marc lever ju inte ens längre."

"Madeline, fejden är inte slut bara för att Marc är död. Att Angelina gick emot sin fars vilja, svek sin familj, och sedan tog hans barnbarn till Sverige, det kommer inte att förlåtas – någonsin. Familjen är helig här. Jag förstod inte detta tidigare, men nu förstår jag, och de tänker helt rätt."

"Du har förändrats", sa hon lågt.

"Det är klart jag har. Jag har äntligen blivit man."

Madeline tittade nervöst på Alessandra. Det här var hennes fel; det var hon som envisats med att de skulle göra entré ensamma. Visst, på det vis Alessandra målat upp det hade Madeline förvisso gått med på det hela, men nu när hon hörde sorlet nerifrån den stora trädgården – sorlet från en stor samling människor hon aldrig hade träffat förut – blev hon vansinnigt nervös. Det var inte ens hennes stil att göra entré. Ärligt talat kunde hon inte påminna sig om en enda gång hon verkligen hade gjort det. Hennes dramatiska kusin hade såklart gjort det flera gånger och såg fram emot ögonblicket i centrum. Men vem försökte hon själv lura? – hon hatade att vara i centrum.

"Äh, slappna av nu, Madeline, du kommer att älska det här. De är dina släktingar, inte några som har samlats här för att grilla dig till middag", skrattade Alessandra roat.

"Du glömmer att de är släktingar som jag aldrig har träffat förut och att de dessutom är samma släktingar som försköt min mor", sa Madeline tjockt. Hon slöt ögonen och lät frisören, som Alessandra ringt in från en dyr salong i Chicago, fortsätta med hennes hår. Hon mötte hans roade blick i den stora spegeln när hon öppnade ögonen igen.

Laurent var en typisk kändisfrisör: gay; spektakulära kläder; ett intressant mörkt hår i hästsvans och sminkat ansikte toppat med ett skimrande läppglans. Hans händer var fjäderlätta när de arbetade med hennes nyslingade hår; läckra kolaslingor blandade med platina och vackra skruvar ramade in hennes välsminkade ansikte. Den här behandlingen kunde hon vänja sig vid.

Alessandra däremot, som varit van vid denna uppassning en hel livstid tittade stressat på klockan och bättrade på sitt ljusa läppglans. Hennes hår var redan klart och föll glänsande rakt nerför hennes rygg; i öronen hade hon vackra diamantörhängen och hennes stora ögon var som vanligt dramatiskt mörkmålade. Hon bar en elfenbensvit halvlång klänning med en generös slits i ena sidan; de långa bruna benen kom till sin rätt och slutade i ett par nätta högklackade sandaler i samma färg. Hon var andlöst vacker.

Hon hade verkligen ansträngt sig för att hitta den perfekta klänningen till Madeline vilket hade resulterat i en utmanande historia i guld. Alessandras vinnande förklaring var att Madeline var guld värd och nu skulle hela släkten få veta det. Klänningen var tunn och slutade på halva låret; framtill hade den en diskret draperad urringning, men i bak löpte urringningen ända ner till ryggens slut blottandes hennes solkyssta hud. Madelines kommentar om att hon inte kunde ha trosor på sig med den urringningen hade enbart mötts av ett roat skratt från Alessandras håll och ett: "självklart kan du inte ha det." Detta hade lett till ett besök på ett solarium fortare än Madeline kunde säga ordet och en avslutning med spray-tan för att dölja bikiniränder. Nu skimrade hon nästan i kapp med guldklänningen, dock på ett smakfullt sätt. Då klänningen smyckade henne fulländat hade Madeline valt att måla ögonen i en sandfärgad skugga, som enbart förhöjde den solkyssta looken; läpparna målade hon vågat röda.

"Det här kommer att bli såå roligt", skrattade Alessandra förväntansfullt när hon såg resultatet och var nära på att dra Madeline ut genom sovrumsdörren utan några skor.

Hon hade dock möjligtvis varit tacksam över detta då hon inte hade någon aning om hur hon skulle bemästra de skor Alessandra hjälpt henne att välja ut till klänningen; de var snäppet för höga och hon var rädd att hennes gång skulle bli oattraktivt svajig. Hon fäste det tunna spännet runt vristen, konstaterade att de matchade klänningen perfekt, och bestämde sig för att göra sitt bästa.

Trots att det var meningen att Madeline skulle gå först så sökte hon automatiskt skydd bakom Alessandra ju närmare rösterna kom. Väl i den stora salongen, där terrassdörren stod helt uppslagen mot den vackra trädgården, var hon säkert tre steg bakom sin kusin.

Var inte luften förvånansvärt svårandad?

Alessandra greppade dock snabbt situationen och stack in en arm under Madelines för att hålla henne stadig.

Kapitel sexton

När huvudpersonen för festen uppenbarades i dörröppningen tystnade sorlet och alla vände sina nyfikna blickar åt Madelines håll. Och "alla" var för många.

Madeline kunde knappt andas.

Hon försökte att fästa sin blick på en bestämd punkt, någonstans borta i fjärran, när hon klev ut på osäker mark.

En leende kypare räckte genast fram ett glas med champagne och Madeline slöt sina fingrar runt det kalla glaset, höjde det mot samlingen med darrande hand och tog en girig klunk i hopp om att den skulle ge effekt snarast. Alla var inom loppet av trettio sekunder samlade runt henne och de var totalt oblyga.

Vissa hade Madeline sett på kort och kunde känna igen – som hennes moster Cassandra och hennes man Franko Montale – andra var totala främlingar men hälsade på Madeline som om de hade känt henne en hel livstid.

Hon hälsade en aning överväldigat på samtliga, utan att lyckas lägga ett enda namn eller släktförhållande på minnet, och försökte vara så trevlig som möjligt. Det sistnämnda var förvisso inga problem för henne då hon var älskvärd av naturen.

Precis som Alessandra hade lovat så lämnade hon inte Madelines sida den första timmen och Madeline var obeskrivligt tacksam över detta faktum.

"Grattis, min underbara systerdotter!" utropade Cassandra med ett brett leende och tryckte Madeline mot sig i en varm kram. Alessandra var som en liten kopia av sin mamma, både i utseende och beteende. De var två överväldigande människor som med enkelhet tog över ett helt sällskap för att sedan befinna sig i centrum den resterande delen av kvällen. Madeline älskade dem båda.

"Jag kan inte beskriva med ord hur glad jag är över att äntligen lära känna dig, Madeline. Det här med din mamma och vår pappa gick alldeles för långt." Hennes välansade ögonbryn rynkades bekymrat ihop och smärta skymtade flyktigt i hennes ögon innan hon samlade sig. "Men nu är du här och jag hoppas att du kommer att stanna. Visst är hon vacker, Franko?" strålade hon, utan att ha släppt taget om Madelines händer.

Cassandra var klädd i en beige elegant kort dräktkjol och ett matchande linne som smet åt runt hennes till synes vältränade kropp. Hon hade klippt sitt blekta hår i en elegant page med lång lugg i snedbena. Madeline noterade att hennes och Alessandras ögon var desamma men moderns näsa var mjukare rundad och munnen mer skarpt skuren.

Franko var hennes raka motsats med nästan svart kortklippt hår, mörk hud och ett bestämt, men behagligt, utseende med en tydlig argrynka mellan ögonen. Hela han ingav ett hårt och respektingivande intryck, och Madeline nickade med ett litet blygt leende på läpparna när de hälsade på varandra.

"Hon är bedårande", svarade Franko lugnt och studerade allvarligt Madeline uppifrån och ner. "Det är trevligt för Alessandra att få lära känna sin kusin", lade han kort till och kastade en blick mot sin dotter. Denna, noterade Madeline, var betydligt mindre livlig i sin fars närhet.

Hon kunde förstå det, då en enkel mening från den här mannen lät som ett hot, och Madeline log bara blygt till svar. Alessandra blinkade uppmuntrande mot henne när hon vände sig tillbaka till Cassandra.

"Vännen, vi får tillfälle att prata snart igen", log hon. "Gå och umgås med resten av släkten nu. Verkligen synd att min älskade syster inte kunde vara här idag", tillade hon innan hon släppte taget om Madeline. Franko höjde ett ögonbryn åt det sistnämnda men sade ingenting.

"Så, snygging, vad tycker du om min pappa? Du såg minsann lite nervös ut i hans närvaro", log Alessandra roat. Hon lade armen om Madelines midja och vände henne mot fler väntande släktingar. Innan Madeline hann svara hade dessa människor kramat henne sönder och samman. De presenterade sig som Gian Discenza, en kusin, med sin fru Delia – och Paulo Brasi, gift med kusinen Giulia Discenza. Gian och Giulia var tvillingar, båda med brunt hår och trevliga ögon; en aning överviktiga men fortfarande propert klädda och väldigt trevliga. Deras äkta hälfter hälsade med nyfikna ögon på den efterlängtade nykomlingen. Madeline var säker på att alla kände till detaljerna i Angelinas svek mot sin far, och att Madeline dök upp var bland det mest intressanta som hänt de senaste åren. Masons nyhetsvärde hade antagligen passerat för länge sedan – bland annat för att han hade förmånen att vara en man.

Hon bytte några ord med sina kusiner och de äkta hälfterna för att sedan förflytta sig mot poolen där ett antal gäster satt på de bekväma stolarna runt ett bord med tre frestande fruktfat på. Det fanns även frikostigt med dyr champagne i ishinkar; Madeline såg till att få påfyllning efter att ha druckit lite vatten.

Hon bytte några ord med Dino Discenza, en stilig ung kusin, gissningsvis drygt tjugo; hans ljusa ögon var kyliga i det bruna ansiktet men han visade sig vara riktigt trevlig. Hans äldre bror, Oliver Discenza, var ruskigt snygg och Madeline rodnade generat när hon hälsade på honom. Han var lång, precis som sin lillebror, men hade mörkare hår, bakåtkammat och lika ljusa ögon som sin bror över en väldigt sensuell mun. Hon fann sig stirra enbart på hans mun när de pratade och insåg att det var bäst att ta en paus från champagne en liten stund; hon ställde ner glaset bredvid sig på bordet men satte sig inte ner.

En liten orkester skapade ljuv musik uppe på en tillfälligt byggd scen; hon kände sig hedrad att hennes familj hade lagt ner så mycket planering och pengar på att göra hennes födelsedag till något fint – även om hon inte var helt säker på att det enbart var för hennes skull.

Hon noterade i förbifarten att basisten var ganska tilldragande men vände sig strax tillbaka till sina kusiner igen då en dejt med honom ändå inte skulle ske i någon verklighet.

"Madeline Discenza, det är verkligen ett nöje att träffa dig", log Oliver och lät sina ljusa ögon glida över Madelines uppenbarelse. "Och jag måste tillägga att det är oerhört beklagligt att du är min kusin – om inte hade jag antagligen bjudit ut dig på stört." Han log ett vinnande leende som antagligen lockade kvinnor till sig som bin till en blomma. Hon rodnade en aning och tittade ner på sina skor.

"Du kan alltid låta *mig* bjuda ut Madeline", sa en man minst lika tilldragande som Oliver. Han såg dock inte ut som en italienare och var därmed antagligen inte hennes släkting. Hans hår var ljusbrunt och bruna ögon synade henne uppskattande uppifrån och ner. Han såg farligt charmig ut med sitt pojkaktiga leende, klädd i ett par svarta finbyxor och en ljusblå kortärmad skjorta som gjorde sig bra till hans solbrända hud.

"Det här är Chase Eddington, han är en nära vän till mig", log Oliver och lade armen om Chases breda axlar som för att understryka det han just hade sagt.

Chase gav Madeline en blick som sa att han ville äta upp henne och lyfte därefter hennes ena hand till sina läppar.

Den här mannen var rakt igenom livsfarlig, konstaterade hon för sig själv och kände ett upprymt pirr någonstans i magtrakten.

Alessandra var tydligt exalterad över att Madeline äntligen fick den uppmärksamhet hon förtjänade.

"Du och jag måste absolut umgås med varandra mer", konstaterade Chase framfusigt. "Jag tänker bli den första att bjuda ut dig här i Chicago. Eller har någon annan redan hunnit före?"

Madeline skrattade smickrat och skakade på huvudet. Den här behandlingen kunde hon vänja sig vid; det var roligt att få uppmärksamhet efter att ha erfarit en övervakad torka sedan ankomsten till Chicago. Hon kände dock släktens blickar på sig och hörde Coreys ord om familjens heder ringa i öronen. Han skulle bara älska om hon bröt mot hans förmaningar och bevisa att hon var lika hemsk som sin mor.

Samtliga på den här tillställningen, både släktingar och vänner till familjen, var välbärgade och väl medvetna om sitt värde, det gav dem en naturlig slags arrogans som var svår att ducka för. Hon bestämde sig dock snart, antagligen med lite hjälp från vin och champagne, för att inte lägga någon energi på att känna sig obekväm. I stället började hon till och med känna sig riktigt bekväm med tillvaron; en sådan här uppskattning hade hon aldrig fått i Stockholm, men så hade hon inte då heller tillhört familjen Discenza.

Hon dröjde sig kvar med Dino, Oliver och Chase, fastän hon visste att hon långt ifrån hälsat på alla gäster ännu. Det var bara så trevligt att känna sig avslappnad för omväxlings skull.

"Här kommer visst livvakterna", sa Chase en aning spänt.

Madeline vände sig tvärt och märkte samtidigt att Oliver rätade på sig.

"Madeline, jag tror bestämt att du inte träffat min pappa ännu", sa Corey med en kylig blick mot Chase. Han räckte fram handen och hälsade på Oliver och Dino. Madeline lade fascinerat märke till den respekt och vördnad som lyste i deras ögon när de hälsade på Corey. Hon lade även märke till att Corey inte hälsade på Chase – borde han inte göra det?

Mason gav sin syster en uppskattande blick. "Du är verkligen vacker, Maddie", log han stolt och placerade en puss på hennes huvud.

"Och du är stilig, broder", strålade Madeline och komplimenterade honom för den mörka skjortan han bar till ett par vita linnebyxor. Mason var alltid snygg och hon noterade att tillställningens kvinnor ansåg samma sak: lystna blickar kastades mot honom från alla hörn. Med alla de här pengarna var det bäst att syskonen Brazier vande sig vid att vara villebråd.

"Nå, ska vi?" undrade Corey otåligt och lade en arm runt Madeline för att leda henne till sin far. Corey var såklart oförskämt snygg dagen till ära, klädd i en mörkgrå kortärmad skjorta och svarta finbyxor. Hans tunga arm runt hennes axlar fick hennes hjärta att bulta hårt i bröstet. Han hade aldrig varit så nära henne tidigare och den varma kroppen som pressades mot hennes sida tillsammans med hans rena manliga doft gjorde henne alldeles knäsvag. Hon hoppades generat att omgivningen inte snappade upp hennes reaktion.

Alessandra log finurligt mot henne och meddelade att hon skulle stanna med Chase och kusinerna. Kul. Hon hade behövt sin kusin just nu.

Colin Dahlén var en lång stilig man med mörkt bakåtkammat hår och ett manligt hårt ansikte; hans mörka ögon speglade livserfarenhet och kyla.

Corey var mer lik sin mor än sin far, från henne hade han bland annat fått sin raka aristokratiska näsa och sina fylliga läppar – men ögonen var definitivt Colins; kalla och oförlåtande.

Daphne, som stod tätt intill Colin, var hans fru sedan tjugoåtta år tillbaka. Hon var vacker: lång, slank; välklädd i en röd dräkt och höga klackar. Hennes blick var mild och nyfiken; det bruna håret lockade sig kring hennes ansikte och ner till hennes skuldror. Madeline hade ingen aning om hur gammal hon var, men hon kunde inte vara mer än femtio. Daphne räckte fram en kall hand och hälsade på henne med ett överraskande hårt handslag.

"Trevligt att träffas, Madeline, och grattis på födelsedagen", sa hon svalt.

Madeline tackade och undrade om hon inbillat sig den hastiga glimten av ogillande i Daphnes ögon

"Så, det här är Angelinas dotter", konstaterade Colin torrt och granskade Madeline ingående. Madeline log lätt och nickade. Hon visste inte vart hon skulle titta – det var svårt att titta rakt på honom – Colin var skrämmande. Hon önskade att hon kunnat uppbringa en mer självsäker framtoning med tanke på att han varit direkt delaktig i de sista händelser som lett till att Angelina varit tvungen att fly sin familj med sina barn.

"Du är mer lik din mor än din far", fortsatte han utan att ännu ha släppt henne med blicken. "Det ska du vara glad över."

Hon kände sig vimmelkantig av hans kyla och rättframhet, hon blickade osäkert upp mot Corey som fortfarande stod bredvid henne, men han hade inga invändningar – sådan far, sådan son.

Mason hade stannat med Alessandra borta vid poolen och Madeline insåg att hon var fast i fiendeland.

"Du har fått en stor summa pengar idag, Madeline. Använd dem vist", varnade Colin.

Hon tittade tyst på honom och insåg att hon kanske borde säga något. "Självklart. Jag har ingen avsikt att slösa bort dem på något mindre genomtänkt", lovade hon lågt.

Svaret verkade göra honom tillfälligt nöjd. Han rynkade ihop de mörka ögonbrynen och studerade både Madeline och Corey ingående; hennes hjärta slog stenhårt. Det kändes som om hon stod inför rätta för något brott.

"Tar Corey väl hand om dig?" frågade han därefter och borrade in ögonen i henne. Madeline nickade med en klump i halsen. *Ja, förutom att han önskar att jag inte var här över huvud taget.*

"Bra. När tänkte du åka tillbaka till Stockholm?"

"I slutet av augusti." Hon vågade sig på en blick in i Colins mörka ögon – de var väldigt kalla för att vara så mörka – lika kalla som döden. Hon kunde förstå varför hennes mor hade flytt långt ifrån honom och sin far.

"Det här kan vara en bra tid för dig att tänka över ditt liv, Madeline, om du hör hemma här eller där."

Hon tittade förskräckt på honom – vilket påhopp. Vem trodde denna man att han var som kunde läxa upp henne så här utan att ha känt henne i en minut? Coreys ansikte avslöjade ingenting, han tittade bara uttryckslöst på henne, till synes helt på sin fars sida.

Översitteri gick uppenbarligen i släkten.

"Jag visste inte att jag var tvungen att välja. Varför kan jag inte ha båda?" frågade hon en aning trotsigt. Kanske för trotsigt.

Colins ögon mörknade och han lutade sig framåt en aning mot henne och fattade ett stadigt grepp om hennes handled. "Fråga din mor om hur bra det fungerade att ha både och", sa han sammanbitet.

Madeline flämtade skärrat till, den här mannen skrämde livet ur henne. Det stod helt klart att den här konflikten var långt ifrån över. Vad än hennes mor hade gjort för fel så var det tillräckligt illa för att fortfarande röra upp heta känslor.

"Då blir det inte ett svårt val", svarade hon bestämt, med en styrka hon absolut inte kände, och vände på klacken för att gå med tårarna brännande bakom ögonlocken.

Förvånat hörde hon Colin skratta roat när hon gick därifrån – dock inte ett trevligt roat skratt, och hans kommande ord fick rysningar att färdas ner för hennes rygg. "Min son, jag förväntar mig att hon lär sig sin plats inom kort."

"Självklart."

Madeline noterade tacksamt att Corey stannade kvar med sin far. Han var den sista man hon ville prata med just nu.

Mason tog över rollen som värd och fick Madeline att tänka på annat den närmsta timmen. Hon fastnade en lång stund med systrarna Adina och Livia Collonna, även de hennes kusiner. De var inte så långa och hade båda mörkt långt hår och blå ögon – en dramatisk kontrast. De var inte speciellt tilldragande någon av dem men hade underbara personligheter och Madeline hade en trevlig och avslappnad pratstund med dem.

Ibland när hon såg sig omkring mötte hon antingen Coreys eller Colins bevakande blickar, detta störde henne fruktansvärt och hon gjorde allt för att undvika dem.

Varför kändes det som om de nu tyckte sig ha rätt att styra hennes liv?

Kapitel sjutton

Ett par timmar efter bjudningens början satte sig samtliga gäster ner för att äta; det bjöds på en stor buffé med italienska delikatesser. Madeline älskade det kinesiska köket och hade propsat på att det skulle vara en del av middagen. Det var trots allt *hennes* bjudning. Hennes önskemål hade lett till höjda ögonbryn och slutligen en avsaknad av det efterfrågade. Hon önskade att det hade förvånat henne.

Bredvid Madeline på den ena sidan satt hennes äldre kusin, Sofia Pavese, och hennes man, Umberto Pavese. De var båda trevliga, men Madeline hade inte så värst mycket att prata med dem om. Som alla andra ställde de flertalet frågor om Sverige och mycket nyfiket specifikt om midsommarfirande och andra kulturella aspekter. Hon borde ha vunnit pris för antalet gånger hon förklarade vad en midsommarstång var och fyllde för funktion.

Till hennes stora glädje propsade Chase på att sitta vid hennes andra sida, och han såg till att roa henne middagen igenom.

Oliver, som satt bredvid Chase, var till synes nöjd med hela situationen; han blandade sig hjärtligt i konversationen och försökte lyfta fram sin vän i så god dager som möjligt.

Madeline kände sig smickrad; hon hade aldrig anat att hon skulle ha så trevligt på den här festen, men det visade sig att samtliga släktingar, förutom Colin, lämnade ämnet 'Angelina' utanför.

Alessandra satt mittemot Madeline bredvid Coreys syster, Selene, och hennes man, Nino. Madeline hade hälsat på Selene i all hast när Mason presenterat dem för varandra. Hon var en märkbart kylig kvinna med långt mörkt hår, ljus hy, stora bruna ögon och lika rak näsa som Corey.

Selene hade studerat Madeline med illa dold avsky, vilket var en chock för henne. Hon hade ingen aning om vad hon hade gjort mot Coreys familj, men hon var definitivt inte någon favorit.

Mason däremot var älskad av alla. Var det för att han så tydligt hade valt sida, som Corey pressat henne om tidigare?

"Jag förväntar mig att du ska lära mig allt om Sverige när vi får lite tid på tu man hand." Chase fortsatte att underhålla Madeline med sin charm och lät samtidigt blicken glida över hennes söta ansikte och ner mot hennes urringning.

Han var en sådan player. Hon kände hur hon rodnade men gjorde ingenting för att dölja klyftan mellan sina bröst.

"Då får det bli en lång dejt", skrattade hon.

"Jag har förväntat mig ett flertal dejter", konstaterade Chase ohämmat.

Oliver skrattade roat och lade upp kyckling på sin redan välfyllda tallrik. "Det här kommer att bli väldigt intressant", sade han till Madeline. "Jag kanske kommer att få se mer av dig än jag någonsin har förväntat mig."

Hon skrattade en aning förläget och mötte för ett ögonblick Masons vaksamma blick. Han satt bredvid Corey som var upptagen i ett samtal med Isabella Discenza, ytterligare en kusin. En väldigt vacker sådan.

Madeline fann sig för några ögonblick svartsjukt undra om Corey fann kusinen tilldragande och om han njöt av hennes sällskap. Hon kunde inte påminna sig att han någonsin hade sett så där glad ut när han pratat med henne.

"Madeline", avbröt Selene med sin klara röst. Hon tittade på Madeline tvärs över bordet och log en aning när hon fick hennes uppmärksamhet "Säg mig, vad har du för planer den närmsta framtiden? Är du intresserad av att komma till Miami och hälsa på något framöver? Jag och Nino skulle älska ditt sällskap en weekend. Dessutom är det ju meningen att vi ska lära känna varandra. Du får självklart ta din och min bror med dig om det skulle kännas bättre."

Madeline tittade förvånat på sin kusin, eller vad hon nu skulle kalla henne, och sedan på Alessandra. Alessandras ansikte sa mer än tusen ord och gav henne hinten att detta inte enbart var en trevlig inbjudan.

"Ja… om jag hinner", svarade hon tveksamt och skruvade besvärat på sig. Det kändes som om samtliga vid det långa bordet tittade på henne och Selene – alla fullt medvetna om det spända förhållandet mellan Angelinas och Colins familjer.

"Menar du att du funderar på att säga nej?" utbrast Selene med ett förvånat tonfall som klingade ljudligt fram och tillbaka över bordet.

Madeline krympte i stolen – om hon sa nej nu skulle det verka som om hon ville hålla konflikten mellan familjerna vid liv. Hon var tvungen att acceptera Selenes fredsgåva – hur illa menad den egentligen än var.

"Min far skulle garanterat tycka det vore trevligt att lära känna dig", tillade Selene och nickade menande åt Colins håll. "Eller hur, pappa?"

Colin vände genast sin obehagliga blick mot Madeline och log – ett leende som förvisso inte nådde ögonen, men fortfarande var ett leende.

"Det är klart du ska komma och hälsa på, Madeline. Var inte orolig, vi kommer att ta väl hand om dig. Vi säger två helger från nu", sa han slutgiltigt. Kungen hade talat.

Madeline yttrade tusentals svordomar i sitt huvud och tittade hjälplöst på Alessandra, som i sin tur kastade en ursäktande blick tillbaka.

"Jag åker med henne", sa Corey plötsligt. Han tittade rakt på Madeline med en outgrundlig blick och Madeline nickade i tack mot honom.

"Se till att ta med din trevliga bror också", log Selene och gjorde en gest mot Mason. På honom tittade hon åtminstone med äkta glädje.

Ja, det var oavkortat så att Mason hade valt sida, den svikaren. Madeline rynkade ihop ögonbrynen och synade sin bror ifrågasättande.

"Nu är det dags för efterrätten", sa Cassandra plötsligt och nickade tacksamt mot bordet som rullades fram med en enorm födelsedagstårta som vackert ståtade i flera våningar.

Uppe på scenen började bandet spela *Happy birthday* samtliga ställde sig upp vända mot henne och stämde in i sången. Tjänstefolket passade på att röja undan på borden så gott det gick och ställde fram rena fat och kaffekoppar.

"Du är den vackraste kvinnan här ikväll", viskade Chase och gav Madeline en lätt puss på kinden.

Madeline rodnade upp till hårfästet oförberedd som hon varit på denna kärleksfulla gest. Hennes bror gav henne en varnande blick och Colin gjorde en rörelse mot Corey för att visa sitt missnöje, men Madeline hade vid det här laget passerat gränsen för tolerans och överseende – därtill gjorde det goda vinet henne modigare än vanligt.

Hon vände sig bort från Masons anklagande blickar och fyllde upp ett glas med vatten för att finna någon sorts balans.

Så fort Sofia Pavese flyttat sig från sin stol satte sig Alessandra ner bredvid Madeline. "Det här är inte bra, Madeline", viskade hon upprört "Du ska passa dig för Colin och Selene. Det verkar som att de har någon plan för dig. Frågan är bara vad för plan. Jag har inte riktigt förstått

Coreys roll i det hela heller, om han nu har någon roll över huvud taget. Men Selene är sin fars dotter, precis som Corey är sin fars son. Om du vill behålla någon sorts relation till din mamma ska du passa dig."

Hon pratade så fort att Madeline knappt hängde med och hon misstänkte en aning generat att både Chase och Oliver hade hört vartenda ord.

"Det verkar som om jag inte har något val" viskade hon tillbaka.

"Du förstår väl mig rätt? Jag älskar hela min släkt innerligt. Men för mig är det lätt, jag är inte inblandad i den här konflikten. Jag skulle personligen inte vilja ha något otalt med vare sig Colin eller Corey", viskade Alessandra så lågt hon förmådde.

"Men jag är inte heller inblandad i den här konflikten", sa Madeline lika lågt.

"Jo, för du har inte valt sida."

"Jag visste inte ens att jag var tvungen att göra det", suckade hon, "vadå är vi två år eller? Välja sida", hon himlade med ögonen

"Har inte din bror berättat för dig? Du har inte någon aning om hur många principer den här familjen har."

"Tro mig, jag börjar ana", muttrade Madeline.

När godsakerna dukats bort fylldes det långa bordet med vin och bål. Som om hon behövde mer alkohol. Flertalet släktingar turades om att samlas på scenen för att sjunga äldre italienska sånger som alla stämde in i. Madeline studerade dem både roat och en aning sorgset då hon så tydligt inte delade sin familjs traditioner.

Det fanns både frukt och diverse tilltugg att avnjuta; hon fann att hennes favoriter var små kex med skaldjur på.

Hon minglade otvunget och bestämde sig för att inte bry sig om vare sig Colin eller någon annan som trodde att de kunde påverka henne. Hon var sin mor och far fullständigt trogen. Däremot var hon fruktansvärt besviken på sin bror.

Hade hon själv varit likadan om hon inte varit så liten när hon separerats från sina morföräldrar? – eller var hennes bror bara en svikare som sprang i Coreys ledband?

Chase, Oliver och Alessandra blev hennes trogna följeslagare under kvällen och Madeline hade väldigt trevligt i deras sällskap, speciellt Chases sällskap var hon tvungen att medge. Han både såg bra ut och var trevlig, och han accepterade henne som hon var rakt av utan några anklagande blickar eller ouppnåeliga förväntningar. Ja, hon var fullt medveten om att han antagligen var en player som såg henne som ett rikt köttstycke. Men det var inte som om hon var ute efter en pojkvän eller äkta man, hon ville bara ha kul.

"Jag hörde att du var upptagen om två helger", sa han menande. "Men vad sägs om en middag nästa lördag?"

Madeline skrattade smickrat åt hans iver att träffa henne och Alessandra höjde ögonbrynen med ett retsamt flin.

"Det är om hon får tillåtelse av oss vill säga." Corey kom som vanligt från ingenstans och han fäste sin dödliga blick på Chase.

Madeline tittade generat på honom, påmind om hennes och Coreys obehagliga samtal på hennes rum. Han synade henne med ett höjt ögonbryn samtidigt som han räckte fram en drink till henne. Hon tog emot drinken och smakade på den bara för att ha något att göra. Den smakade syrligt av citron, men var god. Hon hade definitivt varit i centrum i för många skumma situationer idag.

"Måste Madeline ha er tillåtelse för att träffa mig?" sa Chase mörkt och tittade på Corey med en utmaning i blicken. "Jag trodde att hon fyllde tjugoett idag."

"Ifrågasätter du mig i mitt eget hem?" frågade Corey alltför lugnt. "Snälla fortsätt."

Alessandra skakade knappt märkbart på huvudet åt Chase, och Madeline svalde en aning nervöst. Vad var det som kokade under ytan här som hon inte förstod men alla andra gjorde?

När Chase var tillräckligt vis för att inte svara vände sig Corey mot sin kusin. "Oliver, ta din vän på en lång promenad. Jag vill byta några ord med Madeline mellan fyra ögon."

"Självklart", sa Oliver lugnt.

"Och, Oliver... jag har överseende den här gången, men *bara* den här gången, förstått?"

Oliver nickade kort och tog tacksamt med sin vän därifrån. Alessandra insåg snabbt att hon var överflödig och valde att vandra bort till Mason med sällskap.

"Chase Eddington", sa Corey lugnt. "Ska han bli den utvalde?"

Hon tittade tveksamt på Corey. Hon visste inte vad hon skulle svara men kunde ana vad Corey syftade på. De stod på gräsmattan, precis intill husväggen till västra flygeln. Resterande gäster befann sig en bit ifrån dem och Madeline kände sig konstigt nervös. Hon tittade upp på Coreys sammanbitna ansikte och undrade vad som rörde sig i hans huvud. Han var en så komplicerad människa och hon hade ingen aning om vad han var ute efter.

Hur kunde den här komplexa och hemska mannen vara den enda som väckte fjärilarna till liv i hennes mage? – vad var det för fel på henne?

"Jag är säker på att jag inte vet vad du pratar om, Corey", svarade hon avmätt. "Men jag har bara tänkt att äta middag med Chase. Han är för övrigt väldigt trevlig." *Till skillnad från vissa andra,* lämnades hängande i luften.

Corey sade ingenting; han tittade på henne under spänd tystnad en liten stund och fick hennes bröst att häva sig nervöst upp och ner under den kvävande granskningen. Han gled med blicken över hennes klänning och lade sedan oförberett en hand på hennes axel som fick hennes bara rygg att tryckas mot den hårda stenväggen bara en hårsmån från fasadens lummiga växtlighet.

Hans agerande förvånade och skrämde henne; ännu mer när han placerade händerna på husväggen på var sida om henne och lutade sig framåt – hans varma andedräkt smekte hennes hud som en beröring. Hon stod där en stund som en fånge mellan hans armar innan han böjde ner sitt ansikte mot hennes.

"Du är alldeles för vacker för ditt eget bästa, Madeline. Det värsta är att du inte är medveten om det själv", mumlade han irriterat. "Du ger mig problem."

Hon kunde känna den kryddiga doften från hans hud innan han oväntat släppte henne och gick därifrån.

Kippande efter luft stod Madeline chockat kvar mot husväggen, plötsligt medveten om omgivningen, och såg att allas blickar vilade på henne. Selene drack sakta ur sitt glas och höjde fundersamt på ögonbrynen. Vad skulle de alla tänka? Trodde de att det hade varit ett bråk? Eller antog de att hon hade gjort något opassande med Chase och blivit välförtjänt uppläxad av Corey? Antagligen det sistnämnda; Angelinas syndiga dotter levde upp till moderns rykte.

Corey hade satt sig ner igen bredvid sin far som tittade allvarligt åt Madelines håll medan sonen sa något till honom.

Mason lät en frågande blick vandra mot Madeline och Madeline försökte tyst förmedla till honom att hon inte förstod vad som hade hänt.

Alessandra, som stod med sin mor och far, tittade förvånat från aktör till aktör och tecknade mot Madeline att de måste prata så fort de fick tid.

Själv visste inte Madeline vad hon skulle anse om det just inträffade. Hon var mer förvirrad än någonsin men rätade snart på sig, fast besluten att inte låta detta förstöra kvällen. Hon skulle bevisa för sin omgivning att hon inte var det minsta omoralisk. Samtidigt gnisslade hon tänder för att hon låtit Discenzafamiljens strikta värderingar stiga henne åt huvudet.

Precis som hennes mamma varnat henne.

Kapitel arton

"Jag har träffat en man som jag måste ha sex med så fort som möjligt." Alessandra låg i Madelines säng med huvudet i fotändan och fötterna på hennes kudde.

"Alessandra..." flämtade Madeline. Hon var inte van vid sådan öppenhet hemifrån; Angelina var minst sagt tystlåten vad gällde det sexuella och Mason hade inte direkt delat med sig av sina erfarenheter till sin syster.

"Vad? Ska jag låtsas som att jag *inte* vill ha sex med honom? Om inte min pappa varit där hade jag bjudit upp honom på mitt rum rakt av", lovade Alessandra med ett litet lömskt leende.

Mannen hon syftade på hette Luis Adams och var en nära vän till någon av alla släktingar. Madeline hade bara sett honom som hastigast men hade noterat att han såg bra ut. Det hade varit uppfriskande att se hur försiktig Alessandra varit i sin fars närhet. Han var förmodligen en av få som hon respekterade i den här världen och antagligen var inte Franko medveten om hur frigjord hans dotter egentligen var.

"Vet du vad jag tycker?" sa hon plötsligt. "Jag tycker att vi lägger oss vid poolen hela långa dagen i bikinis och solar. Sen ikväll går du och jag ut *ensamma*; ingen Corey och ingen Mason. Jag ska försöka få tag på Oliver så du får träffa Chase." Hon blinkade konspiratoriskt mot sin kusin.

Madeline log brett och snurrade en av Alessandras mjuka hårslingor runt sitt finger. "Det var den bästa idén jag har hört på länge."

De slank i sina små bikinis och oljade in sina kroppar med kokosolja så de glänste i solen – vilka minnen Madeline hade till den doften; så många underbara familjesemestrar och häng med vänner – sen lade de sig till rätta för stekning.

"Madeline, du kommer att bränna dig."

Hon steg sakta mot ytan igen och blinkade några gånger sömndrucket innan hon urskilde Coreys ansikte ovanför sig. Hon satte sig förvirrat upp och noterade att solen var långt från den plats den varit sist hon tittat.

Han studerade henne med en otydbar blick och hon noterade hur hans käkar spändes som om hon irriterade honom. Vad hade hon egentligen gjort mot den här mannen?

Han var som alltid väldigt stilig med ett par snygga vita linnebyxor och en kortärmad svart skjorta som hängde ledigt utanför. Det pirrade överraskande till i hennes mellangärde.

"Du har legat här ute i säkert två timmar. Du kommer att bli röd", varnade han kort och satte sig ner på den tomma solsängen där Alessandra hade legat.

"Var är Alessandra någonstans?" Hon famlade efter vattenglaset på det låga bordet bredvid och drack girigt. Varmt vatten, vilken lyx.

"Hon gick in för en stund sedan för att ta en dusch." Han kisade mot henne och log, överraskande nog, en aning. Hans blick fastnade en stund vid hennes brösts mjuka rundning innan den vandrade vidare över hennes kropp. Hennes kinder hettade och hon skruvade sig förläget – även om hon var säker på att han enbart fastnat med blicken medan han tänkte på något annat.

"Varför ogillar du min far?" frågade han sedan till hennes förvåning, och bekräftade därmed hennes misstanke.

Så, det var så uppenbart? Typiskt Corey att hoppa rakt in i vilket känsligt ämne som helst; var det inte hennes oskuld så var det familjefejden.

"Jag ogillar inte honom direkt", ljög hon. "Det hela känns bara så konstigt. Jag var här den sista gången; jag satt i bilen och väntade. Din pappa kom hit och det blev ett stort bråk. Jag vet att din pappa är delaktig i att min mamma var tvungen att lämna Chicago och hela sin familj. Indirekt är han även skyldig till att jag och Mason inte fick växa upp med vår släkt. Är du medveten om hur mycket jag hade velat göra det, Corey? Är du medveten om hur gärna jag hade velat lära känna mina morföräldrar? Mason har aldrig förlåtit vår mamma för att hon tog honom härifrån." Madelines ögon tårades och hon torkade dem irriterat. Hon hatade att visa sig svag inför den här kalla mannen.

"Jag förstår att du är upprörd, det gör jag verkligen", försäkrade Corey till hennes förvåning, "men det du inte är medveten om är att du bara har hört en sida av den här historien. Och jag hoppas du är medveten om att din morfar redan hade förskjutit din mamma innan det här bråket. Det var inte min pappa som fick honom att göra det. Det var din mammas val av man som satte henne i onåd hos sin far. Har du hört historien?"

Madeline skrattade torrt. "Du skojar med mig? Jag är uppväxt med den som nattsaga. Min mamma har varnat mig för Discenzamännen sedan jag lärde mig att prata."

Han rynkade ihop ögonbrynen. "Jaså, det har hon minsann? Anser hon sig själv vara en ängel?"

"I jämförelse, ja. Det enda hon gjorde var att välja en man som inte passade mallen för hur män i Discenzafamiljen ska vara – det räknas knappast som något värt att förskjuta sin dotter för i en normal familj."

Corey såg för ett ögonblick förvånad ut; något som sedan utbyttes i irritation. "Du har blivit förd bakom ljuset, Madeline. Din mor var förlovad med min far. Din far förförde Angelina när hon var bortlovad till en annan. Han ska vara glad över att min far inte har dödat honom för det han har gjort."

Madeline blev först iskall, sen började hela hennes värld att snurra; blodet lämnade hennes ansikte och chocken tog över hennes kropp. "Det stämmer inte... det är inte sant..." stammade hon osäkert. Helt plötsligt började hon frysa i den varma solen, hennes händer skakade. Det fanns ingenting som hade kunnat förbereda henne på den här informationen. Var det här sant? Om detta stämde hade hennes föräldrar ljugit för henne under hela uppväxten. Då skulle hon ha levt i en lögn. Hon kunde se att Corey var ärligt överraskad att hon inte känt till detta. Han fattade hennes ena hand i sin starka och höll den tills hennes andning lugnade sig.

Ändå var det här så logiskt, mer proportionerligt. Hennes mamma hade inte bara valt fel man, hon hade varit otrogen mot en i familjen och gått bakom ryggen på alla. Jädrans. Det var riktigt illa. Helst i familjen Discenza.

"Förstår du nu, Madeline, att det din mamma gjorde var enormt i släktens ögon. Marc tog hand om min far som om han vore hans egen son. Våra föräldrar blev förälskade, alla var nöjda. Din mamma svek sin egen far, sin fars skyddsling och hela familjen. Det finns ingen större synd än att vända de sina ryggen. Hon handlade som att den man som givit henne livet inte betydde något för henne. Hon kommer inte bli förlåten för det hon har gjort. Nu är det upp till dig och din bror att visa för oss att ni är bättre än er mor; att vi kan lita på er och att ni sätter familjen Discenza främst. Din bror har redan gjort det", avslutade han med eftertryck.

"Jag måste få vara själv en stund och tänka, Corey. Jag känner mig förvirrad", sa Madeline lågt.

"Det är därför jag är här, Madeline. Jag kommer hjälpa dig att inse vad som är bäst för dig", sa Corey enkelt.

Halva sommaren hade gått, det var drygt en månad kvar på hennes vistelse i Chicago, och *detta* var alltså första gången hon var ute med Alessandra själv. Ingen Corey och ingen Mason. De hade gjort på det gamla hederliga viset och helt sonika lämnat hemmet innan Corey och Mason kommit hem. Madeline kunde inte låta bli att reflektera över det faktum att detta också var första gången hon var ute som miljonär – vad det nu hade för betydelse. Därtill hade hennes födelsedagsfest kryddat på hennes förmögenhet då det tydligen var sed inom familjen Discenza att ge pengar som present – mycket pengar. Hon hade fått ett tjockt kuvert av varenda gäst, inklusive invånarna i Discenzaresidensen. Det skulle ta ett tag för henne att vänja sig vid att ha pengar, både gott och ont, men en klar fördel var dock att om hon blev ovän med Corey eller Mason kunde hon bara ta in på valfritt hotell och be dem dra åt skogen – helst med deras egna kuvert. Den tanken roade henne mer än vad den var realistisk. Sanningen var dock att hon inte hade tillgång till sitt arv ännu, mer än på pappret. Hon hade ännu inte satt sig ner med sin förvaltare för att gå igenom hur stor förmögenheten var, hur den var uppbunden och hur hon fick tillgång till det fria kapitalet.

Det hörde även till saken att hennes förvaltare hette Corey Discenza.

Kvällens gäng hängde på en trevlig nattklubb med väldoftande libanesisk mat. Luis Adams var lägligt nog inbjuden liksom Oliver och Chase. Oliver hade tagit med sig en söt tjej, Isabelle Havens, som hade halvlångt brunt hår och kurvig figur. Alessandra och Madeline hade dragit på sig festkläder som blottade de delar de ville fresta killarna med, medan killarna var mer ledigt klädda i jeans och t-shirt. Det var fullpackat med människor i olika åldrar och ursprung – Oliver hade lovat att det här var ett av de bästa ställena i staden och än så länge hade han inte blivit motbevisad.

Det här var första gången sedan Madeline anlänt till Chicago som hon kände sig fri på riktigt – och avslappnad.

Chase satt så nära henne han kunde utan att vara för närgången; han luktade så gott: rent och manligt. Hon hoppades osäkert att hennes vita linne inte visade för mycket av hennes klyfta. Alessandra däremot, klädd i en beige volangklänning med en generös urringning fram, verkade inte bry sig nämnvärt om halva brösten riskerade att falla ur. Luis flackade med blicken i hopplösa försök att inte fastna vid de två gungande behagen. Alessandra var självfallet väl medveten om detta och gjorde sitt bästa för att han skulle misslyckas

Som Madeline önskade att hon var mer som sin kusin. Corey kunde säga vad som helst till Alessandra utan att hon tog åt sig som Madeline gjorde.

"Hur ska jag få dig att stanna kvar i Chicago efter sommaren?" undrade Chase och passade på att lägga en hand på Madelines. Madeline som inte varit beredd på den plötsliga beröringen kastade en snabb blick på hans hand, vilket Alessandra också gjorde ackompanjerad av ett litet flin. Pirrningar färdades genom hennes kropp från hennes hand och ner till magen där lekte de omkring och gjorde hennes andhämtning tyngre. Hon tittade in i Chases ögon och log varmt.

"Så du vill att jag ska stanna kvar?"

"Det är klart jag vill. Hur ska jag annars kunna träffa dig varenda dag?"

Hon skrattade roat. "Vilken charmör du är, Chase. Hur många kvinnor brukar du förföra på det här viset?"

Han såg låtsat förnärmad ut och en skugga föll över hans tilldragande ansikte i det dunkla ljuset. Hon fastnade med blicken på hans mjuka läppar och pirret återvände till hennes mage.

"Jag förstår att det där lät som en dålig raggningsreplik; men jag gillar dig verkligen. Jag vill lära känna dig bättre."

"Det är komplicerat, Chase", svarade hon ärligt. "Vi får se hur det blir efter sommaren, men jag gissar att jag åker tillbaka till Sverige och återvänder hit för att hälsa på då och då."

Oliver log sitt vinnande leende. "Det är väl inte någon i släkten som har fått dig att känna dig ovälkommen hoppas jag?"

Du skulle bara veta, tänkte Madeline bittert. "Inte ovälkommen. Men det är så många regler att följa för att bli accepterad. Jag vet inte om jag är beredd att leva på det viset."

"Du har inte insett hur du ska handskas med familjen Discenza ännu. Det är bara att hålla med om allt och helst berömma de strikta värderingarna. Sen gör du *mycket diskret* ändock som du själv vill. Att diskutera med Corey eller hans pappa är helt lönlöst." Oliver blinkade konspiratoriskt mot henne och höjde sitt glas i en skål.

"Amen!" flinade Alessandra och slog ihop sitt glas med de andras.

Madeline bara älskade dessa två kusiner; de var helt underbara personer. Hon hade inte klarat två dagar i Discenzaresidensen utan Alessandra.

Det tog inte lång tid innan Alessandra reste sig upp och deklarerade att hon och Luis skulle fortsätta på egen hand. Det gjorde Madeline en aning nervös då hon blev lämnad ensam med Chase, Oliver och Isabella – men Alessandra tyckte att det var en lysande idé av just den anledningen.

"Älskling, se till att ha riktigt trevligt nu", sa hon med sin lena röst och placerade en lätt puss på Madelines kind. Hon tittade sedan menande på Chase innan hon lämnade restaurangen med sin nyfunna erövring.

Madeline tvingades ägna mer tid åt Isabella efter att Alessandra försvunnit och upptäckte att hon var riktigt trevlig att prata med, inte så stroppig som det verkat först.

Hon passade även på att fråga Chase om hans familj och vad de jobbade med. Han berättade att de kom från ärvda pengar och hade investerat i större fastigheter. De var även nära samarbetspartners med familjen Discenza i hotellbranschen – det var dock Chases far som skötte kontakterna vilket förklarade avsaknaden av relation mellan Chase och Corey, tänkte Madeline.

"Min pappa har affärer på alla möjliga håll. Han investerar i det mesta som kan vara lönsamt. Ja, inte i lika stor skala som familjen Discenza då, men vi klarar oss mer än väl", sa Chase lugnt.

"Och vad har du för roll?"

"Jag arbetar för familjeföretaget, direkt under min pappa, och gör det som behöver göras."

Madelines mobil avbröt konversationen; hon grävde i sin gräddfärgade väska och konstaterade att den förvandlades till en hel stad när hon letade efter något – och det fanns hur många stadsdelar som helst. Hon svor mellan sina tänder när hon hittade telefonen lagom till den hade slutat ringa: hon hann inte ens kolla vem det var som ringt innan den ettrigt ringde igen.

Corey, noterade hon förvånat.

"Varför svarade du inte?" var hans första replik. Denna gjorde knappast Madeline vänligt inställd men hon svalde sin irritation.

"Jag hittade inte min telefon."

"Du är ute med Oliver och Chase."

Påstående eller fråga? – gudarna visste.

"Ja." Hon mötte Chase och Olivers frågande blickar.

"Jag är på väg hem. Jag hämtar dig på vägen."

"Men... vi är inte klara här. Jag åker hem senare med Chase och Oliver."

Det svaret kunde inte ha gått honom mer förbi än det gjorde. "Säg bara var ni är."

Madeline gnisslade tänder men hörde på Coreys ton att detta inte var öppet för förhandlingar. Hon förklarade kort vad stället hette.

Kapitel nitton

"Corey?" frågade Oliver när Madeline lagt ner telefonen i väskan.

Hon gjorde en liten grimas. "Han är tydligen på väg hem och tyckte att han kunde hämta mig när han ändå hade vägarna förbi."

"Intressant. Vägarna förbi sa du?" Oliver gav Chase en kort blick och Chase höjde på ögonbrynen.

Det förflöt inte lång tid innan Corey kom gående genom restaurangen; lång, bredaxlad och lika självsäker som vanligt. Han var klädd i en svart kostym och Madeline var tvungen att stänga munnen för att inte gapa. Hon försökte att sänka sin blick då hon inte ville visa honom hur hon påverkades av hans ankomst. Oliver noterade dock allt och log roat mot henne.

"Oliver–", sa Corey mörkt och tog Olivers hand för att hälsa. "–trevligt att du tar din kusin med ut; det skulle bli tråkigt för henne att sitta hemma varenda kväll."

Han vände därefter en kall blick mot Chase. "Chase", hälsade han kort. "Det tog inte lång tid för dig att ta ut Madeline på den utlovade middagen."

Chase nickade stelt. "Jag är en man som håller mina löften", svarade han och gav Madeline en liten blick.

"Vi märker det." Han vände sig därefter mot Isabella och studerade henne några sekunder. "Och vem är denna vackra kvinna, Oliver?" Oliver presenterade dem snabbt för varandra.

"Madeline", sa Corey sedan och lät blicken glida över henne så där värderande som om han skulle bedöma om hennes klädsel var godkänd eller ej. "Jag ser att du inte har druckit upp än." Han satte sig ner på stolen vid Madelines lediga sida så nära att hon kunde känna värmen från hans kropp. Hennes puls ökade och hjärtat rusade i hennes bröst. Varför påverkade den här mannen henne så starkt?

Atmosfären förändrades direkt efter att Corey anlänt. Detta fascinerade Madeline. Oliver, som annars var sorglös, sträckte på sig och antog en mer affärsmässig, skärpt hållning; han diskuterade bara seriösa ämnen – inte som innan då de, bland annat, diskuterat vilka hundraser de liknade mest.

Chase hade tagit bort armen från Madelines ryggstöd och skruvade sig stelt i stolen; Isabella verkade plötsligt ha problem med sitt hår som hon rättade till varannan minut.

Så, det var inte bara hon? – världen blev galen när Corey Discenza var i närheten.

"Har ni haft trevligt?" Hans blick fästes på Chase och Madeline, men frågan var till samtliga i sällskapet. Chase såg ut som om han ville svara: *"ja tills du kom"*, men han var tillräckligt klok för att inte öppna sin mun.

"Mycket", svarade Oliver. "Det känns redan som om jag känt Madeline betydligt mycket längre än vad jag har gjort." Han fäste sina varma ögon på Madeline och Madeline log till svar.

"Ja, vår Madeline är lätt att tycka om", instämde Corey lugnt och tittade på henne.

Det var en nyhet och kommentaren fick hennes kinder att hetta.

"Drick upp det där, Madeline, så åker vi sen. Jag måste byta några ord med ägaren." Han nickade kort mot en storvuxen man som stod borta vid baren iklädd en grå kostym; denne såg dock mindre nöjd ut med att Corey lagt märke till honom men gjorde en gest att han var redo att prata.

Hon följde honom med blicken när han försvann in i ett rum i de bortre regionerna och frågade sig om det fanns någon Corey *inte* hade affärer med i Chicago.

Hon mötte som hastigast Olivers blick och han höjde frågande på ögonbrynen. Hon hade dock ingen aning om vad han menade och tittade frågande tillbaka.

När Chase ursäktade sig för att gå till toaletten passade Madeline på att fråga honom.

"Madeline, har du känslor för Corey?" Hans mörka ögonbryn sänkte sig över hans allvarliga bruna ögon; han lutade sig en aning fram mot henne och hon blev helt tagen av den raka frågan.

"Va? Varför tror du det? Det är klart jag inte har." Hon tittade ängsligt efter både Corey och Chase.

"Det där sa allt."

Madeline noterade att Isabella skruvade på sig i sin stol men inte låtsades höra. "Jag är *inte* intresserad av Corey, Oliver", dementerade hon bestämt. "Jag tycker att han ser jättebra ut, precis som alla andra kvinnor, så det är klart jag tittar. Mer än så är det inte."

"Bra", sa Oliver kort, men inte övertygat. "Jag hoppas att du menar det. Corey är inte för dig", sa han avmätt.

Den fällan var bara för frestande att falla i och Madeline kastade sig huvudstupa ner i hålet. "Varför?"

Han höjde på ett ögonbryn och studerade henne frågande. "För att du är en söt ängel, Madeline, och Corey är inte det. Långt ifrån."

Hon hann inte ställa de brinnande följdfrågorna då Chase var tillbaka från sitt toalettbesök.

"Vad ni ser allvarliga ut då." Han gled ner på stolen bredvid Madelines. "Har jag missat något?"

Corey var snart tillbaka – mycket otålig. Han tittade irriterat på Madeline när hon sa sina hejdå och lovade Chase en ny träff inom en snar framtid. Han fattade därefter, till hennes gränslösa förvåning, hennes hand i sin och förde henne ut från nattklubben.

Corey körde en lyxig svart Mercedes vars skinnklädsel enbart antagligen kostade en normal människa fem årslöner. Den luktade Corey; fräscht och nytt. Och att sitta bredvid honom i bilen var så skrämmande intimt att Madelines hjärta spelade i elitlaget.

Hon studerade honom i ögonvrån, osäker på om hon borde påbörja ett samtal eller om det bara skulle irritera honom. Han kryssade vant mellan filerna, till synes ostörd av den hektiska trafiken – och deras kvävande tystnad. Det var mörkt ute men Chicagos natthimmel lystes upp av lampor och reklamskyltar. Staden sov aldrig.

Hon noterade att hans käkar var sammanbitna som om han funderade över något som gjorde honom irriterad – antagligen mötet han precis hade haft eller någon av de andra tusentals sakerna som irriterade honom dagligen. Tanken på de oändliga möjligheterna av irritationsmoment för Corey Discenza fick henne att bita sig i läppen för att inte börja fnissa.

Efter att ha rest mer än halva vägen under tystnad tog Corey plötsligt till orda. ”Alessandra?” frågade han kort.

”Eh, hon följde med en vän hem. Hon sa att hon är tillbaka imorgon.” Madeline bet sig tveksamt i underläppen och undrade om Alessandra skulle bli arg på henne.

Om Corey hade någon åsikt om detta så yttrade han den inte och resten av bilfärden fortsatte under tystnad. Hon noterade att hans starka hand grep hårt om ratten och han såg om möjligt mer irriterad ut än tidigare; jobbrelaterade problem var gissningsvis något som inträffade på daglig basis med tanke på det stora imperium han styrde.

För övrigt var han en glädjedödare. Vad skulle hon ens hem att göra?

När hon gick och lade sig den kvällen kände hon sig förvirrad; hon tänkte på Chase och hur mycket hon ville träffa honom igen; hon tänkte på att åka tillbaka till Sverige snart och lämna den här världen bakom sig – och hon tänkte på Corey och på vad Oliver hade sagt.

Och på lögnen hon hade serverat Oliver.

Kapitel tjugo

"Vad gör du? Vart ska du?" utropade Madeline förvånat. Hon hade precis blivit avsläppt av Chase på gårdsplanen till Discenzaresidensen. Det var första gången de varit ensamma; de hade tagit en fika på stan och pratat om allt mellan himmel och jord. Madeline var fortfarande övertygad om att han var en player – men hon var även övertygad om att han verkligen gillade henne. Vad spelade egentligen något för roll? Hon skulle tillbaka till Stockholm om bara några veckor och hade ändå inte planerat att skaffa en stadig pojkvän under sin sommar hos släkten.

Hon tittade anklagande på Alessandra som övervakade inpackningen av resväskor i en av familjens lyxiga bilar. Hon vände sin gnistrande blick mot Madeline och log brett. Hon var som vanligt klädd på ett sätt som framhävde alla hennes tillgångar i ett vitt åtsittande linne som formade sig perfekt kring hennes fylliga bröst och ett par korta jeansshorts som blottade välsvarvade långa ben och smet åt runt en vältränad rumpa.

"Jag åker till Italien i en vecka. Det var länge sedan jag var där och mamma tjatar. Du åker ju ändå bort i helgen och jag tyckte det skulle bli så tråkigt här utan er. Vad ska jag göra i det här enorma huset helt själv liksom?"

"Så nu lämnar *du* mig i stället!" utropade Madeline förfärat. Vid det här laget var hon så van att ha Alessandra i sin närhet, det var med henne allt roligt hände. Att bli ensam med sin bror och Corey – vilken mardröm. "*Jag* blir ju bara borta fyra dagar. En vecka är ju en evighet."

"Du har ju sällskap av Corey och din bror", flinade Alessandra, såklart mycket väl medveten om att det var det sista Madeline önskade.

Chase log brett och lade en hand på Madelines bara axel. "Jag lovar att ta väl hand om dig under din kusins frånvaro. Nu måste jag gå. Han vred henne mot sig och tittade henne djupt i ögonen innan han slöt henne i sin famn. Madeline blundade; så gott han luktade, rent och manligt. "Får jag?" sa han sedan och höll hennes ansikte mellan sina händer.

Innan hon insett vad han menade lät han sina läppar mjukt snudda hennes i en flyktig, men underbar och fjärilar-i-magen-framkallande, puss. Innan hon hunnit hämta sig lämnade han gårdsplanen med ett retsamt leende på de nykyssta läpparna.

"Du kommer att driva honom till vansinne", sa Alessandra roat när Chase försvann ut genom de höga grindarna.

"Vad menar du?"

Kusinen skrattade förnöjt. "För det första är det din bror och Corey. För det andra så vill alla män ha sex – ja, alla vettiga kvinnor också – och det verkar som om Chase kommer att få vänta på sitt roliga."

Madeline puttade retsamt till henne. "Du är hemsk! Är det verkligen det enda du har i tankarna?" Nog för att den tanken rört sig en hel del i hennes eget huvud också den här dagen. Hur skulle det kännas att vara med Chase? Hur var det över huvud taget att ha sex? Det stormade i hennes mellangärde bara hon tänkte på det.

Alessandra bet roat på den ena glasögonskalmen och kisade mot Madeline som om hon kunde läsa hennes tankar. "Ja, och det kommer det vara för dig också den dagen du vet vad det handlar om."

Madeline suckade uppgivet och gav sin kusin en hård kram. "Jag kommer sakna dig som satan."

Alessandra satte på sig solglasögonen igen. "Jag med, älskling. Gör inget alltför dumt nu när jag är borta, och låt inte släkten i Miami köra över dig. De är ganska duktiga på att ta kommandot om de får möjlighet. Vi ses om en vecka."

Hon hoppade in i baksätet på den väntande bilen och vinkade åt Madeline genom den nedvevade rutan. Sen var hon försvunnen.

Efter att ha packat väskorna inför avfärden till Miami och sedan drivit omkring planlöst i sitt rum kände sig Madeline precis så sorgsen och övergiven som hon hade anat att hon skulle göra. Tanken att söka upp brodern slog henne men han var så vitt hon kände till inte hemma ännu. Hon skulle definitivt föreslå filmtittande senare – allt för att fördriva tiden.

Efter en snabbdusch lyfte hon på snabbtelefonen och bad köket komma upp med två mackor och lite frukt; när hon sedan styrde sina steg mot balkongen, med en handduk kring det fortfarande blöta håret, fick hon syn på Corey på terrassen nedanför. Han hade sällskap av en lång, slank kvinna och Madeline tvärstannade ur synhåll bakom en av de tunna gardinerna. Hon kunde bara ana kvinnans ansikte, men såg klart och tydligt hennes dyra kläder och det långa bruna välskötta håret. De verkade ha ett vänskapligt samtal och kvinnan skrattade flera gånger; även Corey såg gladare ut än han brukade och Madeline kände överraskat en förintande svartsjuka stiga upp inom sig – det sved i hennes bröst och hennes mun blev torr.

Hon lutade sig så nära dörröppningen hon vågade utan att bli sedd. Om hon ändå kunde höra vad de sade för något. Den vackra kvinnan lutade sitt huvud bakåt en aning och skrattade igen. Hur rolig kunde han vara liksom? tänkte Madeline irriterat – inte ett dugg utifrån hennes erfarenheter.

Nu lade kvinnan en finlemmad hand på Coreys axel, och Corey gjorde ingenting för att ta bort den och såg knappast heller besvärad ut.

Varför brydde hon sig så mycket om vad Corey gjorde eller vem han tillbringade sina nätter med? – hon träffade ju Chase. Hur kunde hon då stå här och vara upprörd över att Corey pratade med en annan kvinna? Vad hade hon för sorts rätt till honom?

Det enda hon hade gjort de här veckorna var att jaga hans godkännande, och det hade hon inte fått; i stället behandlade han henne med kylig vänskaplighet – samtidigt som hon själv gjorde allt för att visa att hon inte var som sin mor. Varför det nu var nödvändigt med tanke på att hon inte ens tyckte att det var något fel på henne. Vilken sjuk lek att leka. Han var omöjlig att förstå sig på. Och nu stod hon här och spionerade på honom och blev svartsjuk för att någon annan så tydligt hade fått hans godkännande.

I just det ögonblicket tittade Corey upp och fick syn på henne. Även om hon inte såg hans ansikte tillräckligt väl var hon säker på att han hade det där irriterade ansiktsuttrycket som han alltid hade när han tittade på henne. Hon backade snabbt och förläget bakåt och gömde sig inne i rummet. Hon hann se hur Corey sa något till kvinnan i fråga och sedan gav henne en snabb kyss på kinden.

Hon kastade handduken på golvet och lade sig snabbt på sängen med sitt blöta hår klistrat mot överkastet och kände sig otroligt förnedrad över att ha blivit påkommen spionerande. Corey måste tro att hon var helt skamlös.

Efter ungefär en kvart knackade det på dörren och pulsen rusade – det var garanterat Corey som kom för att ifrågasätta hennes beteende.

Efter ett djupt förberedande andetag öppnade hon dörren redo att möta hans arroganta uppsyn, men i stället mötte hon Rebeckas hjärtliga leende och en bricka med kvällsmat. Madeline tog tacksamt emot de väldoftande smörgåsarna som hade all världens läckerheter på toppen och vilade bredvid ett frikostigt fruktfat.

Åter i sängen tog hon telefonen från det mörka nattduksbordet och slängde i väg ett sms till Chase enbart för att känna sig uppskattad. Perfekt, nu hade hon blivit en människa som utnyttjade andra för sin egen lyckas skull.

Hon stönade av frustration och gled ner under det sköna täcket med brickan i knät och letade fram boken hon lagt i nattduksbordets låda. Det brukade aldrig fungera att läsa när hon var upprörd och egentligen visste hon inte ens *varför* hon var så upprörd. Den tacksamma signalen från Chases svar kom efter mindre än trettio sekunder och Madeline frossade i uppmärksamheten.

Hon hade inte mer än börjat äta på en av smörgåsarna när det knackade på dörren igen. Inte heller den här gången var det Corey och hon började nästan bli besviken fastän hon inte alls ville träffa honom just nu.

"Har du gått och lagt dig redan?" frågade Mason förvånat. Han såg en aning stressad ut med charmigt rufsigt hår och de bruna ögonen som studerade henne frågande.

"Nja, egentligen hade jag tänkt föreslå en film men jag hamnade här med en bok i stället."

Han klev in i rummet och satte sig ner i samma fåtölj som Corey suttit den gången han haft sitt skumma samtal med henne. Hennes bror såg dock inte lika skrämmande ut som den tidigare.

"Är du på väg någonstans?"

"Ja, jag ska träffa en vän", svarade han kort och kastade en snabb blick på sitt exklusiva armbandsur.

"En av kvinnligt kön antar jag?"

Han log bara sitt vinnande leende men svarade inte på frågan. "Jag är glad att du är här, Maddie. Sedan du kom hit har det känts som ett riktigt hem. Jag älskar att ha dig här som en del av familjen."

Hon log varmt mot sin bror. "Tack, Mason. Jag saknade dig galet mycket efter att du lämnade Stockholm. Jag önskar att du kunde tillbringa lite mer tid hemma framöver."

Han drog tankfullt med handen över fåtöljens mjuka skinn och studerade sedan sin systers ansikte. "Har du pratat med mamma om hennes undanhållande av sanningen?"

Madeline skakade på huvudet. "Jag vill inte bli ovän med henne medan jag är här. Jag tar det när jag kommer hem. Hon är tillräckligt upprörd över min resa hit."

"Du har alltid varit för snäll och omtänksam, Maddie. Låt inte andra utnyttja det. Är det något min tid här har lärt mig så är det vikten av att ha skinn på näsan: äta eller ätas."

"Du kommer väl hem ikväll? – med tanke på att vi åker imorgon", frågade hon och undvek kommentera hans uttalande.

Han reste sig upp, lång och ståtlig. "Självklart. Jag kommer i natt någon gång. Det ska väl bli trevligt att åka en sväng till Miami? Du har aldrig varit där förut."

Hon tittade skeptiskt på sin bror. "Du är väl medveten om att jag åker mot min vilja, Mason? Det är inte så att jag har planerat den här resan själv. Vår förtjusande kusin, Selene, såg till att bjuda in mig vid ett sådant tillfälle då jag inte kunde säga nej. Colin verkar för övrigt redo att hänga upp mitt huvud på väggen vilken dag som helst."

"Det är invecklat, Maddie", sa Mason kort. "Jag är med och jag kommer se till att du får en trevlig weekend." Han böjde sig fram och gav henne en kram innan han stängde dörren bakom sig.

När det knackade på dörren nästa gång var Madeline säker på att det var Corey. Hon hade rätt.

"Såg du något intressant?" frågade han och klev in. Han stängde dörren bakom sig och tittade på Madeline med sina kalla ögon.

Hon tittade en aning trotsigt på honom, tveksam över vad hon skulle svara. Han hade bytt från kostym till ett par jeans och en enkel svart t-shirt. Hon undrade flyktigt hur hon själv såg ut där hon satt med blött hår och kvällsskrubbat ansikte.

"Om det intresserar dig det minsta så var det inte meningen att spionera på dig. Jag höll på att torka mitt hår och råkade få syn på er."

Han log roat. "Och ändå stod du kvar?"

"Ja, jag undrade om jag hade sett kvinnan du var med tidigare." Hon hade svårt att möta hans utforskande blick och tittade generat ner på sina händer.

"Hade du det?" frågade han mockande och satte sig ner i "sin" fåtölj.

"Nej. Vem är hon?"

"Hon heter Susan Hartford", svarade han kort och lyfte upp en av böckerna från det lilla sidobordet bredvid sig. "Hopplös romantiker?" frågade han roat och höll upp den så Madeline kunde se.

"Är det någon som jobbar för dig?" frågade hon och bortsåg från den sista frågan. Varför hon var tvungen att gräva i det här förstod hon inte själv – eller så förstod hon men ville inte förstå.

"Nej, Madeline, det är det inte", sa Corey med ett litet leende. "Hon är precis vad Chase är för dig – en person jag tycker är vacker och gillar att umgås med, knulla med, men definitivt inte har någon ytterligare framtid med." Hans ögon sökte sig in i Madelines och hon fingrade på täcket med hettande kinder utan att säga något.

Han reste sig hastigt och gick fram till henne; han lutade sig över henne med ansiktet nära hennes och log lätt. "Var det något jag sa som generade dig, Madeline?" Han studerade hennes ansikte och undvikande ögon. Utan att vänta på svar fortsatte han: "den dagen du träffar *rätt* man kommer du förstå hur skönt det kan vara." Det var en varning. Han rätade på sig igen och tittade ner på henne med sin vanliga arrogans.

"Vi ses imorgon. Sov gott." Han lämnade rummet utan någon ytterligare kommentar, men det var åtminstone konstaterat att den där kvinnan hade en pågående historia med Corey – och Madeline var löjligt svartsjuk.

Hon lutade sig tillbaka för fjärde gången för att läsa sin bok, men egentligen blev hon sittande funderandes över hur det skulle vara att ha sex med Corey.

Kapitel tjugoett

I samma ögonblick som den dyra bilen stannade utanför det stora huset i Miami kände Madeline hur spänningen i hennes kropp byggdes upp; hon gick stelt ut ur bilen och lade samtidigt märke till att Corey och Mason var avsevärt mer avslappnade. Det var uppenbart att hennes bror till och med såg fram emot detta.

Själv kände hon sig som ett djur på väg till slaktbänken.

Hon hade inte berättat för sin mamma att hon skulle hälsa på hemma hos Colin och Daphne, men det räckte med fantasin för att se och höra hennes reaktion.

Colin och Daphne bodde i den rika stadsdelen *Coral Gables,* belägen söder om centrala Miami – ett område designat i spansk tappning. Huset de bodde i var samma hus som James och Teresia bott i – Colins mamma och styvfar. Hon kunde inte låta bli att fråga sig vad James hade tyckt om att hans bonusson jagat i väg hans systerdotter från familjen. Han måste ha känt till det med tanke på den nära relation han haft med sin syster. Vilka tragiska livsöden.

Huset var stort, antagligen utbyggt, och målat i en ljus terrakottafärg. Väldoftande växter slingrade sig upp längs de vackra väggarna och de vitmålade fönsterkarmarna; oregelbundna stenplattor löpte runt hela huset och tog av i stigar mot baksidan där Madeline antog att en stor trädgård låg. Hon älskade huset omedelbart.

Corey lade en arm lätt runt Madelines midja och viskade. "Är du redo att äntra vargkulan?"

Hon tittade anklagande på honom; hans beröring tände miljoner små eldar i hennes kropp som hon försökte att kväva. Hon hade tänkt alldeles för mycket på honom sedan deras samtal. Hur kunde hon ha utvecklat känslor för en person som tidvis var så dömande och otrevlig? – för att inte tala om arrogant. Hade hon helt tappat vettet?

Han var Corey Discenza. Fienden – enligt hennes mamma.

Hon hade omsorgsfullt valt en korallröd sommarklänning med tunna axelband som slutade på halva låret och sminkat sig extra noggrant; håret var kammat så det glänste där det böljade nerför hennes axlar. Hon var åtminstone till sin fördel vilket gjorde att hon kände sig starkare.

Fienden stod på trappen och väntade på henne; Colin med ett förnöjt leende i sitt solbrända ansikte; hans hår var oklanderligt kammat och blänkte svart på hans hjässa. De kalla ögonen följde noga Madelines minsta rörelse och han log lätt när hon närmade sig. Hans smärta kropp var klädd i ett par svarta byxor och en svart kortärmad skjorta – en mycket skrämmande man som såg ut att ha flertalet liv på sitt samvete. Madeline förnam en liten rysning och noterade att Mason kramade om både Colin och Daphne med värme. Vem hade hjärntvättat hennes bror?

Daphne, iklädd en svart kjol och en vit blus med det bruna håret uppsatt i en stram svans, kastade en kritisk blick på Madeline över Masons axel. Att Daphne inte gillade henne var helt uppenbart. Var Colin stod var en aning mer svårläst.

Corey placerade en puss på Daphnes kind och gav sin far en kram; han vände sig därefter till Madeline och log snett. "Madeline, ska du hälsa på mina föräldrar?"

Hon nickade stelt och gick genom kvicksand till värdparet; hon hälsade på Daphne med en sval handskakning och noterade att hennes leende inte nådde ögonen – antagligen inte Madelines heller. Colin höll Madelines hand i ett fast grepp och synade henne uppifrån och ner. Hon svalde nervöst, den här mannen var verkligen obehaglig – till och med mer så än Corey.

"Madeline, jag är väldigt glad att du har kommit för att bo med oss denna helg", sa han med mörk röst.

Hon nickade stelt och tvingade fram ett leende. Hur sant detta var återstod att se.

Precis som hennes morfar, verkade Colin ha en faiblesse för antika saker; mörka trämöbler avlöste varandra tillsammans med dyra mattor och värdefulla prydnadsföremål. Målningarna på väggarna kostade mer än vissa människors bostäder och dyra textilier klädde de höga fönsterna och soffornas prydnadskuddar.

Huset var självfallet underbart och Madeline älskade det från första stund. På något vis var det mer hemtrevligt än Discenzaresidensen; det fanns mer värme i detta hus – gissningsvis tack vare James och Teresia, tänkte hon en aning elakt.

Efter att Daphne, föga entusiastiskt, hade visat Madeline till hennes rum på övervåningen, en ljus trevlig historia med enorma fönster, blev hon meddelad att middagen skulle serveras en halvtimme senare nere i matsalen.

Hon tittade fundersamt efter Daphne när hon försvann. Av vilken anledning tyckte inte Daphne om henne? Hon hade knappt bytt fem ord med henne och definitivt inte förolämpat henne på något vis.

Hon kastade en snabb blick ut genom fönstret på baksidan där det fanns en stor oregelbundet formad pool och prunkande växter. Som Madeline antagit fortsatte de oregelbundna stenplattorna sin färd till baksidan där de delades av i otaliga gångar mellan de olika välskötta grupperna av växtlighet.

Tjänstefolket hade redan hängt in hennes kläder i en vit antik garderob och hon bestämde sig för en gräddfärgad chiffongklänning med guldskärp i midjan – hon visste att hon var vacker i den. Hennes fötter sjönk ner i den mjuka vita mattan och hon satte motvilligt på sig klackade skor.

Den stora salongen var belägen i husets bakre regioner med en dörr ut till terrassen och trädgården. Matsalsbordet var i mörk mahogny och såg ut att väga ton. Två kvinnor stod vid bordet och dukade fram tallrikar och fat fyllda med mat; de kastade nyfikna blickar på Madeline när hon klev in i rummet och Madeline vände snabbt och förläget sin uppmärksamhet åt samlingen som satt i andra änden av rummet i en beige soffgrupp vid ett vackert orientaliskt bord.

Alla tystnade och tittade upp, blickarna färdades över hennes nervösa uppenbarelse, och Mason log stolt mot henne. Madeline däremot kände sig stel och försökte utstråla en självsäkerhet hon absolut inte kände. Än värre blev det när hon insåg att den enda lediga platsen fanns mellan Corey och Colin i soffan. De måste skoja med henne. Verkligen.

Selene och Nino hade anlänt och satt bredvid varandra i den andra soffan; vid deras sida satt även Daphne – Mason var nedslagen i en fåtölj. *Tack, käre broder, för att du tog den enda singelplatsen.*

Hon satte sig obekvämt mitt emellan de två männen, som såklart tog upp det mesta av utrymmet i soffan, och hennes tankar färdades till allehanda små fiskar som var inklämda i konserver sida vid sida – hon hade aldrig drömt om att vara en fisk. För ett kort ögonblick inbillade hon sig att Corey tittade nästan dyrkande på henne. Men när hon kastade ytterligare en blick på honom hade han samma kyliga ansiktsuttryck som vanligt. Hon slätade till sin klänning och försökte dölja att det här var den sista platsen hon ville vara på i hela världen.

"Du är väldigt vacker idag, Madeline" mumlade Corey och räckte henne ett glas med gin och tonic. Hon tog stelt emot det och tog en liten klunk innan hon ställde glaset på bordet framför sig. Det hon helst ville var att svepa i sig den beska drinken och gärna bli full på kuppen. Det hade åtminstone varit en syn för hennes kritiska släktingar.

"Kära kusin, vad trevligt att träffa dig igen", log Selene kyligt. "Efter din tveksamhet under festen i Chicago var jag inte riktigt säker på om du skulle dyka upp eller inte." Det svarta raka håret, som matchade hennes svarta klänning, blänkte vackert och ramade in hennes solkyssta ansikte; ögonen var mörkt målade och de smala läpparna vinröda. Daphne tittade för några ögonblick på Madeline och Madeline log konstlat. Var det verkligen fyra hela dagar hon skulle tillbringa i det här sällskapet? Gud hjälpe henne. "Inte alls. Det var en självklarhet att jag skulle komma", intygade hon. Värmen från Coreys ben mot hennes blottade lår fick hjärtat att öka takten i hennes bröst; hon svalde ansträngt och rättade nervöst till sin klänning igen. Han gjorde dock inte något för att ge henne mer plats.

"Vi har en present till dig", sa Colin plötsligt, "för att hälsa dig välkommen till familjen Discenza." Han trollade fram ett svart läderetui och öppnade det framför Madelines ögon. På en svart sidenbädd låg ett klassiskt och mycket vackert diamantarmband.

Hon tappade för några sekunder talförmågan; hon hade ingen aning om vad hon skulle säga och hur hon skulle tacka. Om sanningen skulle fram så ville hon inte ens ha armbandet; att ta emot det kändes som att hon på något vis stod i skuld till dem. Hon tittade nervöst på Colins stiliga, men hårda ansikte och log lätt.

"Colin, ni borde inte ha köpt det till mig. Jag kan inte ta emot en sådan dyr gåva." Hon kastade en avvaktande blick på den gnistrande tingesten som vilade i hans starka hand som om den vore på väg att attackera henne.

"Men nu *har* vi köpt det och du kommer att ta emot det", svarade Colin. "Det skulle vara en förolämpning om du inte gjorde det."

Hon tittade snabbt på sin bror som iakttog henne med allvarligt ansikte – han nickade obemärkt.

"Då får jag tacka er så mycket. Det är ett väldigt vackert armband och jag ska vara mycket rädd om det."

"Får jag?" frågade Colin och lösgjorde armbandet från etuiet. Sedan ångrade han sig plötsligt och lade armbandet i Coreys utsträckta hand.

Hon vände sig sakta mot Corey och sträckte fram sin hand mot honom; han log lätt och lät de kalla ädelstenarna möta hennes smala handled. Med lätta fingrar knäppte han säkerhetslåset och dröjde sedan kvar med en allvarlig blick på hennes ansikte innan han släppte taget om hennes handled. Värmen från hans fingrar stannade kvar på hennes hud som en behaglig smekning. Hon tittade förläget ner på sina händer för att ingen skulle se hennes reaktion.

Nino fäste snälla bruna ögon på henne och deklarerade att armbandet klädde henne väl. Han var betydligt trevligare än sin fru och Madeline var ganska säker på att det var Selene som styrde i deras hem.

"Säg mig, Madeline, kommer du och Alessandra bra överens?" frågade Selene, som om hon kände att Madeline tänkte på henne. Madeline tittade upp på kvinnan hon inte kände något släktskap med över huvud taget och undrade vad hon var ute efter.

"Vi kommer väldigt bra överens", svarade hon vaksamt.

Selene höjde på ögonbrynen och snurrade runt drinkpinnen i sitt glas med sina smala juvelprydda fingrar med långa rödmålade naglar.

"Det är oerhört synd att du ska åka tillbaka till Sverige så snart, men den här världen måste vara så främmande för dig. Även om du visste att du skulle bli rik när du blev myndig så kan det vara svårt att acklimatisera sig bara så där. Din uppväxt i Sverige med din familj var väl lite mer sparsam kan jag tänka mig." Hon gav Madeline ett leende som inte bar med sig någon värme och Madeline undrade om detta var lika uppenbart för de övriga i rummet som det var för henne.

"Inte speciellt… synd alltså", svarade hon avmätt. Hennes huvud blixtrade av ilska för hon förstod fullt ut att Selene ville måla upp en osynlig gräns mellan sin *fina* familj och Madelines *mindre* fina familj. "Vad finns det här som jag inte har i Sverige?"

Selene såg ställd ut för några sekunder och sneglade på sin lika förvånade mamma.

Det var Marc och Petras förmögenhet den här släkten levde på och fortsatte att förvalta och investera – Madeline var deras ättling i rakt nedstigande led och det var inte Selene. Hon var tvungen att bita sig i läppen för att inte säga detta direkt till henne – hon var bättre uppfostrad än så, och även säker på att det vore ett dumt val med tanke på sällskapet de befann sig i.

"Jag tog självklart för givet att du ville bli en del av denna familj efter lång tid av utanförskap. Var det inte därför du kom den här sommaren?" kontrade Selene efter en snabb återhämtning.

"Madeline *är* redan en del av den här familjen", sa Mason hårt. Det var uppenbart att han hade fått nog av Selenes gliringar. "Det har hon varit sedan den dag hon föddes. Fejden har inget med oss att göra förutom det faktum att den har hållit oss från vår familj; utöver det har det inte fattats oss något alls. Om du, Selene, tror att Madeline imponeras av pengar så känner du henne inte."

Madeline tittade tacksamt på sin bror och han gav henne ett varmt ögonkast. Trots hans svek så fanns han där när hon behövde honom.

"Vad är du ute efter, Selene?" frågade Corey trött. Madeline var fullt medveten om att Corey älskade sin syster högt, men han såg förvånansvärt irriterad ut. Hon var dock fånigt tacksam för att han fann en anledning att ta hennes parti och hon sneglade försiktigt på honom.

"Madeline, jag ber om ursäkt om du tog detta på fel sätt. Jag anser att du åker hem alldeles för tidigt och ville egentligen bara veta om du har tänkt att ändra på de planerna så att vi får behålla dig längre?" frågade Selene ansträngt. Det var uppenbart att hon inte menade ett ord av det hon sade.

"Tack, och nej, jag har inte för avsikt att stanna i Chicago längre än tänkt. Men jag kommer självklart att hälsa på både där och här; jag har trots allt investeringar att se över", svarade hon med ett svalt leende.

"Nu går vi och äter middag", sa Colin bestämt efter att under tystnad ha övervakat det som sades. Det var omöjligt att utläsa vad han tyckte om detta och han tänkte tydligen inte dela med sig av någon åsikt heller.

Kapitel tjugotvå

Mason drog ut stolen bredvid sin åt Madeline och hon satte sig tacksamt ner; det fanns ingen hon hellre satt bredvid i det här sällskapet. Corey satte sig bredvid sin syster och Colin satte sig på Selenes andra sida – trion var därmed komplett.

Det serverades vegetarisk kryddstark gryta med nybakat bröd och gräddfil; den var galet god, och sällskapet koncentrerade sig en stund på maten innan någon tog till orda igen.

Madeline borde ha insett att de första orden som därpå yttrades åter skulle handla om henne.

"Apropå din fars advokatbyrå, så har du inget jobb där längre, Madeline."

Hon höll på att tappa gaffeln i tallriken. Det var något med Colin som gjorde att allt han sade lät som en självklarhet och därmed inte borde vara en överraskning för någon annan; och inte heller fick ifrågasättas.

"Ursäkta?"

"Det är ett faktum att en av Discenzafamiljens arvingar inte kan jobba som *sekreterare* på en advokatbyrå; *även* om det råkar vara din fars advokatbyrå. Din far, och hans byrå, har ingen som helst koppling till vår familj."

Förutom att han är min far vill säga, ville Madeline påpeka. Hon fann det dock bäst att inte låta grodorna hoppa okontrollerat ur munnen.

"Mason?" frågade hon i stället vänd mot sin bror. Han ville inte titta Madeline i ögonen utan fäste blicken någonstans på hennes panna. "Visste du det här?"

"Ja", svarade han kort och hon noterade hur hans käkar spändes.

"Berätta vad ni har gjort", manade hon lågt och försökte bortse från att hennes ögon sved. Hon ställde sig frågan om Mason hade gått igenom samma behandling som hon när han anlänt till Chicago; eller hade han bara varit ett villigt offer för omständigheterna? – ivrig att vända sina föräldrar ryggen till förmån för den mäktiga Discenzafamiljen.

"Jag har varit i kontakt med din far", sa Corey lugnt.

"Med tanke på vårt förflutna passade det sig inte riktigt att *jag* hörde av mig", tillade Colin avmätt.

"Jag meddelade honom att du inte kommer tillbaka till ditt jobb, att han får leta efter en annan sekreterare då du har långt viktigare åtaganden nu än tidigare. Din far var för övrigt väldigt trevlig."

Colin gav Corey en mörk blick som Daphne snappade upp, och hon i sin tur tog en stor klunk av sitt vin. Madeline insåg att den här affären var långt ifrån över.

"Du ringde till min far utan att fråga mig först och meddelade honom att jag ska lämna ett jobb jag aldrig har haft för avsikt att lämna – åtminstone inte nu. Vad ger dig den rätten?" Hon var så upprörd att hon gnisslade tänder och vred sin servett hårt i händerna. "Jag återvänder till Sverige om två veckor och har all avsikt att återvända till mitt jobb. Jag skulle aldrig svika min far på det viset." Varför hon ens lade denna energi på att förklara för en man som aldrig ansåg sig ha fel visste hon inte.

"Två veckor?" hann Mason säga innan Corey tog till orda igen. Han vände sig mot sin syster och tittade besviket på henne. "Du ska ju stanna tre veckor till."

"Nej, Mason, jag längtar hem och jag vill träffa mina... *våra*, föräldrar." Hon lämnade piken hängande i luften och deras ögon möttes. "Du kan följa med mig hem ett tag; mamma skulle bli jätteglad, det vet du."

"Tillbaka till ämnet", sa Corey otåligt och tittade på Madeline.

"Jag trodde att vi hade sagt allt", suckade hon och drack en alldeles för stor klunk av det krispiga vita vinet.

"Nej, det har vi inte. Madeline, du *kan* inte återvända till ditt jobb. Din morfar skrev in i testamentet att varken du eller Mason får ha något att göra med er familj i form av affärer eller för 'nära övriga relationer', om ni ska få er del av arvet. Det är inte något som jag och min pappa har kommit på, denna klausul är skriven för länge sedan."

"För nära övriga relationer?" ekade Madeline frågande, fortfarande ur stånd att egentligen ta till sig det hon hörde. Hon hade anat att hon skulle få ångra att hon inte varit mer engagerad i det finstilta när hon mottagit sitt arv. Såklart hennes omtalade morfar hade kommit på ett sätt att styra sin familj från graven.

"Förutom affärer så innebär det egentligen bara att du inte kan bo i samma hus som din far, varken i Sverige eller någon annanstans; du får inte heller bjuda in dina föräldrar att bo i Discenzaresidensen, fastän en del av den är din. Marc var fast besluten att sära på de som stod vid din mammas sida och de som inte gjorde det. Så länge din mor lever med din far är detta reglerna som vi har att rätta oss efter. Det innebär att du enbart har rätt till ditt arv om du följer reglerna."

Han inväntade lugnt Madelines reaktion, uppenbarligen ovillig att yppa sina egna åsikter om detta utan enbart förtäljandes de regler som satts upp.

"Så allt det här handlar om min far?" sa hon lågt och tittade på honom – det var dock Colin som svarade.

"Det är klart det gör." Han lutade sig fram mot henne, mer skrämmande än någonsin, och fick henne att rygga tillbaka en aning. "Det kommer alltid att handla om din far;

han skymfade mig och han skymfade vår familj – liksom din mor har gjort. Det är oförlåtligt."

"Du kommer aldrig att förlåta henne? Du kommer alltid att hata henne för det hon har gjort mot dig."

"Nej, jag kommer inte att förlåta henne", bekräftade Colin kort. "Hon gjorde sitt val och fick ta följderna av det. Det hon har gjort begravdes inte med Marc. *Jag* lever fortfarande och jag kommer ihåg hela händelsen och hennes svek som om det vore igår."

Madeline insåg med ens grunden till varför det här ämnet gjorde Colin så upprörd; det handlade inte bara om ett svek han inte kunde förlåta – det var så uppenbart för alla i omgivningen att Colin fortfarande älskade Angelina – Daphne skulle alltid vara nummer två. Och hon visste det.

"Jag antar att det är något mellan min mamma och dig. Jag ser ingen anledning att lägga mig i", sa Madeline diplomatiskt. Hon kände för att öppet dumpa sitt arv och flytta hem till sina föräldrar igen; att fortsätta jobba för sin pappa och i stället kapa bandet till familjen Discenza och vända alla dessa problem ryggen. Men hon kunde inte. Hon var inte rik och helt krasst behövde hon pengarna. Hennes mamma skulle aldrig förlåta henne om hon kastade sitt arv i sjön. I stället sade hon något som antagligen blev en överraskning för alla i rummet.

"Det gör mig detsamma. Jag har inte för avsikt att bo med mina föräldrar ändå och jag behöver inte jobba för min pappa när jag har alla de här pengarna. Men… jag gör det inte för att behaga någon av er, eller för att välja sida i den här fejden, som jag inte har någon som helst del i bör tilläggas. Jag gör det för att jag måste." Hon log brett mot Selenes överraskade uppenbarelse. "Så, då var det avgjort."

Corey rynkade ihop ögonbrynen och log sedan en aning roat. Mason drog stolt Madeline intill sig och pussade henne på håret.

"Mycket klokt, Madeline", sa Colin nöjt och höjde sitt glas.

Madeline började förstå varför Mason hade förändrats så mycket sedan han flyttat till Chicago; om man beblandade sig med familjen Discenza var man tvungen att ha skinn på näsan, annars blev man uppäten.

"Så, du kommer att köpa en lägenhet när du återvänder till Stockholm?" frågade Corey fundersamt.

"Absolut. Jag kan till och med köpa en lägenhet i Chicago att bo i när jag kommer hit." Det sista sa hon bara för att statuera exempel för de två män som ständigt försökte styra hennes liv.

Mason vände en mörk blick mot henne och Corey nappade på betet. "Du anser inte att du redan har ett hem i Chicago?"

Hon slängde med sitt blonda hår med en nonchalans hon egentligen inte kände. "Nej, det är just därför jag måste köpa ett."

"Du vet vad jag menar", sa han tålmodigt med en bakomliggande varning.

"Du menar att jag skulle bo i Discenzaresidensen när jag är i Chicago? Det skulle jag aldrig kunna", sa hon kort utan att erbjuda någon ytterligare förklaring. Corey höjde ett ögonbryn och gav henne en blick som kunde få cement att vibrera.

Det hon inte kunde säga var att hon inte kunde bo där på grund av honom. För det hon hade börjat känna för Corey var inte hälsosamt, inte heller bra för familjerelationerna, och absolut inte kompatibelt med någon eventuell framtida flickvän eller fru.

Det blev helt tyst. Corey såg uppenbart irriterad ut och Colin studerade dem båda med hoprynkade ögonbryn.

Åter på sitt rum slog Madeline en signal till sin pappa; hon behövde någon slags stabilitet i det stormande hav hon befann sig i, och han var absolut den bästa att erbjuda henne det. Även om resterande del av middagen hade avlöpt relativt smärtfritt kände sig Madeline som ett skinnflått djur med blödande sår.

"Hej, pappa! Hur är det?" utropade hon lyckligt när hon hörde sin fars trygga röst. Hon insåg skuldmedvetet att hon enbart pratat med honom ett par gånger sedan hon lämnat Sverige. "Oj, vad du låter trött."

"Det kan bero på att klockan är två på natten här, Maddie", sa han nyvaket, men han var uppenbart glad att höra hennes röst.

Hon kände sig plötsligt sorgsen; hennes snälla, fantastiska pappa. Han hade alltid låtit Madeline gå sin egen väg, aldrig ställt några speciella krav på Mason eller henne. Han var den mest förstående och lugna människa hon kände, som man alltid kunde lita på. Och Michael litade på sina barn; han var säker på att de skulle välja rätt väg i livet utan påtryckningar från föräldrarnas sida. Detta var dock inte en helt friktionsfri fråga föräldrarna emellan. Madeline ville inte göra honom besviken; men nu kändes det som om det var precis det hon skulle göra.

"Så vad händer?" frågade han när Madeline inte sa något.

"Jag vet inte... jag är förvirrad", suckade hon. "Corey har ringt dig."

"Ja, det har han. Är det vad som bekymrar dig?"

"Det känns så fel att jag måste välja. Jag skulle aldrig vända dig ryggen, pappa. Det vet du väl? Jag kommer alltid

välja dig och mamma framför de här kalla människorna."
Hennes ögon tårades och svämmade sedan över bildandes
små rännilar ner för hennes kinder. Hon hoppades att
hennes pappa inte skulle höra att hon var ledsen då det
skulle oroa honom; och när hennes mor fick veta skulle hon
bli arg.

"Vad är det, Madeline?" sa han mjukt.

"Ibland känner jag bara för att kasta det här arvet i sjön
och aldrig komma tillbaka till Chicago igen."

"Madeline, det är dina pengar. Det är klart att du ska ta
dem. Jag klarar mig och advokatbyrån klarar sig utan dig –
även om du är väldigt duktig." Han lät för en gång skull
obeveklig vilket gjorde att hon kunde andas lättare.

"Du vet att min morfar skrev in i testamentet att jag inte
får flytta hem igen efter att ha mottagit arvet?"

"Jag vet." Han lät inte lika trött längre och hade
antagligen satt sig upp i sängen.

"Hur kunde han hata er så mycket?" suckade hon.

"Han var arg och sårad och kunde inte acceptera att
hans dotter gick emot hans vilja."

"Och nu straffas jag och Mason också."

"Om ditt nya liv räknas som ett straff så kan jag tänka
mig att många vill ha samma straff som du och din bror,
Madeline. Det handlar om mycket pengar. Jag och din
mamma kan inte ge er så mycket och ni kommer att vara
oberoende resten av era liv. Du är lyckligt lottad, glöm aldrig
det."

"Du är världens snällaste, pappa, vet du det? Jag älskar
dig", sa hon med värme i rösten. "Du är så överseende
fastän hela släkten har förskjutit er."

"Det spelar ingen roll, Madeline. Jag fick det jag allra
helst ville ha."

"Mamma", konstaterade Madeline lågt. "Ni är de bästa föräldrar som finns. Jag kommer hem om två veckor."

"Två veckor? Du skulle ju komma om tre veckor."

"Men jag har hemlängtan så jag tänkte komma en vecka tidigare."

"Madeline, gör som du har tänkt från början. Du har även en skyldighet mot din släkt där. Du får inte behandla dem med nonchalans, de förtjänar din respekt."

Hon torkade ilsket sina tårar. "Okej. Nu måste jag gå. Hälsa mamma."

"Det ska jag. Hon ligger här och tittar anklagande på mig för att hon inte får prata med dig."

Madeline skrattade. "Säg åt henne att jag ringer om någon dag. Jag hör vad hon säger: ja, de är snälla mot mig."

Typ.

Kapitel tjugotre

Det var en underbar dag; solen hettade, fåglarna kvittrade, sporadisk trafik hördes på avstånd och vinden smekte deras kroppar där de låg på solsängar vid poolen arbetandes på sina solbrännor. Mason låg bredvid Madeline och Daphne satt i skuggan en bit bort och läste en bok. Colin och Corey hade givit sig i väg någonstans och Madeline var inte intresserad av vart, tvärtom var luften så mycket enklare att andas när de inte var med. Selene och Nino hade åkt hem efter middagen föregående dag och Madeline var glad över att slippa sin kusin. Nino däremot var riktigt trevlig; han sa inte så mycket, men när han väl gjorde var det något vänligt.

"Det här är livet, syrran", sa Mason och kisade mot henne.

Madeline log mot sin betydligt brunare bror. "Ja, det är det. Men det känns som att jag inte gör någon nytta alls."

"Vad snackar du om? Utan att du är medveten om det så rullar dina pengar in just nu. Människor betalar hyra för att bo i dina fastigheter, de betalar för att bo på något av våra hotell, de spelar på våra casinon och äter på våra restauranger. Du jobbar stenhårt" sa han med en blinkning. "Tänk bara på alla arbetstillfällen som skapas i dina företag, som bidrar med välstånd till flera familjer – som i sin tur spenderar pengar och bidrar med välstånd till andra företag."

"Det är sant, kära broder. Vi kanske inte är helt värdelösa ändå." Hon sneglade bort mot Daphne och vände sig förtroligt mot sin bror. "Vad tycker du om dem? –Colins fru och dotter."

Han kastade också en blick bort mot Daphne, för att vara säker på att hon inte kunde höra, och lutade sig därefter närmare Madeline. "Jag gillar dem. Daphne är, tro det eller ej, en trevlig kvinna. Hon är svartsjuk på vår mamma, men det är förståeligt. Mamma är vacker och därtill Marcs dotter med allt vad det innebär. Daphne vet att Colin inte har kommit över henne. Det kan inte vara lätt. Jag tycker om Daphne och Selene, och de gillar mig." Han log retsamt mot sin syster och Madeline puttade till honom.

Det var så typiskt kvinnor att acceptera en man men inte en annan kvinna.

"Ge dem lite tid, Maddie. Du kommer hit vacker som satan och alla älskar dig. Det är klart att vissa kan känna sig hotade."

"Det är toppen att du tycker det här är roligt", muttrade hon. Hon tog en stor klunk från den söta drink Mason hade blandat till dem och smorde sin solvarma hud med solskyddsfaktor; den luktade kokos och förde henne tillbaka till svunna semesterresor med familjen. Vilka lyckliga tider det varit.

Mason log brett mot henne och såg åter ut som den bror hon hade vuxit upp med – inte den nya hårda versionen av honom.

"Det är klart. Jag är ju stolt över dig. De skulle inte bete sig så där om de inte kände sig hotade av någon anledning. Jag finner det ganska roande att lilla oskyldiga Madeline från Sverige kommer och rör om i grytan på det här viset."

Hon log och slöt ögonen med ansiktet mot solen. De fortsatte att småprata där de låg, skickligt undvikandes alla jobbiga samtalsämnen utan i stället fokuserade på att vara det sorglösa syskonpar de alltid varit.

Selene anlände strax efter tre på eftermiddagen i en vit cabriolet. Hon hade på sig en svart kjol och en vit kortärmad blus; elegant och vacker som vanligt med håret bakåtstramat i en slät hästsvans. Hon lyfte på sina svarta solglasögon och studerade Madeline uppifrån och ner. Madeline hade dragit på sig en kornblå klänning som framhävde den färg hon fått och hennes slanka figur, hon hade lämnat håret utsläppt och bar högklackade vita sandaler. Runt hennes handled hängde diamantarmbandet som en kall påminnelse om familjen Discenza, hon hade matchat det med enkla diamantörhängen.

"Du är minsann läcker dagen till ära", sa Selene motvilligt och gjorde en gest mot bilen. "Kom så åker vi och tar en fika du och jag."

Hon övervägde inte erbjudandet överdrivet lång tid då hon såg fördelar med att få lite ensamtid med Selene. Om Alessandra varit här hade hon antagligen viftat med röd flagg och Madeline log roat åt tanken.

"Jag ska ta dig till ett trevligt café där du och jag kan prata lite ostört. Min bror bad mig hälsa att han ska äta middag med dig ikväll på restaurangen som din morbror James en gång i tiden öppnade, som vår pappa tog över. Han hämtar dig klockan halvåtta i huset."

"Varför ringde han inte bara till mig själv?" frågade Madeline förvånat. Hon visste inte ens att Selene och Corey hade träffat varandra idag.

"För då hade du inbillat dig att du hade en valmöjlighet", flinade Selene retsamt och blottade alla sina huggtänder.

Den här familjen var då för van att beordra människor hit och dit.

Selene tog Madeline till ett franskt café i *Central Business District,* centrala Miami. De satte sig i skuggan utomhus, vilket var att föredra då solen fortfarande var stekande het; Madeline längtade efter att ta ett dopp i det svalkande havet. Caféet var fullsatt men servitören log inställsamt när han såg Selene och trollade fram ett bord med en trevlig utsikt över staden.

Madeline beställde en fräsch fetaostsallad och färskpressad apelsinjuice; Selene beställde bara in kaffe och iakttog sedan Madeline konstant när hon åt.

"Jag ska gå rakt på sak, Madeline", sa Selene efter ett tag, "jag gillar din bror men jag gillar inte dig."

Madeline stannade till med gaffeln i luften och tittade för några sekunder mållöst på Selene.

"Okej, och vad vill du säga med det?" frågade hon tveksamt. Det var visst inte bara Corey och Colin som var kallt ärliga i den här familjen – som om det behövdes fler.

"Kom igen, Madeline, du gillar inte mig heller. Det kan vara skönt att slippa låtsas. Vi är inte här för att vinna någon popularitetstävling." Hon tittade på Madeline med sina beräknande ögon och log en aning.

"Nej, jag gillar inte dig. Men det är antagligen på grund av ditt *varma* mottagande", sa Madeline ironiskt. "Så, vad har jag gjort för att väcka ditt missnöje som min bror inte har gjort?" Hon kände sig trots allt märkligt avslappnad för att Selene erkänt det Madeline redan anat. Och det *var* skönt att slippa låtsas.

"Mason är underbar. Hur kan man inte gilla honom? Snygg, snäll, charmig. Han kom in i vår släkt som en frisk fläkt och kändes direkt som en självklar familjemedlem. Du däremot, Madeline, är svårare." Selene studerade henne tankfullt som om hon väntade sig att svaret på varför skulle dyka upp medan hon tänkte.

"Och du har gjort min mamma deprimerad – för av någon anledning så började min pappa att tänka mer än någonsin på Angelina när du dök upp. Det gjorde han inte när Mason kom till Chicago; de fann varandra på en gång och din mors namn nämndes knappt. Corey gillar också Mason – de har blivit som två bröder som litar på varandra, och ställer upp för varandra. Men du, Madeline, du stör ordningen här."

Madeline höjde på ena ögonbrynet, en aning imponerad över sin kusins rättframma utläggning.

"Som du förstår vill inte jag att någonting ska komma emellan mina föräldrar. Min familj betyder allt för mig. Det som gör min mamma ledsen och upprörd, gör även mig ledsen och upprörd."

"Vad vill du att jag ska säga, Selene? Jag har inte direkt kommit hit för att komma emellan dina föräldrar. Jag har ingen relation till dem och jag har aldrig brytt mig om den där historien över huvud taget", sa Madeline trött.

"Nej, men det har min pappa, och på senaste tiden har han gjort allt för att påminna oss alla om det förflutna. Min far är en mycket temperamentsfull man och som han är nu är jag rädd att han ska göra något vi alla får ångra." Hennes ögon borrade sig kallt in i Madelines och Madeline lutade sig en aning bakåt för att få distans.

"Vad vill du från mig, Selene?" Nu var det hennes tur att vara rakt på sak och samtidigt försöka låta som om Selene inte skrämde henne.

"Sen är det min bror också", fortsatte hon utan att svara på Madelines fråga. Hon gav Madeline en kritisk blick och rörde om med skeden i sitt kaffe.

"Corey?" frågade Madeline förvånat. "Vad har han med det här att göra?"

"Åh, han har allt med det här att göra, Madeline", fnös hon. "Tror inte du att jag har sett hur du tittar på honom?" Selene gav henne ett kallt leende och borrade åter in sina ögon i hennes.

"Jag tittar på honom som jag tittar på alla andra", sa Madeline bestämt och sänkte snabbt ner blicken i tallriken då Selene åter sökte den som för att väga sanningshalten i svaret.

"Det kan du försöka att inbilla någon annan. Jag är kvinna själv och jag kan se att du gör allt för att dölja dina känslor för Corey – antagligen för dig själv också. Men jag förstår dig, min bror är fantastisk, och du behöver inte oroa dig, jag kommer inte berätta något för honom. Det skulle vara väldigt dumt av mig."

"För att?"

"För jag vill att du ska åka hem till Sverige så fort som möjligt. Låt inte Mason eller Corey hindra dig från det."

"Corey? Varför skulle Corey hindra mig från att åka?" Madeline skrattade förvånat. "Tro mig, Selene, han räknar dagarna fram till min avfärd. Han kan inte vänta på att bli av med mig."

Selene rynkade ihop sina välansade ögonbryn och knep ilsket ihop läpparna. "Ge upp, Madeline. Du måste erkänna att du spelar den där blåögdheten. Du verkar ju förvisso få det manliga könet på fall med dina oskyldiga blå, men mig lurar du inte."

Hon fattade verkligen ingenting, men insåg att hennes kusin trodde att hon var någon helt annan än hon var.

"Du behöver inte oroa dig, Selene", sa hon i stället, "jag kommer inte stanna här. Jag längtar tillbaka till Sverige och mitt liv där. Men vad du känner spelar ingen som helst roll för mig. Om jag velat bo här hade jag gjort det i alla fall. Berätta bara vad du är rädd för. Vad skulle jag möjligtvis kunna ställa till med i ditt liv? På vilket sätt kommer jag emellan dina föräldrar?"

"Din mamma har varit som en mörk skugga över oss genom hela livet. Efter att hon blev förskjuten från familjen har allt ändock fortsatt att kretsa kring henne. Du har ingen aning om hur dyrkad hon var av Marc–", hon stannade upp och gjorde ett snabbt korstecken över bröstet, "–och min pappa. Det var deras galna kärlek för henne som gjorde att hon blev förskjuten från familjen och utfryst av släkten. Styrkan i det straffet och deras besvikelse visar bara hur älskad hon var. Sen kom du... en liten kopia av din mor och lika förmögen att linda alla i omgivningen runt ditt lillfinger."

Madeline öppnade munnen för att protestera men Selene höjde sin ena hand. "Jag vet redan vad du ska säga: att du inte är beräknande och att du inte gör det med flit. Men du gör det oavsett. Det hade i så fall nästan varit bättre om det *var* beräknande. Jag behöver inte två Angelina i mitt liv, Madeline. Och jag vill inte se min pappa påminnas om Angelina genom dig. Kan du förstå det?"

Madeline kände sig psykiskt omtumlad, blåslagen och trött – så mycket ärlighet och så mycket information. Hon hade inte föreställt sig att Selene så enkelt skulle blotta sig själv – men det gjorde hon – och Madeline kunde inte annat än att respektera henne för det. Någonstans förstod hon till och med henne.

"Det är dags att åka tillbaka", sa Selene sedan utan att invänta eventuella åsikter angående det nyss sagda. Hon vinkade till sig kyparen och bad om notan.

När Madeline satt i bilen på väg tillbaka till huset var hennes tankar och känslor ett enda virrvarr. Hon visste knappt vad hon skulle tycka om *något* just nu. Det enda hon verkligen visste var att hon hörde hemma i Sverige och inte i den här kalla, kapitalistiska världen hos en släkt som inte ens ville ha henne. Hon längtade efter lugn och känslomässig värme. Hon längtade efter sin familj.

"Det var trevligt att fika med dig, Madeline. Jag är glad att vi äntligen fick prata", sa Selene kort när bilen stannade utanför de stora grindarna. "Jag antar att det tar tid innan vi träffas igen – jag kommer inte särskilt ofta till Sverige." Det fanns en lättnad i Selenes röst som hon inte gjorde något för att dölja och Madeline tackade kort för eftermiddagen innan hon försvann in i huset.

Kapitel tjugofyra

Väl uppe på rummet blev Madeline upprörd. Visst, hon kunde förstå alla och deras förbaskade känslor – men det ändrade inte det faktum att *hon* inte var skyldig till något som hände, eller hade hänt, i den här familjen. Hela historien gjorde henne så obegripligt less. Hon kastade handväskan på sängen så hårt att den gled ner på golvet och slet sedan av sig skorna och kastade in dem i garderoben så våldsamt att det ekade i hela rummet. "Ni kan dra åt skogen allihop", svor hon indignerat och hakade av sig diamantarmbandet med visst besvär – vilket gjorde henne ännu mer upprörd. Hon höll upp det framför sig så att diamanterna reflekterades i solstrålarna från den öppna balkongdörren. Med hopbitna käkar kastade hon armbandet så långt bort hon kunde, ut genom balkongdörren och ner någonstans i trädgårdens rikliga vegetation. Det var befriande. Och fruktansvärt barnsligt.

"Är du okej?" Masons röst var förvånad och en aning anklagande. Han stod lutad mot dörrkarmen med armarna i kors över bröstet. Hon suckade tungt och tittade på honom med trött blick.

"Nu måste jag gå och leta efter det, eller hur?"

"Japp", svarade han kort och log sedan retsamt.

"Säg ingenting till de andra", bad hon och lade huvudet på sned.

"Skulle jag aldrig drömma om, Maddie", svarade han enkelt.

När Corey kom för att hämta Madeline till middagen hade hon minst sagt stressat som satan. Det hade tagit en mindre evighet att hitta det fördömda armbandet och när hon väl gjort det hade hon varit så svettig att hon varit tvungen att duscha grundligt. Resultatet var dock dugligt; hon bar ett tunt silverlinne, en svart kort kjol och svarta högklackade pumps.

Men även om hon antagligen *såg* självsäker ut så var hon så nervös innan Corey kom att hon trodde hon skulle kräkas. Det kändes nästan som att de skulle ut på en dejt och upprymdheten blandades ömsom med besvikelse då hon var medveten om att så inte var fallet. Corey ville visa Madeline familjen Discenzas egendomar, och den lyxiga restaurangen i *Coral Gables* var en av dem.

Alla var samlade ute på terrassen, samtliga uppklädda, och Corey, noterade Madeline, var oförskämt snygg. Hon kunde inte låta bli att kasta små fascinerade blickar på honom och vid några tillfällen mötte hon hans vaksamma blick. Han tittade alltid på henne som om han var beredd på vad som helst från hennes sida: vaksamt; fundersamt; irriterat; fascinerat. Hon kunde inte bli klok på honom.

Han stod bredvid sin skräckinjagande far och hon mötte motvilligt Colins genomborrande blick – hon blev plötsligt rädd; var det verkligen så uppenbart för omgivningen att hon var förälskad i Corey? Både Mason, Alessandra och Selene hade pikat henne vid olika tillfällen. Det kanske var därför Corey tittade så konstigt på henne, för att även han hade insett det och nu undrade hur han skulle göra sig av med problemet. Hon kände hur kinderna hettade och kastade en blick mot sin bror.

Mason såg spänd ut den här kvällen; han stod bredvid den uppklädda Daphne och kastade fundersamma blickar åt Madelines håll, men när Madeline mötte hans blick vände han sig bort och fäste sin uppmärksamhet på Corey i stället.

"Nå, är ni redo?" frågade Colin och tittade på Daphne och Mason.

”Absolut”, svarade Mason. ”Ha en trevlig kväll, Maddie, vi ses senare”, tillade han en aning torrt och försvann med värdparet.

Corey tittade allvarligt på henne och gjorde en gest att hon skulle följa med honom.

Inne i den svarta sportbilen, med Corey så nära henne, kändes luften plötsligt tung att andas. Hennes hjärta slog hårt och hon sneglade tveksamt på Coreys starka händer som höll den svarta ratten i ett fast grepp. Det här var inte bra. Hennes uppenbara fascination för honom fick henne att skämmas.

”Så, Madeline, hur var din eftermiddag med min syster?” Han kastade en snabb blick på henne innan han vände tillbaka sin uppmärksamhet mot vägen.

”Intressant”, svarade Madeline kort.

Han skrattade roat och nickade förstående. ”Min syster är en väldigt bestämd kvinna. Hon gör alltid det hon tror är bäst för sin familj. Med betoning på det hon *tror* är bäst”, tillade han menande. ”Men hon är min syster och jag älskar henne obegränsat.”

”Självklart.”

”Var hon trevlig mot dig?” Han svängde in framför en stor restaurang med en läcker skylt i vitt och svart där det stod *James D*, med snirkliga bokstäver. Nu när bilen stod stilla vände han sig till hälften mot Madeline och tystnade när han såg hennes beundrande blick som vilade på honom. Han rynkade ihop ögonbrynen och såg för några sekunder bekymrad ut – det var uppenbart att han inte gillade det. Hon tittade ner på sina händer och undvek hans forskande blick.

”Hon var ärlig”, svarade hon och hoppades att Corey inte såg hur hennes kinder blossade.

"Det innebär att hon tog upp ämnet 'Angelina' för tusende gången och informerade dig om hur fel det vore av dig att stanna i Chicago."

"Hur visste du det?" flämtade Madeline förvånat.

Han tog av sig säkerhetsbältet och klev ur bilen; Madeline följde hans exempel. Han mötte hennes blick över biltaket när hon stängt igen sin bildörr.

"Hon har sagt det till mig", sa han med ett leende och vände sig sedan för att ge en man i svart kavaj sina bilnycklar. "Du vet, syskon pratar."

Restaurangen var storslagen, något som förvisso inte förvånade Madeline det minsta, det var förväntat; stora kristallkronor hängde från svartmålade tak, och precis som skylten utanför gick en stor del av inredningen i svart och vitt. Det var en modern och inbjudande restaurang med svart möblemang, mörkt trägolv och vita väggar; fönsterna var spröjsade och sträckte sig från golv till, på varje bord stod svarta eller vita vaser med en enda lilja i varje. Stället var fullsatt med välklädda, trendiga människor.

De anställda skyndade sig fram för att hälsa, samtliga tog Corey i hand och tittade sedan nyfiket men respektfullt på Madeline. Corey gjorde en gest mot henne och presenterade henne som Madeline Discenza. Hon försökte inte ens längre rätta honom.

Restaurangchefen, som kommit personligen för att ta emot dem, förde dem till ett bord i den bortre delen av restaurangen. På det svarta bordet stod redan en flaska med vitt vin i en ishink och två svarta, fyrkantiga tallrikar med tillhörande kristallglas och bestick.

Madeline blev med ens oerhört nervös för att äta en hel middag ensam med Corey och hon gav honom ett litet osäkert leende innan hon satte sig ner på stolen som han dragit ut åt henne. Hon kastade en frågande blick på de tre rader av bestick som låg bredvid tallriken.

"Börja utifrån och arbeta dig inåt", tipsade han med ett roat leende.

"Nu njuter du riktigt va?" fnös hon och fingrade på den lilla gaffeln som låg ytterst.

Restaurangchefen, som även han log roat, hällde upp det väl kylda vinet i deras glas och lämnade därefter bordet.

"Du har inte berättat för mig vad *du* ansåg om Selenes åsikter." Hon gav honom en tveksam blick, orolig att hon snokade för mycket. Han såg dock inte speciellt irriterad ut.

"Hon är min syster och jag älskar henne – men hon har inte alltid rätt, Madeline", sa han lugnt och studerade henne ingående; hans blick gled ner till hennes händer som vilade på bordet, knäppta, bredvid tallriken.

"Vad har hon inte rätt i?" envisades hon och försökte förgäves få sin röst att låta lika stadig som Coreys.

"Det antar jag att bara tiden kan utvisa." Han höjde sitt glas mot henne och Madeline lyfte sitt – som vanligt utan några svar.

"För min första kväll ensam med Madeline Discenza."

"Du kunde ha ändrat på det för länge sedan", kontrade hon retsamt. Det vita vinet dansade förföriskt på hennes tunge; endast det bästa var gott nog för familjen Discenza.

Corey rynkade ihop ögonbrynen. "Jag trodde att du var fullt upptagen med Chase", sa han lugnt.

Hon tittade förvånat upp på honom utan att säga något. Vad menade han med det? – vad hade Chase med det här att göra?

"Jag har redan beställt maten om det inte gör dig något. Jag kan menyn utantill."

"Såklart. Vad är valfrihet när man umgås med Discenzamännen?" sa hon sarkastiskt.

”Den existerar inte”, sa han mörkt och log.

Förrätten anlände enbart någon minut därpå – avokado
med wasabi-toast och stenbitsrom; den doftade underbart
och var än godare. Corey åt sakta och studerade då och då
Madelines reaktion över maten.

”Det här är verkligen hur gott som helst.” Hon visste att
han hade väntat på ett omdöme och tittade snabbt upp på
honom – deras blickar möttes: hennes frågande och hans
allvarlig, studerandes hennes ansikte. Han var redan klar
och hade lagt ner sina bestick bredvid varandra på tallriken.
För några sekunder tyckte hon sig läsa bekymmer i hans
blick men då uttrycket suddades ut så snabbt undrade hon
om hon misstagit sig.

”Madeline–”, han verkade tveka innan han fortsatte, ”–
kan du berätta om ditt liv i Sverige för mig?”

Hon tittade förvånat på honom och svalde sakta den bit
mat hon hade i munnen. Det var en otippad fråga.

”Varför vill du veta om mitt liv i Sverige?”

”För jag försöker att lära känna dig och tycker att det är
intressant. Hur är ditt liv i Sverige? Vad gjorde du om
dagarna? Har du många vänner? Någon speciell vän? Vad
har du för intressen? Festar du mycket?”

Madeline drack fundersamt av vinet och ställde varsamt
ner det vackra glaset med blicken fäst på hans tilldragande
ansikte. Hon kände sig en aning smickrad över att Corey var
så intresserad av hennes privatliv och log lätt mot honom.
För ett ögonblick vandrade hennes blick till hans blå
välstrukna skjortkrage. Hur skulle det kännas att placera
sina läppar på hans bruna varma hud på halsen ovanför och
insupa hans rena doft? Hon blundade snabbt och återgick
till verkligheten.

"Jag lever inte något intressant liv, Corey. Det finns inte så mycket att berätta som någon i Discenzafamiljen skulle anse vara värt att nämna."

Hans mörka ögon studerade noga hennes ansikte.

"Låt mig avgöra det."

Han väntade tålmodigt på att Madeline skulle svara på hans frågor – Corey Discenza var en mycket övertygande man och hon fann det svårt att *inte* göra honom till viljes.

"För det första så jobbade jag på min pappas advokatbyrå; det var ett intressant jobb även om det inte gjorde mig rik direkt. Mamma och pappa ses som ganska välbärgade i Sverige, men om man jämför med Discenzaförmögenheten är det klart att det är stor skillnad. När mina föräldrar kom till Sverige hade de inte så värst mycket pengar. Det var mammas mormor och morfar som förbarmade sig över dem, och självklart min farmor och farfar som flyttade tillbaka till Sverige för deras skull."

"Intressant växling, Madeline, men jag har hört om din mamma hela min uppväxt. Det var *dig* jag ville veta mer om."

Kyparen var tillbaka vid deras bord för att se om de var klara med förrätten. Han hade svårt att slita blicken från Madeline och log nervöst mot Corey när denne frågande höjde på ögonbrynen. Med darrande händer fyllde han på deras glas med det sista i flaskan och greppade tallrikar och ishink innan han försvann.

Madeline följde honom medlidsamt med blicken. "Varför är alla så rädda för dig, Corey? Vad har du gjort mot dessa människor?"

Han snurrade sitt glas mellan starka fingrar och gav henne en kall blick. "Fortsätt, Madeline."

Hon visste bättre än att protestera och suckade lågt. "Min mammas liv har varit långt mer intressant än mitt så det är lätt att falla in på sidospår."

Hon visste inte om det var vinet som gjorde det, men hon kände sig vacker den här kvällen och var även ganska säker på att Corey ansåg henne vara det; möjligtvis inte i hans liga, men fortfarande tilldragande. Det fick henne att må bra.

"När jag inte jobbade var jag mest hemma med mina föräldrar; jag har alltid tyckt om att umgås med min mamma. Självklart har jag vänner också – de två närmsta är Marie och Amanda. När vi har tid och lust brukar vi gå ut och hänga på något café eller någon klubb. Men om jag ska vara helt ärlig så gillar jag inte att gå ut så mycket, fastän jag är singel. Jag har aldrig gillat att dricka mig full och på krogen är det mest en köttmarknad där folk försöker hitta någon att ligga med. I så fall är det trevligare att gå till en bar eller en restaurang där jag kan umgås med mina vänner utan kaos runt omkring."

"Borde inte en köttmarknad vara perfekt om man är singel?" avbröt Corey. Hans blick fick hans fråga att te sig mer komplicerad än vad den var och Madeline tittade ner på sina händer.

"Nej, för den köttmarknaden erbjuder sällan någon bättre kvalitet."

Den nervösa kyparen var tillbaka för att servera huvudrätten: fetaostfylld kycklingfilé med pressad potatis och grillade grönsaker. När han åter försvunnit tittade hon modigt på sin bordskamrat. "Du då, Corey, varför har inte du stadgat dig? Vad letar du efter för kvinna att dela ditt liv med?"

Ställde hon precis den här frågan? Vinet var uppenbarligen inte bra för henne.

Han tittade outgrundligt på henne och för några ögonblick var hon säker på att han inte skulle svara. Han var trots allt väldigt privat, även om han krävde motsatsen från sin omgivning.

"Svaret på varför jag inte har stadgat mig är enkel. Jag har helt enkelt inte hittat någon som har varit värd att lägga den energin på. Vad gäller vad jag letar efter, så letar jag inte alls. Jag har inte bråttom. Den kvinna jag i framtiden kommer välja att dela mitt liv med kommer att vara vacker, stark och uppskatta det hon har. Ytlighet är inget jag tar lättsamt på och det kommer inte vara en egenskap hos min framtida fru."

Madeline skar koncentrerat i sin möra kyckling och bet ihop för att förhindra tårarna som brände bakom ögonlocken. Han visste exakt vad han var ute efter, och det var inte henne han beskrev.

Kapitel tjugofem

"Madeline", Corey tittade tveksamt på henne, "känner du för att ta en drink med mig i salongen innan du går upp och lägger dig?"

Hon hade precis tagit av sig skorna i hallen; de var hemma igen och de resterande medlemmarna i familjen hade inte kommit tillbaka ännu. Klockan var inte mycket, inte ens elva, och Corey var så hemskt tilldragande där han stod så hur skulle hon möjligtvis kunna säga nej?

Ju mer hon umgicks med honom desto mer deprimerad blev hon, för varenda minut hon spenderade med honom upptäckte hon att han var den hon ville ha – och den insikten smärtade. Deras middag hade varit trevlig och vänskaplig. Corey hade ställt fler frågor än vad han själv hade besvarat. Att han var intresserad av hennes liv smickrade henne – även om det bara rörde sig om ren hövlighet. Varför kände hon så här för honom? När hade allt utvecklats till den här nivån? Han var inte ens en trevlig människa. Något hade uppenbart gått snett i hennes hjärna.

Han hällde upp en dry martini och lade en grön oliv i det vida glaset innan han räckte över det till henne. Hon gled ner i den bekväma beigea soffan med benen uppdragna under sig och glaset i handen. Hon studerade honom medan han gjorde en likadan drink åt sig själv och hennes puls ökade vid åsynen av hans starka händer som grep om flaskan för att hälla i den kalla vätskan i glaset. Vilken konstig kväll – att vara ensam med Corey så här.

Till hennes förvåning satte sig Corey ner i samma soffa som hon i stället för den motsatta. En våg av nervositet färdades plötsligt genom hennes kropp när han, plötsligt så nära, slog ihop sitt glas med hennes utan att ta blicken ifrån henne.

"Jag tycker att du är en oerhört intressant kvinna, Madeline", sa han plötsligt. "Jag kan inte riktigt sätta fingret på vad det är, men det är något med dig som fascinerar mig."

Han sa det så sakligt, helt utan känsla, att Madeline förväntade sig något sorts affärserbjudande, men i stället lyfte han sin ena hand och rörde vid henne för första gången någonsin. De varma fingertopparna gled över hennes kind och stannade under hennes haka som han lyfte upp en aning så att hennes ögon hamnade i samma höjd som hans. "För att inte tala om hur vacker du är", tillade han en aning irriterat.

Hon hade aldrig varit så nära Corey tidigare, aldrig känt hans händer mot sin hud, och åtrån strömmade genom hennes kropp – obarmhärtig som en flodvåg. Hennes hjärta dunkade hårt i bröstet och tankarna trasslades ihop. Vad ville han henne? Hon höll i sitt glas som om det var hennes sista livlina medan tankarna snurrade runt, runt.

Han lutade sig fram en aning mot henne men stannade sedan plötsligt till och tittade upp. "Mason", sa han torrt och lutade sig bakåt i soffan igen. Madeline försökte snabbt återfå fattningen men vet inte hur övertygande hon var – hennes blossande kinder förrådde henne antagligen omgående. Hennes brors ansikte var spänt och ögonen synade dem båda allvarligt.

"Hemma tidigt?" frågade han en aning sammanbitet. "Har ni haft trevligt?"

"Mycket", svarade Corey med ett leende. Han tittade på Mason när denne satte sig ner i den motstående soffan och någon sorts tyst kommunikation utbyttes mellan de två männen.

Sedan klev Colin och Daphne in. Den första granskade fundersamt samlingen med kalla ögon, gav sin son en sista blick och lät den sedan falla på Madeline.

"Så, Madeline, vad tyckte du om restaurangen? Har Corey tagit väl hand om dig ikväll?"

Madeline log svalt mot honom, vid det här laget mer samlad – åtminstone på utsidan.

"Restaurangen var väldigt gemytlig och maten var god. Vad gäller Corey så tog han självfallet väl hand om mig." Hon kastade en snabb blick på Corey och för några ögonblick tittade Daphne på Madeline som om hon ville kväva henne med en av de vackra prydnadskuddarna – därefter klistrade hon dock snabbt på sitt trevligaste leende och satte sig bredvid Mason i den andra soffan.

"Bra", sa Colin kort och tog plats i fåtöljen vid bordets gavel. Han tittade från Corey till Madeline och stannade vid Corey igen. "Ska du ta med Madeline till havet imorgon? Hon har inte haft något tillfälle att vara på stranden ännu."

Utgående från Colins ansiktsuttryck såg det inte alls ut som om han föreslagit något trevligt, i stället var det en kylig blick som vilade på hans son.

Corey ställde ner glaset på bordet med en ljudlig smäll. "Nej, vi åker imorgon", svarade han kort.

Alla runt bordet tittade förvånat på honom och Madeline fick en känsla av att ha blivit avvisad.

"Men, Corey, ni skulle ju stanna en dag till och åka på söndag. Vad har ändrats?" Daphnes röst var tunn men upprörd och Madeline ville gärna själv höra svaret på den frågan.

Coreys blick var mörk och han tittade tålmodigt på sin mamma. "Jag har för mycket att göra i Chicago och ett möte jag måste hålla i tidigt på söndag morgon. Planer ändras hela tiden."

Perfekt, där kom den klassiska jobbursäkten. Madeline drack ur sitt glas för att sysselsätta sig med något; hon kände hur Masons blick vilade på henne och mötte den för några sekunder. Han såg bekymrad ut.

Hon insåg med ens att hon inte kunde sitta kvar i den här tryckta stämningen längre, hon ville fly upp på sitt rum och ta av sig de stela festkläderna och bädda ner sig i sängen.

Det var bara skönt att åka dagen därpå, som en skänk från ovan, hon hade inte velat stanna i Miami i alla fall.

Men vad skulle Corey ha sagt till henne om inte Mason hade kommit in? Hade han talat i egenskap av beskyddare eller i egenskap av man? Risken fanns att han hade insett vad hon kände för honom och nu ville åka hem för att distansera sig från henne.

"Ni får ursäkta mig, men jag går och lägger mig nu", sa hon svalt och log sitt mest älskvärda leende mot samlingen. "Vi ses imorgon till frukosten. Tack för ikväll." Hon brydde sig inte om att titta på var och en av dem utan lämnade bara rummet så fort det var möjligt utan att springa.

När hon nått trappan ute i hallen hörde hon Colins genomträngande röst: "Corey, jag vill prata med dig i enrum innan du går och lägger dig."

Madeline njöt av solen mot sitt ansikte; hon log omedvetet mot alla hon mötte och var även omedveten om att nästan samtliga män hon passerade tittade på henne en extra gång. Väl framme vid uteserveringen hittade hon snabbt sitt sällskap och kryssade mellan de många borden fram till honom.

Chase reste sig upp med ett brett leende i sitt tilldragande ansikte och gjorde ingen hemlighet av att han hade saknat henne när han drog in henne i en varm omfamning. Han backade ett steg och höll henne på

211

armlängds avstånd medan han studerade henne med ett snett leende. "Jävlar, vad snygg du är", konstaterade han uppskattande. Lystna ögon gled över hennes korta klänning och generösa urringning, och vidare upp till ansiktet där han stannade till för att placera mjuka läppar mot hennes. Sexuell attraktion kittlade i hennes mellangärde – en underbar känsla som hon ville ha mer av. Här fanns en supersexig man som så uppenbart ville ha henne och ändock hade hon ödslat sin tid på att tänka på Corey de senaste dagarna. En man hon aldrig skulle få.

Chase såg om möjligt bättre ut än vad Madeline mindes, klädd i en vit kortärmad tröja och svarta finbyxor; hans hår var luftigt och glänste brunt i det starka solskenet. Och han doftade fantastiskt.

Det var skönt att vara tillbaka i Chicago igen, nästan som att komma hem – vilket ledde hennes tankar till att hon inte berättat för sin mamma att hon varit i Miami och hälsat på Colin. Angelina skulle svimma när hon fick reda på det, och när hon väl hämtat sig från chocken skulle hon bli riktigt arg i stället, så den informationen fick vänta till Madelines hemkomst. Colin var det känsligaste ämnet för hennes mamma, och nu när Madeline kände till deras historia lite mer detaljerat så förstod hon varför.

Uteserveringen var överbefolkad med människor i alla åldrar; stressade servitörer sprang mellan borden och en trubadur försökte göra sig hörd över sorlet. Utanför passerade människor på väg till möten, dejter, nöjen och allt spännande Chicago hade att erbjuda.

Chase hade ordnat ett bord nära Lake Michigan och Madeline kastade längtansfulla blickar mot det spegelblanka vattnet. Små och stora båtar guppade förbi med turister och privata sällskap.

Det var skönt att slippa sin släkt ett tag och bara få slappna av med trevligt sällskap.

Efter att ha beställt in drinkar och förhört sig om hennes resa till Miami uttryckte han sitt missnöje över att hon skulle åka tillbaka till Sverige snart.

"Är du helt säker på att du ska åka? – och ännu viktigare, att du inte kommer tillbaka för att bo här?"

"Jag vet inte om jag skulle klara av att bo så nära min släkt, Chase. De där Discenzamännen kan ge en huvudvärk så den varar i flera dagar. Jag saknar friheten." Lysande, hon lät som en kopia av sin mamma.

"Jag kan ge dig frihet, Madeline." Han fattade hennes hand i sin och hon tittade förvånat på honom. "Jag håller på att falla helt för dig, och jag vet inte vad jag ska göra åt saken. Jag vet att du tror att jag driver med dig och jag erkänner att jag först bara tyckte att du var vacker, men jag *har* fallit för dig. Det var otroligt länge sedan jag kände så här, Madeline. Jag vill inte att du åker tillbaka till Sverige. Jag vill att du stannar här och ger Chicago, och mig, en chans. Jag förstår att du har problem med din släkt, men du behöver inte bo nära dem."

Hon tittade ner på deras sammanflätade händer medan tankarna lekte skytteltrafik i hennes huvud. Vad var det som hände här? Hon hade inte ens försökt att få Chase på det här viset, visste inte ens om det var vad hon ville. Hon hade gillat att det var en lek, för hon skulle ändå tillbaka till Sverige. Hon kände inte på det viset för honom; hon var förtjust i honom, inte kär. Men när hennes blick mötte hans såg hon desperation – hon hade inte sådan erfarenhet av män att hon visste hur hon skulle handskas med honom eller den här situationen. Hon hade aldrig menat att föra honom bakom ljuset.

"Jag vet inte vad jag ska säga", erkände hon ostadigt.

Chase lade sin fria hand mot hennes kind och studerade hennes ansikte. "Jag vet att jag är för rakt på sak, men jag har tänkt de här dagarna och jag var tvungen att berätta för dig hur jag känner. Jag förstår att du inte skulle stanna i Chicago bara för min skull, men jag önskar att du kan stanna ett tag till och ge mig en chans att visa vad jag har erbjuda dig."

"Chase, du vet att jag tycker mycket om dig och att jag absolut vill spendera mer tid med dig, men, som det ser ut just nu kommer jag att åka tillbaka till Stockholm som planerat. Jag kanske kommer tillbaka hit. Det har bara varit en intensiv period och inte helt lätt att komma in i en familj som är splittrad av en konflikt. Jag behöver en paus från allt."

Han släppte hennes hand och lutade sig tillbaka i stolen. "Är det Corey som skrämmer dig härifrån?" frågade han sammanbitet. Han kunde antagligen tydligt se hur förvånad hon blev över frågan.

"Varför tror du det?"

Det såg ut som om han utkämpade en inre strid och att en sida till slut gick som segrare ur den. "Corey är ingen trevlig människa, Madeline. Om han inte var en del av din familj så skulle jag råda dig att hålla dig långt ifrån honom. Men jag kanske gör det ändå."

Hon höjde förvånat på ögonbrynen. Hon var fullt medveten om att Corey inte alltid var en trevlig människa men i det här fallet verkade Chase mena något mer än det självklara.

"Du måste förklara för mig vad du menar, Chase."

Han böjde sig fram igen, med ett mer avslappnat ansikte, och förde hennes hår bakom öronen med försiktiga fingrar. Hennes hud knottrade sig av välbehag och hon log varmt mot honom.

"Jag vill egentligen inte prata om det här nu när jag äntligen får umgås med dig. Vi skulle kunna prata om så mycket trevligare saker", han kastade en orolig blick kring sig, "och egentligen inte här med så många människor kring oss", tillade han med låg röst. "Familjen Discenza äger hela staden och Corey har ögon och öron överallt."

"Jag fattar ingenting av vad du pratar om", viskade Madeline förvånat.

"Jag ska förklara. Men, Madeline, du måste lova mig att inte berätta för någon att jag har pratat med dig – om du inte vill att jag ska råka riktigt illa ut." Han tittade så allvarligt på henne att hon bara nickade och lovade honom.

"Vad vet du om Corey och vad han gör?"

"Inte mycket", erkände hon tveksamt.

"Vad känner du till om din morfar, Marc Discenza?"

"Att han var en stor affärsman, respektingivande och tydligen fullt kapabel att förskjuta sin älskade dotter från familjen." Men det var också allt. Hon kände inte till några detaljer eller släkthistorier – det hade hon sin mor att tacka för.

"Det du vet är att din familj är rik. Det du inte vet är *varför* de är det", viskade Chase och kastade åter blickar runt sig för att säkerställa att ingen kunde höra honom. "Marc köpte upp halva Chicago när han flyttade hit. Men halva Chicago *ville* inte bli uppköpt."

"Okej? " sa Madeline förvirrat.

"Du förstår inte va?" frågade han förvånat.

Hon skakade på huvudet och kände sig samtidigt en aning irriterad över detta faktum.

"Det är det här jag älskar med dig, Madeline. Du är så ren, så oskyldig. Det är anledningen till att du måste bort från Discenzafamiljen, de kommer att förstöra dig."

Hennes hjärta dunkade hårt i bröstet och hennes kropp kändes som inbäddad i bomull – för även om hon inte förstod vad Chase menade så var hon säker på att detta skulle ge henne svar på många frågor som hon ville ha svar på, men samtidigt var rädd för att veta.

"De är maffian, Madeline". Han viskade så lågt att hon först trodde att hon hört fel, eller hoppades på det. Hans ord var som en örfil och fick hela hennes kropp att kallna; sorlet från uteserveringens gäster drunknade i ett tjut som fyllde hennes öron. Hon böjde ner huvudet och försökte att återfå fattningen. Chase tog oroligt hennes händer i sina och kramade dem hårt. "Madeline, är du okej?" viskade han.

Hon samlade sig i några sekunder innan hon tittade upp på honom igen. "Jag kan inte tro...", sa hon lågt och skakade på huvudet, även om det var motsatsen till det hon egentligen tänkte. För det Chase hade sagt förklarade så mycket som hon inte hade förstått om familjen Discenza.

"Jag skulle aldrig ljuga för dig, Madeline. Jag berättar det här för dig för att jag verkligen bryr mig om dig och vill skydda dig. Har du verkligen inte hört något om hur Discenzafamiljen etablerade sig här i Chicago?" frågade han förvånat. Hon skakade bara på huvudet.

"Såklart, för du är kvinna och hålls helt utanför familjens business, precis som din mamma före dig. Det är männens affärer; de styr och skyddar sina kvinnor", sa han med viss avsmak. "Varenda person som försökte, eller så mycket som *tänkte*, gå emot Marc blev undanröjd. Det Marc ville ha, tog han. Det han ville äga köpte han upp. Han hade många släktingar med sig när han kom till USA och anställde snabbt personer som ville jobba för honom; övriga såg han till att skuldsätta på olika vis så de var tvungna att jobba för honom. Det fanns knappt någon, ens på den tiden, som vågade gå emot honom, och de som vågade försvann

216

spårlöst." Han tystnade och väntade på Madelines reaktion. Hela hennes värld snurrade och hon tittade på Chase som om han precis spelat upp en film för henne och nu väntade på en recension.

"Men om det här verkligen är sant borde väl polisen ha tagit honom för länge sedan?"

Han tittade på Madeline som vore hon från en annan planet. "Din mor har verkligen gjort ett toppjobb med att skydda dig från allt ont i den här världen", log Chase med en blandning av disponering och medlidande. "Vem skulle arrestera en man som äger poliser och domare? Pengar är makt, Madeline, en vacker dag kommer du att inse det. Marc rörde sig i alla kretsar och var lika respekterad överallt. Det var *ingen* som gick emot honom, varken kriminella eller det övre skiktet i rättsväsendet. "

Madeline kände sig illamående, hon lutade ansiktet i sina händer och försökte att återfå fattningen. Det här var för mycket, *allt* var för mycket. Sen hon lämnade sitt hem bakom sig hade hennes liv blivit kaos. Det var det här hennes mamma hade oroat sig över, varnat henne för.

Hon såg dyra limousiner framför sig, den enorma Discenzaresidensen, alla pengar och egendomar, alla rädda människor; Marcs grymma sätt att förskjuta sin dotter när hon inte följde hans vilja.

"Vad har Corey med det här att göra?" hörde hon sig själv fråga.

"Han är Marc", sa Chase kallt utan att försöka dölja sitt förakt.

"Jag förstår inte vad du menar", sa hon förtvivlat.

"Corey driver hela familjeföretaget — han är Discenzafamiljens ledare i USA. Alla lyder under honom. Förstår du vad jag försöker säga, Madeline?"

"Du säger att Corey är ond", sa hon lågt.

"Du vill inte ens veta..."

"Mason?" frågade hon med en klump i halsen.

"Han är högt upp inom familjen och gör allt Corey ber honom om."

Helt plötsligt såg hon allt så klart, så många händelser fick sin förklaring. Från och med nu skulle hon se allt som hände kring henne med helt nya ögon.

Och även om hon var medveten om att Chase hade berättat det här för henne av egoistiska skäl, för att knyta henne närmare honom, så var hon honom evigt tacksam.

Kapitel tjugosex

Under de dagar som följde fram till att Alessandra gjorde efterlängtad entré försökte Madeline att träffa sin bror och Corey så lite som det bara var möjligt – någonstans var hon tvungen att förlika sig med vad hon hade fått reda på och fundera över hur hon skulle gå vidare med vetskapen. Men hur förlikade man sig egentligen med att ens familj var maffian? – med allt vad det innebar. Hon var inte någon expert på ämnet, men hon visste tillräckligt för att en helt ny fruktan skulle fylla hennes kropp.

Hon gömde sig antingen på sitt rum eller umgicks med Chase. Den senare som hon kom allt närmare.

När Alessandra väl kom tillbaka turades de om att berätta allt de hade missat i varandras liv. Hon hjälpte Madeline att svära över Selene och Daphne, och Madeline gav Alessandra tröst för att hon inte kunnat umgås intimt med de läckra italienska män hon lärt känna.

"Och varför kunde du inte det?" hade Madeline frågat förvånat. Hon hade aldrig varit med om något tillfälle då Alessandra lagt band på sig.

"För att min pappa och alla kusiner bor i Italien och de har en förmåga att skrämma bort alla män", muttrade hon missnöjt. Hon lutade sig bakåt med en grimas och himlade med ögonen. Madeline skrattade lätt.

"Aha, du menar precis som jag har det här i Chicago med min bror och Corey?"

"Precis så, Madeline. Varför tror du att jag bor här?" Hon log brett och sträckte på sig som en katt.

Hon frågade sig om Alessandra kände till släktens blodiga sysselsättning, vilket hon sannolikt gjorde, och hur hon i sådana fall kunde hantera den med sådant lugn.

"Det är väl därför jag *inte* borde bo här", konstaterade Madeline kort.

"Vad gäller dig är jag egoistisk, Madeline. Jag tycker att du ska bo här ändå, för att jag bor här helt enkelt."

Madeline skrattade glatt, hon var så obeskrivligt glad över att Alessandra var hemma igen.

"Men nu, sötnos tycker jag att vi ska dra ner på stan. Det var över en vecka sedan vi shoppade och tog en lunch tillsammans." Hon reste sig upp. "Vad sägs om trettio minuter? Det borde räcka för att vi ska komma i ordning."

När Madeline och Alessandra kom hem efter en lyckad shoppingdag, satt Corey tillsammans med en främmande, mörk man i den stora salongen. De stora terrassdörrarna var uppslagna och släppte in den varma luften utifrån som bar med sig underbara dofter från den stora trädgården.

Madeline insåg irriterat att hon inte kunde titta på Corey utan ökad puls och frågade sig om detta blivit ännu värre nu när hon även fruktade honom.

De hade överräckt shoppingkassarna till personalen för vidare transport och Madeline blev till sin förfäran indragen av Alessandra i salongen och neddragen i soffgruppen vid det turkiska bordet. Madeline störde sällan Corey om han hade gäster – hallå, de hade miljoner rum att hänga i – men Alessandra var den nyfikna sorten, helst när det kom till män.

När Alessandra inte lyckades få någon uppmärksamhet från de två herrarna lutade hon sig tillbaka med en högljudd suck och Madeline skrattade inombords. Corey tittade på henne med hoprynkade ögonbryn och gjorde en gest mot sin gäst.

"Det här är Nemesio Zoli, han jobbar för mig", förklarade han kort.

Madeline nickade till hälsning därifrån hon satt och noterade samtidigt att Alessandra åt upp mannen med blicken. Hon log roat mot henne, och denna flinade skyldigt tillbaka. Corey snappade upp varenda liten detalj i deras tysta konversation, han kastade en indignerad blick åt Alessandras håll innan han åter vände sig till Nemesio Zoli. De satt i en varsin fåtölj vid de öppna terrassdörrarna och drack något som såg ut som apelsinjuice, även om det självfallet kunde vara en drink.

Mannen var tilldragande, men hans ansikte var för arrogant och skrämmande för att han skulle falla Madeline i smaken; mörka bottenlösa ögon mötte deras och en obehaglig rysning vandrade ner för hennes rygg. Hans näsa var en aning trubbig och läpparna lagom fylliga, han såg ut att vara lång och stark – och definitivt farlig.

Och han verkade inte ett dugg imponerad av deras närvaro.

Madeline upptäckte ganska snart att detta faktum irriterade Alessandra fruktansvärt; hon kunde såklart inte låta denne Nemesio Zoli befinna sig i detta hem, *hennes* hem, utan att lägga märke till henne – helst inte när hon så uppenbart fann honom tilldragande.

Hon hann inte sitta mer än fem minuter innan hon reste sig igen och gick fram till de två herrarna. Hon tog graciösa kliv med sina långa smala ben och visste självfallet med sig att hon var attraktiv som få; hennes små shorts och det minimala linnet visade hennes kropps alla fördelar, hon slängde nonchalant med sitt hår när hon stannade framför männen.

Madeline ville sjunka genom golvet och såg hur Corey arrogant lyfte ena ögonbrynet när han tittade upp på Alessandra.

"Jag ser att ni börjar få slut på dricka. Vill ni att jag ska ordna något åt er?" frågade hon med sin mest melodiska stämma. Nemesio Zoli tittade upp på henne med uttryckslöst ansikte, även om Madeline anade att han uppskattade det han såg.

"Om du verkligen känner för det, Alessandra", sa Corey torrt, "så kan du be Rebecka komma med två mineralvatten och kaffe." Han tittade tålmodigt på henne och försökte förmedla till henne att gå därifrån innan han blev riktigt irriterad. Hon tänkte dock inte göra något sådant utan lade sin hand med välmanikurerade naglar på Nemesios ena axel.

Den fräckheten, tänkte Madeline förfärat och bet sig i underläppen för att inte gapa. För några sekunder fäste Corey blicken på henne, som för att utläsa vad hon tyckte om det hela, och hon vände snabbt sin uppmärksamhet till sina händer i stället.

"Vill du ha mjölk och socker till kaffet?" frågade Alessandra med ett brett leende som blottade hela den jämna raden med vita tänder i hennes mun. Nemesio Zoli rynkade ihop två kolsvarta ögonbryn och svarade med mörk stämma att han drack sitt kaffe svart, samtidigt som han menande lyfte bort hennes hand från sin axel, därefter vände han åter sin uppmärksamhet till Corey. Alessandras ansikte mörknade av förnedrande ilska.

Madeline reste sig roat när kusinen började gå mot köket och gjorde tecken åt henne att följa med. Hon var minst sagt upprörd och snäste irriterat åt Rebecka att herrarna i vardagsrummet skulle ha *svart* kaffe och mineralvatten. Madeline gav Rebecka en blick som sa att hon skulle ha överseende och inte känna sig träffad av Alessandras humör. Rebecka, som var världens goaste, tog inte åt sig utan gjorde bara kaffet med ett litet leende.

"Såg du det där?" frågade Alessandra upprört och trummade fingrarna mot en av kökets bänkskivor.

"Ja, hur skulle jag kunnat missa det? Du gjorde ett storslaget intryck, kära kusin", sa Madeline ironiskt.

"Jag har aldrig varit med om något liknande! Han visade inget intresse för mig över huvud taget. Vem tror han att han är?" Hon knöt nävarna och gick ilsket några varv runt köksön innan hon lutade sig mot dess kalla marmorskiva.

"Jag vet inte, Alessandra, med tanke på att vi inte vet *vem* han är. Ja, förutom att han jobbar för Corey vill säga." Vilket antagligen gör honom till en dålig människa, tänkte Madeline för sig själv.

"Jag kan lova dig, Madeline att jag ska förföra den där mannen. Han ska inte komma undan så lätt. Jag kommer att få en chans ska du se. Ingen ignorerar Alessandra Montale!"

Innan Madeline hann opponera sig, eller försöka att prata vett med Alessandra, hade denna travat tillbaka in i den stora salen, hon svepte förbi männen och hälsade dem att deras kaffe var på väg. Sedan slog hon sig ner i soffan med sina långa ben utsträcka framför sig och drog ner linnet så att klyftan mellan hennes bröst blev väl synlig.

Det var uppenbart för vem som helst att Nemesio Zoli fick svårt att koncentrera sig och gjorde allt för att hålla blicken på Corey i stället för att låta Alessandra distrahera honom med sina fylliga behag. Madeline knep ihop läpparna för att inte skratta eller le stort och koncentrerade sig i stället på att bläddra i en skvallertidning som någon hade slängt på bordet.

När Rebecka kom med brickan var Alessandra framme vid henne på två röda sekunder. "Låt mig hjälpa dig, Rebecka", sa hon överdrivet glatt och tog Nemesios kaffekopp och mineralvatten.

När hon ställde dem framför honom lutade hon sig fram så mycket att hela hennes spets-bh blev synlig, knappt täckandes de runda kullarna under. Hon log snett mot honom när hon sakta rätade på sig igen. Uttrycket i hans blick var hennes triumf och hon vände på klacken för att med gungande höfter återvända till soffan igen.

Madeline noterade att Coreys ögon var mörka av indignation. Hon anade att Alessandra skulle få sig en rejäl avhyvling senare, vilket hon visste att Alessandra gav blanka tusan i. Hon var samtidigt ganska exalterad över det faktum att kusinen vågade trotsa Corey så öppet – själv var hon fegare än fegast.

Mason dök upp i dörröppningen bara någon minut efter, han gav sin syster och Alessandra ett värmande leende och tittade sedan mot Corey och Nemesio Zoli. "Ska vi?" frågade han kryptiskt. Hans ansikte såg plötsligt spänt ut och Madeline kastade en orolig blick på honom.

Mason ignorerade henne dock och väntade otåligt medan Corey och Nemesio Zoli reste sig upp. Den sistnämnde var längre än vad Madeline först trott och hans kropp var hård av muskler. Han tittade varken åt hennes eller Alessandras håll när han gick förbi dem, men han vände sig när han nådde dörren. "Det var trevligt att träffa er", sa han med mörk röst innan han lämnade rummet med Corey efter sig.

"Alessandra, du ska vara anträffbar när jag kommer hem", sa Corey varnande och försvann sedan.

Madeline tittade roat på Alessandra som himlade med ögonen. Nästa ögonblick klev Chase in genom dörren, lika fräsch som vanligt men aningens skärrad. När han satte sig i soffan bredvid Madeline var han dock idel leende igen. "Trevligt att du är tillbaka, Alessandra."

Alessandra log skälmskt och rättade till sitt linne igen – föremålet för hennes uppmärksamhet hade ändå försvunnit.

"Detsamma, Chase. Kan det vara så att du och min kusin har kommit varandra väldigt nära de senaste dagarna?" Hon kastade en menande blick på armen han hade runt Madelines axlar. Madeline tittade på honom med ett leende och lade handen på hans jeansklädda ben.

"Madeline är min", sa Chase enkelt.

Alessandra höjde på sina välansade ögonbryn och log.

"Uuuh, lyssna på dig, Chase, låta som Discenzamännen", retades hon.

"Jag är praktiskt taget familj nu", flinade Chase retsamt tillbaka. Madeline himlade med ögonen.

"Men på riktigt, du vet att både Corey och Mason kommer att flippa ur", sa Alessandra allvarligt. "Även om de misstänker att du och Madeline har något på gång så väntar de sig att du visar dem respekt genom att fråga dem om det är okej att du träffar henne." Hon tittade ursäktande på Madeline. "Det kanske låter fånigt, men det är så det fungerar i den här familjen, och jag råder alla under det här taket att följa reglerna."

När Alessandra hade lämnat rummet vände sig Chase mot Madeline; han höll hennes hand hårt som för att understryka hur viktigt det han skulle säga var.

"Jag mötte Corey och din bror på väg in", sa han lågt. "Den där mannen de hade med sig–"

"Nemesio Zoli?" avbröt hon förvånat.

"Precis. Passa dig för honom, Madeline. Han är sjukt dåliga nyheter."

Hon tittade chockat på honom och fick plötsligt svårt att hålla sig för skratt. Det lät bara för mycket som en film för att hon skulle kunna ta honom på allvar. Han höjde på ett ögonbryn när han såg hennes reaktion och hon samlade sig snabbt.

"Varför?"

"Livsfarlig. Passa dig för honom, Madeline."

"Men vad gjorde han här?"

"Vem vet? – förutom Corey och din bror."

Hon böjde sig fram mot honom och lät sina läppar glida över hans. Det fanns så många andra saker hon hellre ville syssla med just nu än att prata om familjen Discenza, och hon undrade när hon någonsin skulle få chans att göra dem.

Detta var något Madeline tog upp med Alessandra senare under kvällen, det vill säga efter att Corey hade återvänt, tillsammans med Mason, och hunsat henne.

Madeline visste inte vad Corey hade sagt till henne men hon hade varit en aning tagen när hon återvände till sitt rum.

"Om Corey tror att han kan bestämma över mitt liv så tror han fel", fnös hon och kastade våldsamt in sina svarta pumps i den stora valnötsgarderoben.

Alessandras rum var sparsamt möblerat med, förutom sängmöbler, den nämnda garderoben, en vit soffa och ett lågt indiskt bord. Invid dörren som ledde till hennes lyxiga badrum stod en stor, tung gammeldags mässingspegel i en vinkelbar ram. Första gången Madeline varit i Alessandras rum hade denna berättat att det varit Petras spegel och att den tidigare stått uppe i hennes och Marcs sovrum.

När hon nu tittade på den slog det henne att hon aldrig hade varit i det sovrummet. Nu för tiden var det Coreys sovrum, och även om hon kunde tänka sig många andra saker att göra i det så hade det varit roligt att se hur rummet såg ut.

"Jag tycker att du ska sluta att tänka på Nemesio Zoli. Du känner honom inte ens och dessutom vill du bara ha hans uppmärksamhet eftersom du inte fick den idag", sa Madeline menande. "Du vet ingenting om honom egentligen, och uppenbarligen tycker inte ens Corey att ni ska träffas."

Alessandra fnös. "Corey tycker inte att *några* ska träffas. Han är missunnsam bara för att han inte träffar någon som passar honom. Men du har rätt, Madeline, jag vet inte mycket om Nemesio Zoli, förutom att han är grymt snygg, ser härligt farlig ut och är helt jävla omöjlig att flirta med. Det ska jag ändra på." Hon log listigt. "Frågan är bara var jag möjligtvis skulle kunna springa på honom någonstans? Hm... Det ger sig med tiden. Vad ville du, min vackra kusin?"

Madeline kände till sin fasa att hennes ansikte hettade, vilket hon inte alls hade räknat med. Herregud, det var Alessandra som satt framför henne, inte någon annan.

"Säg inte att du rodnar, då dör jag", sa Alessandra bestört. "Spotta ut det du vill säga bara."

Madeline skruvade på sig och tittade med ett litet leende på Alessandra. "Jag undrar om du skulle kunna hjälpa mig med en sak–"

"Det vet du att jag kan", avbröt Alessandra otåligt.

"Jag vill verkligen ha en stund ensam med Chase och jag vet inte hur jag ska få det." Hon tittade menande på kusinen som tittade oförstående tillbaka.

"Jaha?"

"Ensam en längre stund."

"Jaha!" utropade hon insiktsfullt. "Men gud, Madeline, tala klarspråk för guds skull! Du vill ha sex med Chase och vet inte hur du möjligtvis ska få chans till det." Hon skrattade roat och lutade sig fram mot Madeline. "Så du har äntligen bestämt dig för att se vilka underbara saker världen har att erbjuda? Det var ju verkligen på tiden. Vet Chase att du är oskuld?"

Nu rodnade Madeline på riktigt och tittade ner på sina händer. "Nej, det vet han inte. Jag har åtminstone inte sagt det till honom. Han kanske har gissat sig till det, jag har ingen aning", mumlade hon.

"Ta aldrig för givet att en man förstår eller anar någonting", muttrade Alessandra och himlade med ögonen. "Det gäller alltid att tala klarspråk med dem och säga vad man vill. Men nu till viktigare saker… var hade du tänkt att ha ditt roliga någonstans?"

"Det är det jag inte vet. För om Corey och Mason får reda på att jag planerar det här–" Hon skakade på huvudet och Alessandra grimaserade missnöjt.

"De där två börjar verkligen gå mig på nerverna. Vad har de för plan egentligen? – att du ska vara oskuld när du gifter dig? Det finns ingen tjej som är det nu för tiden – ja, utom de som är så fula att ingen vill ha dem alltså." Hon skrattade kort och fortsatte. "Du kan inte vara hemma hos Chase – alldeles för många vi känner bor runt honom och Corey skulle få reda på att du varit där på nolltid. Det skulle inte krävas mycket tankearbete för honom att komma fram till ni sysslar med. Ett hotellrum känns bara för sjaskigt och dessutom känner halva stan igen er. Det finns bara en lösning."

"Vad?" frågade Madeline och väntade sig en genial idé"

"Ni får vara här helt enkelt."

"Alessandra, säg att du driver med mig. Det är verkligen den sämsta idé jag någonsin har hört!" utropade Madeline bestört.

"Varför?" frågade Alessandra lugnt. "Det är den bästa lösningen. Chase springer här hela tiden i alla fall och ingen räknar med att ni ska vara tillräckligt galna för att syssla med något sådant innanför de här väggarna. Jag ser till att roa mig med något annat trevligt och killarna jobbar ändå. De är borta hela dagarna, så vi tar en dag då vi verkligen *vet* att de är uppbokade."

"Herregud. Jag vet verkligen inte om jag vågar", suckade Madeline osäkert. "Saken är den att jag verkligen vill hinna vara med honom innan jag åker tillbaka till Sverige. Vem vet när jag och Chase träffas igen?"

"Det är därför du ska lyssna på mig, kära kusin", flinade Alessandra.

Kapitel tjugosju

De närmsta dagarna spenderade Madeline mycket tid med både Chase, Alessandra och Oliver; hon såg till att utforska delar av Chicago hon inte hade utforskat tidigare – hon hade så fantastiskt roligt. De tog en båttur en dag, i Olivers stora yacht, och passade på att sola på däck; de drack drinkar, skrattade och hoppade från den stora båtens däck.

Madeline var iklädd en guldfärgad bikini som gjorde sig perfekt till hennes solbruna hud och ljusbruna hår. Chase tog alla tillfällen i akt att röra vid henne och hon noterade att Oliver iakttog dem på avstånd med ett ansiktsuttryck som inte kunde tas för annat än sammanbitet. Hon förstod dock inte varför, då Oliver och Chase var nära vänner och han inte tidigare hade haft några problem med att de träffades.

När Chase tog ett dopp och Madeline låg på däck för att torka, satte sig Oliver bredvid henne. Hon kisade mot honom genom de stora mörka solglasögonen, fortfarande fascinerad över hur snygg han var. Vad var det med männen i hennes släkt?

"Du vet att ni kommer att få problem va?" konstaterade han med mjuk röst. Han drack ur sin drink samtidigt som han tittade på Madeline med sina mörka ögon; hans hår låg vått och tillbakadraget på hans huvud och huden lyste brun i solskenet.

Hon förstod inte vad han menade, vilket hon också meddelade honom. Hon satte sig sedan upp en aning för att se var Chase höll hus och såg att han simmade tillsammans med Alessandra.

"För att Corey, av någon anledning inte vill att ni ska träffas."

"Hur vet du det?" frågade hon förvånat.

"Varför tror du att jag är här idag? Tror du att det var en slump att jag föreslog en båttur?" Oliver skrattade lätt. "Nog för att jag mer än gärna umgås med dig, kära kusin, men det var Corey som ringde mig och sa åt mig att ha koll på er. Han vill inte att du ska vara själv med Chase."

"Jag fattar ingenting", sa Madeline förvånat. Hon drog sitt våta hår bakåt och samlade ihop det i en knut.

"Det gör inte jag heller. Jag förstår inte vad Corey får ut av att hålla dig ifrån Chase", sa Oliver fundersamt. "Har det hänt något mellan er som inte jag känner till?"

Hon kände att hon blev röd om kinderna. "Absolut inte! Ingenting verkligen", bedyrade hon med allvarlig blick.

Han drack ytterligare en klunk ur sitt glas innan han ställde ner det bredvid sig. "Du håller väl inte på med någon sorts lek där du försöker att förföra dem båda?" Hans ton var anklagande och Madeline kände sig enormt förnärmad.

"Jag förstår... bara för att Angelina är min mamma så ska du misstänka att jag är likadan. Tack, Oliver. Jag trodde verkligen att vi stod varandra närmare än så." Hon bet ilsket ihop käkarna och Oliver sträckte fram en hand och strök henne förlåtande över armen.

"Jag var tvungen att fråga", sa han lugnt. "Men *om* du har en sådan tanke vill jag bara be dig att lägga ner den direkt. Man leker inte med Corey; han är inte rolig att vara med när han blir arg, jag lovar."

"Oliver, jag har aldrig haft något intimt, eller försökt att ha något intimt, med Corey", försäkrade hon allvarligt.

Han nickade tankfullt. "Men då förstår jag inte det här", sa han kort. "Av vilken anledning är han så hård när det gäller dig? Alessandra är lika mycket hans skyddsling som du är och det går inte ens att jämföra hur han behandlar er två."

"Det kan vara så att min bror har påverkat honom", föreslog Madeline sakta. Men hennes egna tankar lekte tivoli i hennes huvud.

Oliver var tyst en stund och tittade på Chase och Alessandra i vattnet. "Mycket möjligt", sa han bara.

"Men?" Hon granskade Olivers hårda ansikte och visste att det var något mer.

"Men, tänk dig för noga, Madeline, innan du involverar dig djupare med Chase."

"Varför?" frågade hon förfärat.

"För att Corey kommer att krossa honom."

Madeline var trots allt vid gott mod när Chase och Oliver släppte av henne och Alessandra i Discenzaresidensen; hon gick direkt upp till sitt rum för att ta en dusch och hann inte ens kolla om det var någon mer hemma än hon och Alessandra. Hon antog dock att det inte var det. När var egentligen Corey eller Mason hemma en eftermiddag?

Hon drog på sig en jeanskjol och ett rosa linne; hon och Alessandra skulle hänga på terrassen och dricka vin.

Rummet lämnade hon i en enda röra och beslöt sig för att göra något åt det senare när hon inte hade något bättre för sig.

Hon knackade snabbt på Alessandras dörr men fick inget svar och antog att hon redan var på terrassen och väntade på henne.

Väl nere tvärstannade Madeline, precis i dörröppningen till terrassen; hela hennes kropp blev stel och käkarna spändes ihop. Förvåningen svepte genom henne och svartsjukan var obarmhärtig – så obarmhärtig att den överraskade även henne.

Både Corey, Mason och Alessandra var på terrassen, *och* Susan Hartford. Madeline fattade inte ens att hon kom ihåg kvinnans namn, som om det var något minnesvärt.

Vad gjorde hon ens här?

Samtliga blickar hade vänt sig mot Madeline, inklusive Susans, och Madeline klistrade på ett stelt leende. Alessandra höjde nyfiket och överraskat på ögonbrynen – så väl kände hon Madeline vid det här laget att hon kunde se att något inte stämde.

"Madeline", sa Corey med ett snett leende. Han satt bredvid Susan i en av terrassens två lounge-grupper och hade armen nonchalant vilande på hennes ryggstöd. "Det här är Susan Hartford."

Hon rörde mekaniskt benen för att ta sig fram till Susan; hon sträckte motvilligt fram handen för att hälsa på henne och noterade samtidigt att Susan Hartford var precis så vacker som hon verkat från fönstret det tidigare tillfället. Hennes långa, mörkbruna hår bröts av i några röda slingor och de välsminkade ögonen var stora och gröna; fylliga läppar var målade i en ljust rosa nyans och hennes näsa var liten och rak.

Hon studerade Madeline uppifrån och ner med ett leende och Madeline gjorde sitt bästa för att le tillbaka. Hon kunde tänka sig hur nedklädd hon såg ut i jämförelse med den här kvinnan som bar en elegant svart byxdress och högklackade svarta pumps. Hon var supersnygg – en elegant kvinna i Coreys liga – och Madeline kände sig som en barnunge i jämförelse. Det nyvunna självförtroendet rann av henne som vatten.

Det fungerade inte att hon stannade kvar i Chicago när hon kände så här för Corey. Och varför i helvete kände hon fortfarande så om hon trodde på allt Chase hade berättat? Han var inte den typ av man hon ville ha – eller borde vilja ha. Hon borde anse sig vara lyckligt lottad som inte fick honom. Man kunde inte dela sitt liv med en djävul – eller man borde åtminstone inte vilja det.

"Så trevligt att träffa dig, Madeline. Jag har hört så mycket om dig", sa Susan med mjuk röst och sträckte fram handen.

"Jag önskar jag kunde säga detsamma", sa Madeline konstlat och noterade att Corey gav henne en frågande blick. Hon tog motvilligt den svala handen i sin och släppte den så fort det var lämpligt.

Susan log brett och blev med ens ännu vackrare – om det var möjligt. "Corey är inte alltid så meddelsam av sig", sa hon ursäktande.

Var hon tvungen att vara så trevlig? Och var hon tvungen att låta som om hon och Corey var ett gammalt par? – räckte det inte med att hon vistades på den här terassen med en man som Madeline bara kunde drömma om?

"Jag ska ta Susan till en trevlig restaurang och ville presentera henne för er innan vi åkte. Jag tyckte det var dags att hon träffade dig och Alessandra, sa Corey och mötte för några sekunder Madelines blick.

Madeline mindes tydligt Coreys tidigare beskrivning av Susan: *"Hon är precis vad Chase är för dig – en person jag tycker är vacker och gillar att umgås med, ha sex med, men definitivt inte har någon ytterligare framtid med."* Det verkade som att Corey hade ändrat åsikt i den frågan då han tog henne till Discenzaresidensen för att presentera henne för familjen. Vilken ära för Susan Hartford.

Madeline satte sig lamt ner på en ledig stol bredvid Alessandra och hoppades att det lyckliga paret skulle åka så snabbt som möjligt så hon kunde gå tillbaka till sitt rum och gråta ögonen ur sig.

Mason fiskade upp sin vibrerande telefon ur fickan. "Isobel är nästan klar så vi kan börja att röra på oss när som helst." Han tittade med ett leende på Corey och Susan och Corey nickade allvarligt mot honom.

Madeline hade tappat känseln i sin hud och insåg att hennes hjärta var det enda som inte var bortdomnat – det smärtade i stället.

"Åh, en dubbeldejt, vad trevligt", spann Alessandra ironiskt. "Jag tror inte att vi har haft nöjet att träffa den här Isobel, däremot."

"Nej", konfirmerade Mason, "och det kommer ni inte att få göra heller då hon antagligen är utbytt nästan vecka." Han log sitt typiska lekfulla Masonleende och ställde sig upp. Han var klädd i en röd kortärmad tröja och mörkblå jeans – stilig som vanligt.

Så roligt, tänkte Madeline missunnsamt, *de kommer vara två superheta par ute ikväll och ha en toppenkväll tillsammans medan jag sitter här och ruttnar som en nunna. Jag kan inte ens träffa en kille jag vill ha sex med för att de där två jävlarna försöker styra mitt liv.* Dubbelmoralen drev henne till vansinne. Hon bet ihop sina käkar så hårt att det smärtade och kände den onaturliga stelheten ta hennes kropp i besittning ännu en gång.

Hon tittade tacksamt upp på Susan och Corey när de väl reste sig upp, äntligen skulle hon slippa den här plågan.

Corey hade en arm om Susans midja när Susan, ännu en gång, räckte fram handen åt Madeline och Alessandra för att säga hejdå och berätta att det varit trevligt att träffa dem.

Madeline nickade bara till svar, väl medveten om att hon betedde sig konstigt, medan Alessandra log sitt hjärtligaste leende, som var detsamma som ett mycket sarkastiskt, och svarade *detsamma*.

"Ha en trevlig kväll", sa Corey kort och dröjde åter med blicken på Madeline. Han undrade antagligen över hennes beteende så hon försökte att vara så normal hon kunde. Klädd helt i svart såg han som vanligt helt enastående ut och Madeline följde honom med blicken när sällskapet lämnade terrassen och fortsatte längs den stenlagda gången som ledde till framsidan.

Så fort de försvunnit reste hon på sig och gick in i huset igen. Det enda hon ville nu var att gå upp på sitt rum och gråta. Om hon någonsin trott att det skulle bli svårt den dagen Corey tog hem en kvinna så kunde hon nu konstatera att det var ännu värre än hon tidigare trott.

"Madeline, vad är det med dig?" Alessandras röst ekade förvånat i bakgrunden och Madeline gick fort mot trappan i försalen. "Madeline, vad håller du på med?" Hon sprang i kapp henne och tog tag i hennes arm så Madeline blev tvungen att stanna.

"Jag kan inte fatta att han tog henne hit!" utbrast hon upprört innan hon hann stoppa sig själv, hennes ögon fylldes av tårar och Alessandra tittade oförstående på henne.

Medan Alessandra försökte komma på vad hon skulle säga passade Madeline på att dra loss sin arm för att fortsätta upp för trappan.

"Madeline... är du kär i Corey?" viskade hon insiktsfullt.

"Absolut inte", fräste Madeline, med full insikt att hon lät som en galen människa, och började med snabba steg att gå uppför trappan.

"Varför är du arg då?" skrek Alessandra efter henne.

Madeline svarade inte utan fortsatte till hallen ovanför.

"Vi har inte avslutat det här samtalet, Madeline!" ropade hon innan Madeline stängde sovrumsdörren om sig.

Hon låste dörren om sig och gjorde det hon kommit till sitt rum för att göra – hon lade sig ner på sängen och grät tills hon inte hade några tårar kvar.

Kapitel tjugoåtta

När Madeline gick ner till frukosten nästa morgon hade hon huvudvärk. Hon hade inte lämnat rummet något mer kvällen innan och visste inte vilken tid de två herrarna hade kommit hem från sin kväll ute – *om* de hade kommit hem vill säga. Men en sak visste hon: om hon någonsin hade tvivlat på det, så hade hon en gång för alla bestämt sig för att glömma Corey och definitivt ha sex med Chase innan hon åkte tillbaka till Sverige. Om det var mer för hämnd än för lust, spelade ingen roll.

Alla satt vid bordet: Corey, Mason och Alessandra, och samtliga tittade på henne när hon slog sig ner vid bordet och mumlade ett kallt: *god morgon*.

Alessandra tittade misstänksamt på henne med en blick som sa att de inte var färdiga med varandra ännu. Madeline låtsades inte om henne utan började bre marmelad på ett rostat bröd och lade upp omelett på en tallrik.

Mason och Corey tog åter upp en redan påbörjad konversation medan Alessandra fortsatte att studera Madeline.

"Vi ska inviga ett nytt hotell i utkanten av staden imorgon", sa Corey plötsligt. "Vill ni följa med?"

"Jag vill", sa Alessandra direkt och tittade rakt på Madeline.

Madeline tittade sakta upp på sin kusin, utan minsta entusiasm, och vände sedan blicken mot Mason och Corey som väntade på någon sorts svar.

"Jag vet inte", sa hon kort. Hon mötte Alessandras blick ännu en gång och när denna höjde menande på ögonbrynen insåg hon långsamt att Alessandra försökte att säga henne något.

"Vilken tid börjar det?" frågade Alessandra oskyldigt.

"Vi ska vara där vid 17", svarade Corey kort.

"Och det håller på hela kvällen antar jag?" fortsatte Alessandra och kastade ännu en blick på Madeline.

"Ja, Alessandra, vi kommer att vara där hela kvällen. Varför frågar du?" sa Corey en aning irriterat.

Nu förstod Madeline.

Hon rätade på sig en aning i stolen och fäste sin blick på Corey. "Jag har känt mig hängig sedan igår. Jag tror att jag stannar hemma. Men ni kommer såklart få jättekul", försäkrade hon uppmuntrande.

"Vad synd. Men jag får överleva ändå", sa Alessandra med ett lätt leende och fortsatte att äta sin frukost.

"Är du säker, syrran? Det kommer att bli en stor fest och vi har inte varit ute alla tillsammans på ett tag", sa Mason besviket.

"Ja, Mason, tyvärr. Det hade varit roligt, det erkänner jag. Men jag orkar ärligt talat inte. Jag tror jag behöver vara ensam hemma en kväll och bara vila." Hon svalde nervöst och mötte hastigt Coreys blick; han tittade på henne med i hoprynkade ögonbryn, men sade ingenting.

Alessandra log konspiratoriskt när Madeline släppte in henne i sitt rum efter frukosten. "Snacka om bra läge va?" skrattade hon. "Jag behövde inte ens skapa ett tillfälle åt dig. Du fick det på en silverbricka."

Madeline skrattade nervöst. "Du tror inte att Corey eller Mason misstänkte något?"

"Nej, det tror jag inte. Om jag hade anat något sådant hade jag rått dig att följa med i stället", lovade hon.

"Jag ska ringa till Chase och bjuda honom på middag här hemma", log Madeline ivrigt. "En perfekt avslutning på min vistelse i Chicago."

"Mm, och vilken middag sedan", retades Alessandra, "du kommer bli efterrätten. Hoppas du kommer gilla det vuxenlivet har att erbjuda", flinade hon och höjde ögonbrynen upp och ner.

"Jag är bara så arg över att vi ska behöva planera på det här viset", sa Madeline missnöjt. "Allvarligt, det är inte okej. Mason och Corey gör precis vad som passar dem och de sätter på vilka sjutton de vill."

"Mason och Corey är Discenzamän och får göra precis vad de känner för. Men du kära, Maddie, är en kvinna i samma familj och därför fruktansvärt begränsad. Se det som att de visar sin kärlek till dig genom att skydda dig", sa hon sarkastiskt.

"Mm, de kan stoppa upp sitt beskydd någonstans. De gör bara mitt liv svårt. Och jag ser inte att du är lika begränsad som jag. Du kan åka i väg och vara borta över natten utan att de följer dig till jordens ände."

"Men jag har inte någon bror här, vilket gör det hela mycket enklare. Sen har oskuldståget redan gått för mig så de har inte så mycket heder att skydda längre", skrattade hon skadeglatt. "Men tro mig att jag får stå till svars varenda gång jag inte meddelar var jag ska, och de synar mina dejter noga. Jag har blivit förbjuden att träffa säkert två tredjedelar av dem."

"Då är det en jädrans tur att jag ska återvända till Sverige igen och friheten."

Alessandra putade med sin underläpp. "Jag vill inte tänka på att du ska åka, det är så deprimerande. Jag vet ärligt talat inte vad jag ska göra utan dig", suckade hon.

"Inte jag heller, älskade kusin", sa Madeline lågt. "Men jag åker inte för alltid. Jag måste bara hem till Sverige och träffa mina föräldrar, och tänka igenom mitt liv på allvar. Det har hänt så mycket sedan jag kom hit."

"Känner du Susan Hartford?" frågade Alessandra plötsligt. Hennes blå ögon tittade utforskande på Madeline som inte tillräckligt snabbt hann hämta sig från den oväntade frågan.

Det är klart att Alessandra inte hade släppt detta ämne.

"Nej, det gör jag inte", svarade hon sanningsenligt. "Men jag har sett henne en gång tidigare med Corey här utanför."

Alessandra satte armarna i kors. "Har du lust att berätta för mig vad ditt utbrott igår handlade om egentligen?"

"Nej."

"Madeline, har du känslor för Corey? Och inte som att du tycker han är snygg bara – utan känslor på riktigt?"

"Jag har en massa aggressiva känslor som innefattar honom", slingrade sig Madeline fortfarande sanningsenligt. "Nu, Alessandra ska jag ringa Chase och se till att han inte bokar upp sig på något annat imorgon", tillade hon och tittade menande på dörren.

Förmiddagen och eftermiddagen släpade sig sakta i väg och Madeline var så nervös att hon inte kunde koncentrera sig på något. Klockan tickade obarmhärtigt vidare mot sitt mål, 18:00, vilket var en timme efter att Corey, Mason och Alessandra förväntades lämna Discenzaresidensen och Chase skulle anlända för att tillbringa kvällen med henne.

Det fanns ingenting vettigt att sysselsätta sig med och Madeline vandrade rastlöst runt i det stora huset. Flera gånger under dagen fick hon för sig att Corey studerade henne fundersamt, men hon insåg snart att hon inbillade sig då hon visste att hon var på väg att göra något, enligt vissa, väldigt förbjudet.

Alessandra hade dock väldigt roligt åt Madeline och puttade menande till henne vid ett flertal tillfällen och gav henne små blinkningar. Madeline hoppades verkligen att inte Corey eller Mason snappade upp detta.

Hon kom in till Madeline precis innan hon skulle ge sig i väg med männen i huset; klädd i en vacker silverklänning, som inte lämnade mycket åt fantasin, och höga klackar.

Madeline gav henne flera komplimanger och kramade henne hårt.

"Glöm inte att ha telefonen på *hela* kvällen, Madeline. Jag ringer direkt när vi sätter på oss ytterkläderna så att du vet när vi är på väg." Hon tittade allvarligt på Madeline innan hon stängde dörren efter sig.

Både Corey och Mason hade frågat under eftermiddagen om hon inte hade ändrat sig och ville följa med ändå och Madeline hade vänligt men bestämt tackat nej och hoppades att budskapet gått fram trovärdigt.

När Madeline öppnade ytterdörren, för att släppa in Chase var hon så nervös att hon mådde illa. Hon hoppades innerligt att säkerhetsvakterna inte skulle anse det konstigt att Chase kom – han var trots allt en regelbunden besökare i Discenzaresidensen.

Hon hade försökt klä sig lagom snyggt i en svart klänning med tunna axelband; håret var utsläppt och hon var lagom sminkad.

Den här kvällen var hennes, och med Chase behövde hon inte göra sig till.

"Min vackra, Madeline", sa han med värme i rösten när han klev in i hallen. Han tog henne hårt i sin famn och pussade henne på håret innan han följde henne till våningen ovanför.

Madeline hade klargjort för Chase innan att de inte fick riskera något, därför skulle de enbart vistas på andra våningen där hennes rum var – det var tillräckligt stort för umgänge – och om Corey eller Mason, av någon anledning, skulle dyka upp utan förvarning kunde hon åtminstone gömma Chase någonstans innan de upptäckte honom.

Hon bet sig tankfullt i läppen när hon tänkte på detta. Det här var absurt. Det var skrämmande hur snabbt hon hade anpassat sig till familjen Discenzas levnadsregler och bara fann sig i att agera i enlighet med dessa.

Rebecka hade dukat upp en hel festmåltid på Madelines rum utan att ställa några onödiga frågor; en läcker paj med krispig sallad och kylt vitt vin i en ishink.

Chase, som även han var ledigt klädd i ett par snygga jeans och en svart t-shirt, log när han tog in hela bilden med mat och de tända ljusen som stod var än det fanns plats.

Madeline undrade om han kände samma djupa förväntan som hon gjorde. Det var förvisso inte hans första gång, men det var första gången de var själva på en avskild plats tillsammans, och även om de inte hade pratat om detta var Madeline övertygad om att Chase visste vad hon ville.

Han studerade henne med sina bruna ögon när hon låste dörren och skyndade sig fram till honom.

"Ät med mig först, Madeline. Du vet väl att man spar efterrätten till sist?" retades han.

Leken hade börjat.

Hon höjde på ögonbrynen och satte sig ner i en av de två fåtöljerna. Hon lade sina långa, slanka ben i kors, väl medveten om att Chase tittade på dem, och började äta av maten. Hon fann sig dock ha svårt att få ner särskilt mycket mat på grund av mängden fjärilar som lekte jaga i hennes mage.

Hon skänkte en snabb tacksam tanke till sitt återfunna självförtroende och log nöjt när hon såg hans reaktion på hennes lilla skådespel.

Det kanske mest frustrerande i detta var just faktumet att hon var oskuld. Det hade varit underbart att med sexuell erfarenhet och självsäkerhet kunnat förföra denna godbit till man.

Chase såg dock ut att vara en sådan som kunde axla rollen som förförare helt på egen hand.

Precis när hon funderade över hur lång tid han tänkte dra ut på det hela så sköt han tallriken åt sidan utan att ha ätit upp allt. "Madeline, är du säker på att Corey och Mason är borta ett tag till? – för jag vet ärligt talat inte hur jag ska kunna låta dig vara ikväll. Jag har väntat en evighet på att få röra dig."

"Alessandra kommer att ringa när de är på väg hem, och... jag *vill* inte att du ska låta mig vara, Chase."

Hon ställde sig upp, som för att understryka att hon menade allvar; hennes hjärta bankade hårt av nervositet och läpparna darrade när även Chase reste sig upp.

Han skulle bara veta hur redo hon var att känna hans händer över sin kropp – och *hon* skulle bara veta hur otroligt vacker hon var där hon stod som en oskyldig ängel och tittade upp på honom med sina stora ögon.

Han drog henne till sig i ett svep och böjde hennes huvud en aning bakåt för att placera sina läppar över hennes.

"Vet du hur länge jag har drömt om att vara nära dig?" mumlade han mot hennes läppar. Fastän det var en fråga förväntades det inget svar och hon lät sig villigt fösas bakåt tills hon landade på sin säng. Han lade sig ovanpå henne med tyngden vilandes på ena armen. Hans hårda varma kropp pressades mot hennes och hennes mellangärde pulserade av lust när han tryckte sin hårda erektion mot det tunna tyget i hennes klänning.

Hon kunde höra sina egna ivriga flämtningar när han fattade tag om hennes stjärt med en stark hand och tryckte hennes höfter hårdare mot hans, medan han hungrigt kysste hennes läppar. Hon lade armarna kring hans hals och lät honom föra i dansen.

Han stannade till för några sekunder och studerade hennes ansikte som för att tyst fråga henne om allt var okej; hon nickade bara och tryckte sig hårdare mot honom. Hans ena hand smekte hennes brösts rundning genom klänningen innan han förde handen längs hennes nyckelben och drog ner det ena axelbandet för att blotta bröstet helt.

Det var första gången Madeline kände en mans hand mot sina bröst och Chase lekte med hennes bröstvårta tills den ståtade hård och fick tusen erotiska impulser att färdas till väl valda delar av hennes kropp.

Om hon varit orolig innan för att inte veta hur hon skulle bete sig så hade den oron försvunnit helt, i stället lät hon instinkten föra henne framåt och intog hans kropp med sina händer samtidigt som han skalade av henne klänningen och kastade den på golvet.

För ett ögonblick stannade han till och insöp åsynen av henne – som en jägare firandes bytet han precis hade fällt.

Han drog av sig sin svarta tröja och lät den samsas med klänningen på golvet; hans överkropp var så vältränad och vacker. Hon lyfte händerna och lät fingertopparna leka över det solbruna sammetslena skinnet. Hon log nöjt när hans hud reagerade på hennes beröring och han svarade med att smeka hennes överkropp med sina starka händer och mjukt massera hennes bröst. Han lät sedan sina varma läppar ta över den blottade ytan och sög och slickade om vartannat de känsliga vårtorna. Madeline tryckte omedvetet sina höfter mot honom ivrig att löpa hela linan ut. Den nya värld som öppnade sig för henne var magisk och hon ville upptäcka allt den innefattade. Som om Chase känt hennes iver lät han handen långsamt glida ner mellan hennes lår –

men innan han hunnit hela vägen upp tog Madeline tag i hans handled.

"Chase, det är en sak jag måste berätta för dig–" viskade hon tjockt och tittade plötsligt blygt in i hans förvånade ansikte. "Jag… jag har aldrig–"

Han tystade henne med sin mun och mumlade lugnande. "Jag ska vara försiktig, Madeline. Oroa dig inte."

Som för att bevisa det han sagt gled han ner och placerade mjuka kyssar på utsidan av hennes trosor, hon drog upphetsat in luft och hettan från hans andedräkt fick blodet att rusa i hela kroppen. Han tittade upp på henne med ett flin och drog det fuktiga tyget åt sidan så att hennes kön blottades. Det gjorde henne så ofantligt nervös att en man skulle röra henne mellan benen och hon slöt ögonen i ivrig väntan på det som komma skulle. Hans tunga strök över hennes klitoris, så varm och blöt och hon stönade högt. Han fortsatte obarmhärtigt sin lek och slickade hela området långsamt innan tungspetsen retsamt cirkulerade hennes väntande hål – vågor av njutning for genom hennes kropp och hon grep tag i täcket med sina händer och bet sig i underläppen för att kväva sina utrop.

Då ringde mobilen.

Kapitel tjugonio

Madeline hörde den enträgna signalen genom dimman och kämpade sig olyckligt tillbaka till verkligheten. Chase tittade förvånat upp när hon omtumlat sträckte sig efter mobilen.

Det är klart att det var Alessandra.

"Är ni på väg hem redan?" mumlade hon ostadigt.

"Madeline, Corey är borta!" Alessandras röst var märkbart panikslagen och Madelines hjärta for upp i halsen. Hon tittade omtumlat på den frågande Chase.

"Vad säger du?" var det enda vettiga hon fick fram. Kontrasten mellan det hon just hade upplevt och detta telefonsamtal var alldeles för stor för att Madeline skulle kunna hämta sig på en gång och inse allvaret i det Alessandra sade.

"Jag har inte sett Corey på säkert trettio minuter! Jag har letat överallt och din bror har inte heller sett honom."

Madeline nyktrade till helt men hann inte säga något mer innan hennes dörrhandtag rörde sig; hon visste att låset bara gav henne en tillfällig trygghet.

"Öppna dörren, Madeline", hördes Coreys röst på andra sidan. Han slog näven en gång i dörren och väntade sedan i tystnad.

Chase blev kritvit i ansiktet och hans uppenbara rädsla gjorde Madeline än mer rädd. Hon stirrade på honom med skräck i blicken, fortfarande med mobilen i sin hand. Hon var precis på väg att teckna åt honom att gömma sig i badrummet när dörren till hennes sovrum sparkades in med ett brak och blev hängande som ett lik på ett enda gångjärn – och förövaren klev in i rummet. Madeline skrek rakt ut.

Hon hade aldrig tidigare sett Corey så skrämmande; lång och farlig stod han alldeles stilla bredvid hennes säng och tog in bilden av dem båda. Hans ögon var som två bottenlösa brunnar när de med avsmak gled över hennes bara kropp, och hon slog instinktivt armarna om sina bröst efter att desperat ha rafsat ihop täcket över underkroppen.

Nemesio Zoli dök upp bakom Corey som en av Djävulens demoner och tittade på henne med sådan avsky att hon lika bra kunde ha varit en prostituerad som sålde sig bakom deras rygg.

Jag har inte gjort något fel, tänkte hon desperat samtidigt som Coreys blick vandrade till Chase, och hans käkar spändes som på ett djur redo att slita sitt byte i stycken. Kunde han inte bara säga något?

Chase mötte inte Coreys blick utan böjde sig mycket sakta ner mot golvet för att plocka upp sin tröja – men hann aldrig göra det.

Corey kastade sig över honom och slet upp honom på fötter till Madelines chockade skrik.

Nemesio vred sin kalla blick mot henne med en klar varning att inte lägga sig i och hon drog hjälplöst täcket hårdare omkring sig medan Corey misshandlade hennes pojkvän.

Det kändes som att hon begått ett brott, trots att hon inte hade gjort det, och det var därtill fruktansvärt förödmjukande att bli funnen utan några kläder på kroppen.

Corey slängde ner Chase på golvet med händerna runt hans hals och tryckte ner honom med all sin kraft; Chase kippade desperat efter luft.

"Hur i helvete understår du dig att gå emot mina regler i mitt eget hus? Vem *fan* tror du att du är?" Hans röst var så grym och full av hat att Madeline knappt vågade andas av rädsla att han skulle höra henne.

Helt plötsligt klarnade allt. Hon förstod vem Corey verkligen var. Hon borde ha förstått för länge sedan vilket allvar som låg bakom alla varningar – och hon borde inte ha trotsat honom. Men Madeline saknade helt erfarenhet av sådana män och den värld de rörde sig i. Hur skulle hon ha kunnat förstå allvaret när hon hela sitt liv varit skyddad mot allt farligt?

Corey släppte Chases hals och slog näven upprepade gånger i hans ansikte tills hans kippande efter luft utbyttes mot ett obehagligt gurglande.

Madeline hörde sitt skrik innan hon ens visste att det var hon som skrek. "Corey sluta! Du får inte! Snälla släpp honom! Låt honom gå! Du kommer döda honom!" Tårarna rann nerför hennes kinder och hon ställde sig på knä i sängen, fortfarande med täcket svept tätt om sin nakna kropp. "Corey snälla", bad hon med skakande röst.

Hon ryggade tillbaka när Corey reste sig upp efter att med avsmak ha släppt den blodiga Chase som låg kvar orörlig på golvet.

Hatet och vreden som Corey hade i ögonen när han tittade på henne fick vartenda hårstrå att resa sig på hennes kropp; hon ramlade bakåt i sängen med en flämtning när han närmade sig henne, rädd att även hon skulle få känna hans nävar. I stället tog han ett smärtsamt tag om hennes arm samtidigt som han lät blicken föraktfullt glida över hennes skakande kropp. Han ville att hon skulle veta hur billig han tyckte att hon var, och Madeline tittade upp på honom genom tårar som gjorde hans grymma ansikte alldeles suddigt.

"Så fort vi har kastat ut den här sopan ska du och jag, Madeline, ha ett långt samtal om hur en kvinna förväntas bete sig i familjen Discenza. Gå och tvätta av dig och sätt på dig kläder, du vill inte ha vårt samtal i det där skicket." Han släppte med avsmak hennes arm som om den vore gjord av ruttet kött, och hon gned den väl medveten om att hon skulle få röda märken efter hans fingrar.

"Nemesio", sa Corey och nickade mot Chase, som försökte sätta sig upp på golvet men inte lyckades. Hans ansikte var oigenkännligt, både ögon och näsa var sönderslagna och tänderna hängde lösa över trasiga läppar. Madeline höll förfärat händerna över munnen för att inte skrika. Hon drog långsamt in luft genom näsan för att inte hyperventilera och tårarna strilade ner för hennes kinder. Det luktade blod i rummet – en varm och metallisk doft som fyllde hennes näsa så hennes huvud snurrade och hon kände för att kräkas.

Nemesio drog upp Chase från golvet och knuffade honom sedan framåt medan Chase försökte hålla balansen på vingliga ben. Men innan han lämnade rummet lyckades han bromsa Nemesio och vände sitt blodiga och svullna ansikte mot Madeline.

"Var snäll mot Madeline... inte gjort något fel." Blodet rann nerför hans haka och talet var sluddrigt. Hans omtanke fick henne att gråta än mer.

Detta triggade Nemesio som knuffade honom så hårt att han ramlade in i väggen med en duns och föll ner på golvet, för att sedan åter bli uppdragen.

Corey, som haft ögonen fästa på Madeline, vände sin vilda blick mot Chase. "Madeline är det sista av dina bekymmer, Chase. Du kommer att bli förvånad över hur snabbt du kommer att glömma henne."

Nemesio försvann ut ur rummet med ett hårt grepp om Chases nacke och ena arm, precis som vore han en brottsling – kanske var det precis vad han var i deras ögon.

"Du stannar på rummet tills jag kommer tillbaka." Corey kastade en sista kall blick på Madeline innan han lämnade henne.

Hon tittade chockat efter honom och lade sig sedan ner och grät – det kändes som om hon inte längre befann sig i verkligheten. Hon borde inte ha kommit till Chicago, hon borde ha stannat med sin familj i Sverige och hållit sig så långt från Discenzasläkten som det var möjligt.

Madeline visste inte hur lång tid hon hade legat i mörkret när det knackade på den, av tjänstefolket, åter upphängda, men skadade dörren. Hennes tårar var slut sedan länge, det var omöjligt att gråta något mer. Hon hade duschat och bytt om till en rosa mysdress, sen hade hon bara legat i mörkret och funderat över hur allt kunnat gå så fruktansvärt snett. Så rädd som hon blivit för Corey hade hon aldrig varit för någon person i hela sitt liv; hans blick, hur han helt känslolöst hade misshandlat Chase, hur han hade behandlat henne. Ingen hade någonsin talat så där till henne, fått henne att känna sig så billig, ingen hade någonsin behandlat henne så illa.

Hon hade aldrig gått med på Coreys regler, knappt känt till dem eller allvaret i dem, men ändå hade han behandlat henne som om hon brutit en överenskommelse.

Hon var helt säker på att det var han på andra sidan dörren och hjärtat blev till en sten i hennes bröst. Hon ville inte träffa honom något mer, ville inte höra hans åsikter eller ta emot skäll från honom. Hon ville inte höra honom kalla henne billig för att hon velat ha sex med en man hon faktiskt tyckte om.

Men det var inte Corey som kom in i hennes rum utan hennes bror. Det var åtminstone det bättre av två dåliga alternativ. Detta innebar att även Alessandra var hemma och visste hur fel allt hade gått.

Mason hade aldrig tittat på henne på det här viset tidigare och det gjorde henne helt förtvivlad; hans käkar var hårt sammanbitna och ögonen bar på besvikelse och fördömande. Hon och Mason hade alltid stått på vänskaplig fot och haft ytterst få konflikter – antagligen till stor del tack vare åldersskillnaden dem emellan. Sedan Madeline anlänt till Discenzaresidensen hade dock deras relation bara försämrats. Något som skulle bli en lycklig återförening skavde i stället alltför ofta.

Hon klarade knappt av att möta hans blick trots att hon visste att hon inte hade gjort något fel. Men när han och Corey så starkt ansåg det så smittades skammen av på henne – det kändes som om hon var skyldig.

Hans fördömande blick svepte över resterna av middagen och fortsatte sedan till Madeline. Efter en stunds tystnad satt han sig ner i en av fåtöljerna.

"Var det här den bästa idé du kunde komma på? – att bjuda hit en kille till Discenzaresidensen, *vårt hem*, och... vara med honom?" Han hade uppenbart svårt att få ut orden och bet ilsket ihop käkarna när han tittade på sin syster.

"Ja, Mason, det var den bästa idé jag kunde komma på, och det är ert fel."

Han höjde förvånat på ögonbrynen. Det var antagligen långt ifrån det svar han hade förväntat sig. "*Vårt* fel? Hur menar du nu?"

"Jag vill vara med Chase och ni försöker att hålla mig ifrån honom. Det är verkligen det sjukaste jag har varit med om. Alla dessa fåniga regler. Jag är myndig. Jag är fri att göra vad jag vill. Tänk om jag *vill* vara ensam med Chase? Tänk om jag *vill* ha sex med honom?" Hennes röst var vass och hon spände ögonen i sin bror.

Mason såg mer explosiv ut än han gjort när han klev in genom dörrarna och det skrämde henne, han grep hårt om armstöden på fåtöljen och lutade sig fram mot henne. "Du pratar inte så där när du är med mig, Madeline", klargjorde han sammanbitet.

"Vadå, om sex?" frågade hon och himlade med ögonen. "Det spelar ingen roll om jag pratar om det eller inte. Både du och Corey förstår väl att jag kommer att ha sex förr eller senare? Ni åtminstone *ser* intelligenta ut. Så jädrans stor sak är det inte."

"Du är min syster och därför är det den största saken vem du väljer att vara med. Jag tänker inte ge dig till vem som helst. Du kunde ha pratat med mig om det innan", sa han indignerat.

"*Du* ge mig? *Jag* ger mig själv, tack. Och vad skulle jag ha sagt? – Mason, nu tänkte jag ha sex med Chase, kan ni vänta utanför?" Hon gnisslade tänder av ilska.

"Det var inte så jag menade. Du kunde ha berättat för mig att det var allvar med Chase, och att du tänkte gå så långt som till att ha en sexuell förbindelse med honom."

"Jaså, det borde jag? Brukar du informera mig om *dina* sexuella förbindelser kanske?" fnös hon upprört och skickade en giftig blick åt sin brors håll. "Du och Corey är ena riktiga hycklare."

"Det är inte samma sak."

Madeline kunde ha stormat över till honom och strypt honom på nolltid. Hon knöt nävarna runt lakanet. "Det är klart att det är samma sak! Det är *exakt* samma sak. Varför kan du inte se det?"

"Du är min syster, Madeline. Det kan aldrig bli samma sak. Kvinnor måste skyddas. Män som inte kan skydda sina kvinnor är svaga. Kvinnor som inte är skyddade blir utsatta för män som inte behandlar dem med respekt. Jag kommer alltid se till att du inte råkar illa ut, eller gör några snedsteg. Det är bäst att du vänjer dig vid det."

"Så Chase är ett snedsteg?" frågade hon med skälvande röst.

"Chase har inte visat någon som helst respekt för mig eller Corey. Det värsta är att han vet det själv. Han borde ha pratat med oss först. Du får säga vad du vill om det, Madeline, men det är så det fungerar här. Det han har gjort visar hur lite han bryr sig om våra traditioner. Han kunde lika bra ha spottat oss rakt i ansiktet eller på våra skor. En man som inte kan respektera oss kommer inte få träffa dig, så enkelt är det. Det övergår mitt förstånd att han valde att göra så här. Vad ville han bevisa? Om han verkligen menade allvar med dig, och respekterade dig, så skulle han ha pratat med mig och Corey. Då skulle han ha sett till att stå på god fot med oss så att han kunde få träffa dig. Vi har alldeles för tålmodigt väntat på det samtalet från honom. Men i stället kommer han hit, till vårt eget hem, och gör det värsta han kunde ha gjort." Hans ögon svartnade av ilska och Madeline funderade över vad han hade sagt. Kunde hon ha blivit en spelbricka i något större spel som hon inte kände till? Hade Chase egentligen varit ute efter att utmana Corey? – att få honom att se svag ut?

Den tanken skadade hennes nyvunna självkänsla.

"Var är Chase nu?" frågade hon ostadigt. "Jag såg att Nemesio följde honom ut." *Följde,* var ett intressant ordval för den råhet hon hade bevittnat.

Hennes bror tittade outgrundligt på henne. "Vad vet du om Nemesio?" frågade han allvarligt.

"Absolut ingenting", ljög hon och hoppades att inte hennes ansikte avslöjade henne. Hon och Mason hade trots allt vuxit upp tillsammans och kunde läsa av varandra ganska enkelt.

"Låt det stanna där. Chase är hemma hos sig. Möjligtvis en aning deformerad", flinade han.

"Det är inte roligt, Mason", sa Madeline förtvivlat.

"Du förstår inte, Madeline, vi kan inte visa svaghet i någon form. Om vi inte ens kan skydda våra kvinnor hur ska vi då kunna göra stora affärer? Om en liten myra som Chase tror att han kan utmana oss kommer andra också försöka. Vi måste visa oss starka – och enade." Han hade något desperat i blicken när han tittade på henne och hon tänkte tillbaka på vad Chase hade berättat för henne om familjen Discenza. Det gjorde henne illamående och hennes hjärta dunkade hårt i bröstet. Hon gillade inte den här nya världen hon befann sig i.

"Dessutom får han det han förtjänar", fortsatte Mason. "Om inte Corey hade tyckt om dig så mycket hade Chase antagligen legat i respirator just nu."

"Tyckt om? Jo, eller hur. Han har fantastiska sätt att visa det på verkligen. Möjligtvis tycker han om att plåga mig", fnös hon. "Och ingen förtjänar att bli misshandlad som Corey misshandlade Chase."

"Jag vet att han tycker om dig", försäkrade Mason. "Nu ska jag gå och prata med honom. Jag anar att han vill säga några ord till dig sedan, när han har lugnat ner sig." Han stannade till några sekunder och tittade på henne med hoprynkade ögonbryn. "Utmana inte Corey, Madeline. Du måste göra som han säger."

Kapitel trettio

"Jag tror att jag kommer att döda honom", sa Corey sammanbitet.

Mason hade precis klivit in i det stora biblioteket. Corey stod med ryggen mot honom och vilade händerna på det stora burspråket som vette ut mot framsidan av gården; raderna av böcker omringade honom som ett galler.

Mason log en aning roat när han såg hur Coreys händer grep runt fönsterbrädan så att knogarna vitnade – vissa av dem röda från mötet med Chases ansikte.

Han var väl medveten om vad Corey var kapabel till.

Han hade sett det med egna ögon.

"Corey, gör ingenting som Madeline kommer att hata dig för", sa han lugnt.

Corey snodde runt så fort att Mason själv ryggade bakåt.

"Du såg inte vad jag såg, Mason! Det var *jag* som gick in i Madelines rum. Din syster var naken! Hon var naken i samma säng som den där lilla jäveln. Hon lät honom ta på henne. Lukten av sex var fan över hela rummet. Chase hade knappt några kläder på sig. Om jag hade kommit några minuter senare...", hans röst darrade av ilska. "Han drog fördel av vår frånvaro och bestämde sig för att utnyttja henne i vårt eget hem! – i Discenzaresidensen. Vilka fan är vi om vi inte kan styra vad som händer under vårt eget tak? Vilken makt har vi om vi inte kan förhindra att våra egna kvinnor blir utnyttjade? Om Marc varit här och sett samma sak hade han skinnflått och förpassat den här killen till helvetet på en gång. Jag har vanhedrat hans minne. Han uppfostrade mig bättre än så här." Coreys röst ekade mellan väggarna. "Hur kan det komma sig att du tar det hela med sådant lugn? Vill du att din syster ska ses som något billigt alla kan få del av?"

Mason suckade tungt och tittade in i Coreys glödande ögon. "Jag är inte lugn och jag vill definitivt inte att Madeline ska vara med vem som helst. Jag undrar snarare varför *du* är så upprörd? Precis som du själv sade, borde väl jag vara den som är mest upprörd här?" Han tittade frågande på Corey som spände käkarna.

"Vi åker till Chase *nu*. Han ska inte tro att det här är över." Corey lämnade rummet utan att svara på frågan och Mason följde långsamt efter. Det här började bli riktigt intressant.

Och oroande.

Madeline hade ytterst lite att roa sig med medan hon väntade på att Corey skulle komma till hennes rum. Var det möjligtvis en del av tortyren, att dra ut på tiden? I så fall hade han lyckats, för hennes hjärta slog hårdare och hårdare samtidigt som minuterna tickade förbi – och timmarna.

Hon vågade inte lämna rummet.

Det var så sjukt att hon knappt förstod det själv, men hon vågade inte. Om allt Chase berättat var sant, och med beaktande av det hon själv hade sett, så vågade hon inte trotsa Coreys order på det viset. Hon trodde förvisso inte att han skulle skada henne fysiskt, men det fanns antagligen tusen sätt han kunde göra det psykiskt. Och han skrämde henne lik förbannat.

Efter att ha vandrat runt planlöst i rummet sminkade hon sig, borstade och blåste håret, bet på naglarna och vandrade åter runt. Efter att ha kastat miljoner blickar ut genom fönstret, utan att se något intressant, kastade hon sig på sängen och stirrade upp i taket en hel evighet.

Eftersom Alessandra inte kommit till Madelines rum vågade inte heller Madeline gå till henne. Corey måste ha förstått att hon varit del av planen.

Så fort hon stannade upp och tog sig tid att tänka på vad som hänt fylldes hon av förödmjukelse och skam. Hon var förödmjukad för att Corey tagit steget att kliva in på hennes rum när hon befann sig i ett sådant utsatt läge, och hon var förödmjukad för att hon inte kunnat stå upp bättre för sig själv.

Något som skulle ha varit vackert, underbart och mycket personligt hade helt plötsligt blivit offentligt och slutat i en tragedi.

Hon var skamsen för att hon kunde ha valt en bättre plats att ha intimt umgänge med Chase, hon var även skamsen för att hela familjen plötsligt var inblandad i något så privat, och hon var skamsen för att Corey av alla var den person som upptäckt henne.

Hur många gånger hade hon inte drömt om att vara nära just honom? Sanningen var att hon hade haft långt fler sexfantasier om Corey än vad hon hade haft om Chase.

Det knackade på dörren.

Ännu en gång blev Madeline så nervös att hennes hjärta slog dubbelslag. Hur lång tid var det egentligen sedan Mason lämnat hennes rum? – det måste ha gått mer än tre timmar.

Vad hade hänt under dessa timmar?

Hoppet om att det var Alessandra suddades snabbt ut när Corey öppnade den instabila dörren utan att vänta på svar – det var verkligen en talang han hade. Han såg arg och sammanbiten ut. Tyvärr fanns varken Mason eller Alessandra med honom.

Hon satte sig i skräddarställning i sin säng och iakttog honom när han satte sig ner i den ena fåtöljen vid fönstret.

Hon visste inte exakt var hon skulle fästa sin blick – hon hade svårt att titta rakt på honom. Och supersnygg var han också den jäveln, trots att han såg trött och irriterad ut, och var en demon.

Han studerade henne några sekunder under tystnad, lät blicken glida över hennes ansikte och sedan över hennes flanellklädda kropp. ”Det gläder mig att du har mer kläder på dig nu än förra gången vi sågs”, sa han kallt.

Hon kände hur den skamsna rodnaden klättrade uppför hennes hals och ansikte. Hon önskade att hon var en temperamentsfylld och modig varelse som kunde bett honom flyga och fara. Men nu var hon inte det. ”Det är trevligt att jag kan glädja dig, Corey”, muttrade hon i stället.

Han tystnade åter en stund och studerade henne med en rynka mellan ögonen. Hon fann detta väldigt intressant, för i vanliga fall var Corey helt på det klara med vad han skulle säga.

”Vad är det med Chase som är så speciellt att du valde att ge din oskuld till honom?”

Okej, *det* hade inte Madeline väntat sig. ”Jag gav aldrig min oskuld till honom”, svarade hon tomt.

Han lutade sig framåt en aning och fängslade henne med sin intensiva blick. ”Men du valde honom. Om inte jag hade kommit hade det varit ett faktum.”

”Jag tänker inte tacka dig om du tror det”, fnös hon. ”Jag vet inte ens vad det är för speciellt med min oskuld. Den är bara i vägen och jag planerar att bli av med den snarast.” Hon tittade trotsigt på honom och han log lätt.

”Om jag trodde att du talade sanning hade jag låst in dig omgående.”

Hon stirrade på honom några sekunder utan att komma på vad hon skulle säga.

”Det vet du att du inte kan.”

Han skrattade torrt. "Vill du testa mig?"

Hon sänkte blicken till sina händer. "Nej", mumlade hon.

"Du bröt mot mina regler i mitt hus, Madeline. Jag kan inte låta det passera."

"Jag har inte gått med på dina regler, Corey. Hör du hur sjukt det låter? Hur kan min oskuld vara en regel?" Hon skrattade chockat. "Det är inte som om jag har skrivit på ett kontrakt eller liknande."

"Så fort du anlände till Chicago och blev en del av Discenzafamiljen så gick du med på att följa mina, och familjens, regler. Om jag då säger att du ska bete dig som en fin flicka när du är här så är det precis vad du ska göra. Förstår vi varandra?"

Hon bara tittade på honom och nickade, helt förlorad i ologiska tankar, utan ork att argumentera mot något så absurt. "Det du gjorde mot Chase... det är—"

"Madeline, jag är mycket besviken på dig och Chase, och när jag blir besviken blir jag inte en trevlig person." Han reste sig upp och blickade ut genom det stora fönstret, med ryggen vänd mot henne, medan han fortsatte att prata med sin lugna obehagliga röst. Hon lät sig inte luras för det fanns något otäckt och olycksbådande under hans lugna yta – något man inte skulle leka med – något som skapade ett obehagligt pirrande under huden i hennes ansikte.

"Chase känner familjen Discenza mycket väl. Han visste exakt vad som förväntades av honom och han visste exakt vad som skulle hända om han tog risken att gå emot våra sedvänjor. Men han tyckte uppenbarligen att det var värt att utmana oss, och nu får han betala för det."

"Vad har du gjort mot honom?" Hon hade en svårsvald klump i halsen och försökte att andas lugnt medan hon väntade på hans svar.

Corey vände sig sakta om och tittade rakt på henne med händerna nonchalant i de svarta finbyxornas fickor – samma händer som hade slagit sönder Chases ansikte. Hon undrade om de bar några spår av misshandeln.

"Du kommer inte att träffa honom igen."

"Det var inte ett svar på frågan."

Hans ögon svartnade när han med två kliv tog sig fram till henne och lutade sig över henne i sängen. För ett ögonblick trodde hon att han skulle slå henne och hon ryggade med en flämtning bakåt och tittade upp på honom med rädda ögon och rusande puls. "I vilken värld, Madeline Brazier, tror du att du har rätt att kräva några svar av mig?" Hans käkar spändes och ögonen borrade sig in i hennes. "Efter det du gjorde har du inte någon talan alls."

Hon noterade att han hade använt hennes riktiga efternamn – som om han försköt henne från familjen.

Hennes ögon fylldes av tårar som hon gjorde allt för att blinka bort, men i stället rann de nerför hennes kinder. Corey såg det, och för ett ögonblick inbillade hon sig att hon såg medlidande i hans hårda blick. Han lyfte ena handen och torkade bort en varm tår med sin tumme.

"Du har tagit dig vatten över huvudet, Madeline."

Vad han syftade på hade hon ingen aning om, men hon torkade ilsket tårarna. "Jag måste träffa Chase en sista gång och säga hejdå till honom. Det känns inte rätt att skiljas åt på det här viset."

"Jag har precis varit hemma hos Chase."

Hon flämtade till och lade händerna över sitt bröst.

"Varför det? Hur var det med honom?"

"Jag var inte där för att fråga hur han mår", meddelade han kallt. "Jag var där för att informera honom om hur man beter sig. Det är uppenbart att ingen har lärt honom det."

"Och hur *lärde* du honom det, Corey?" viskade hon med en klump i halsen.

"Du mår bättre om jag inte berättar det för dig." Han log kyligt och Madeline kände kalla kårar vandra nerför sin rygg.

"Svaret på din begäran är att du inte kommer att träffa Chase något mer."

Hon reste sakta på sig och tittade på honom med förtvivlan i blicken. "Ni äger inte mig, Corey. Du vet att jag kommer att träffa honom ändå."

"Om du söker upp Chase kommer du att förgöra honom. Välj själv."

"Hur kan du vara så här?" flämtade hon och fäste tårblanka ögon på honom. "Vem har gjort dig så kall och oförlåtande?"

Han tittade sakta på henne uppifrån och ner och verkade sedan bestämma sig för något. "Madeline, det är dags för dig att lämna Discenzaresidensen och åka hem. Du är klar här." Hans käkar pressades samman och hans ögon var hårda.

Det var som om något lossnade i hennes bröst och smärtan spred sig i hela hennes kropp. Hon tittade på honom genom dimma, som om hon var under vatten, och öronen började tjuta.

Han kastade ut henne – från både Discenzaresidensen och sitt liv. Som om hon inte var värd någonting.

Tårarna svämmade över och hon vände ryggen till för att han inte skulle se hur djupt han sårade henne.

"Jag ser till att en biljett blir bokad till imorgon. Du kan börja packa", tillade han bakom hennes rygg.

När hon hörde att han började gå mot dörren drabbades hon av panik. Hon vände sig mot honom med tårdränkt ansikte. "Du gör precis samma sak mot mig som din pappa gjorde mot min mamma. Du jagar mig härifrån, Corey. Ser du inte det?"

Han tittade på henne med avsmak i blicken och hans kommande ord borrade ett spjut av is genom hennes hjärta.

"Det finns en väsentlig skillnad mellan min pappa och mig – han älskade din mamma. Det vore en överdrift att påstå detsamma när det gäller mina känslor för dig. Du hör inte hemma här, Madeline Brazier. Det är bäst att du åker tillbaka till Sverige – till din familj."

Han lämnade henne så, med tårar strömmande nerför kinderna och en dimma av smärta som slöt sig runt hennes kropp där hon låg i sängen och grät så hon skakade.

Senare var Alessandra där och tröstade henne, och mellan snyftningarna erkände Madeline äntligen vad hon inte hade erkänt för någon annan – knappt för sig själv.

"Jag älskar honom", stammade hon fram mellan hulkningarna, "och jag vet inte ens varför, för han är en så hemsk människa, men jag älskar honom ändå..." – och Alessandra strök henne tröstande över ryggen.

"Jag vet, Madeline, jag vet... jag har förstått det", suckade hon mjukt.

Kapitel trettioett

"Ska *hon*, den lilla tumören, komma och säga att du inte hör hemma där? *Du* som är Marcs riktiga barnbarn? – hans eget kött och blod. Om hon vore här skulle jag krossa henne som den lilla parasit hon är."

Detta var bara ett av Angelinas många upprörda utlägg efter att Madeline kommit tillbaka till Stockholm och blivit förhörd om sin sommar med släkten. Förutom att svära över Selene hade hon svurit över både Daphne, Colin, Corey och sin egen son. De enda som hade undkommit hade varit Alessandra och Cassandra. Angelina hade förvisso inte träffat sin syster på alla dessa år, men de hade alltid stått på god fot med varandra.

Madeline hade försökt undanhålla den riktiga anledningen till att hon hade åkt hem tidigare än planerat men Angelina hade utsatt henne för sin kända genomborrande blick och gjort det omöjligt för henne att undanhålla hela sanningen. Hon hade givit sin mor en mycket kort beskrivning av att Corey ansett att hon inte riktigt hörde hemma i Discenza-residensen. Det hade resulterat i en lång harang med förbannelser över Corey Discenza och så många fula ord och hotelser att Madeline inte mindes dem alla. Hennes pappa hade suttit i soffan i salongen och lett smått roat åt sin fru som vankade av och an på golvet i höga klackar och det mörkbruna håret som en böljande man bakom sig. "Corey Discenza, när fan kom han och tog över familjen? Tror han att han är min far nu eller och kan styra och ställa som det passar honom? Jag har god lust att åka dit och jämna det jävla stället med marken."

Madeline var helt övertygad om att hennes mamma kunde ställa till en hel del oreda när hon ville – det hade hon redan bevisat. Hon undrade när hon skulle ta upp det känsliga samtalsämnet *Colin* med sin mamma; hon ville ställa frågan om deras förlovning och höra sin mammas version om vad som hänt. Hon visste redan att hennes pappa var en helt fantastisk man, och stilig både som ung och nu, så det var inte som om hon undrade varför hennes mamma hade valt just honom. Men hon undrade hur det gått till när hon helt plötsligt lämnat en man hon skulle gifta sig med för en annan.

Det tog flera dagar innan Angelina lugnat ner sig, och flera uppmaningar från Michael att släppa det hela och gå vidare, samt flera situationer där Angelina såklart ignorerade sin mans vilja helt och körde på ändå.

Madeline befann sig i en mörk period där hon försökte att återgå till sitt gamla liv, men fann det vara helt omöjligt då det nya hade krockat med det gamla. Hon var inte längre samma person, varken psykiskt eller på pappret. Hon kunde inte längre jobba hos sin pappa och hon var tvungen att flytta från sina föräldrar, vilket bara var en tidsfråga. Men detta var de enkla delarna; hon saknade sin bror och hon saknade Alessandra.

Och hon saknade Corey.

Efter ett överväldigande mottagande av Marie och Amanda, och en mängd frågor, kände Madeline som om hon varit hemma en hel evighet. Det var inte mycket som hade förändrats – bara hon.

Hon hade stämt träff med sina äldsta och bästa vänner på ett gemytligt café i Gamla stan. Madeline fullkomligt dyrkade Gamla stan då hon hade en faiblesse för svunna tider; det var romantiskt och hemtrevligt att ströva runt på de blanknötta kullerstenarna längs de smala gatorna med fantastiska byggnader. Här kunde hon drömma sig bort och glömma alla bekymmer i sitt liv.

Hon tittade kärleksfullt på sina två blonda vänner; en lång och smal och en lite kortare med former. Båda var genuint bra vänner och trion hade följts åt sedan mellanstadiet. För dem kunde hon berätta allt – allt som hon inte förmått berätta för sina föräldrar och för sin bror, inte ens för Alessandra.

"Ja, vi alla vill ju att din läckra bror ska komma tillbaka till Sverige igen", mumlade Amanda och smakade på sin äppelpaj. Hennes små blå ögon glänste när hon pratade om Mason. Amanda hade redan spenderat en del kvalitetstid med Madelines bror, och Madeline visste att Marie drömde om att göra samma sak.

"Då får ni vänta länge. Han har det så bra där borta att han aldrig kommer att komma hem igen", muttrade Madeline. Hennes kaffe var fortfarande en aning för varmt så hon koncentrerade sig på sin chokladkaka i stället.

Stället var proppfullt av människor: turister, studenter; folk som beställde en snabb kaffe och sedan drog, samt diverse affärssällskap. Stockholm var lika stressigt och underbart som vanligt.

"Madeline, berätta nu för oss hur du hade det i Chicago", manade Marie nyfiket. "Vi trodde faktiskt inte att du skulle komma tillbaka till oss igen."

Madeline log varmt, Marie skulle bara veta hur nära det varit att hon faktiskt inte hade gjort det.

"Äh dumheter", fnös Amanda, "det är klart att Madeline inte skulle lämna oss! Borta bra men hemma bäst, eller hur, gumman?" Amanda var oavkortat den mest optimistiska av hennes två vänner. Det var även ett faktum att hon oftast inte stiftade bekantskap med mer än en del av verkligheten.

"Jag kan ärligt säga att jag har velat fram och tillbaka en hel del" erkände Madeline en aning skamset. "Men inte att stanna permanent, men kanske förlänga resan några månader."

Marie tittade menande på Amanda och Amanda drog efter andan. "Va? Så du menar att vår otroligt jordnära vän, Madeline, blev imponerad av all prakt och ville stanna kvar i Chicago?" Hon gav Madeline en blick som inte bar med sig någon förståelse – bara ifrågasättande.

Madeline log hemlighetsfullt mot sina vänner och rörde om i kaffet innan hon lade ner skeden bredvid sin chokladkaka.

"Nej, mina kära vänner, jag ville inte stanna i Chicago på grund av all prakt. Det var en massa andra saker som lockade."

"Aha, jag visste det! – du blev kär i någon, eller hur?" frågade Marie med ett triumferande leende.

Amanda tittade nyfiket på henne och Madeline visste att hon var tvungen att berätta om Corey för dem – de var åtminstone neutrala till skillnad från hennes mamma.

"Wow, Colins son. Det här luktar skandal", sa Amanda lugnt när Madeline berättat klart.

"Nej", sa Madeline lågt, "det här luktar olycklig kärlek. Corey praktiskt taget kastade ut mig från Discenzaresidensen."

"För att du nära på hamnade i säng med Chase", sa Marie. "Det luktar snarare besvarad kärlek."

"Ni får tro vad ni vill. Han hade bara behövt sträcka ut handen och ta mig om han verkligen hade velat", protesterade hon. "Men slutpratat om det här nu. Berätta om allt som har hänt den här sommaren när jag har varit borta."

Ämnet Corey var fortfarande för känsligt och så länge hennes vänner inte kände till vem han var och hur saker och ting fungerade i Discenzasläkten så skulle de inte förstå hur rätt hon hade. I stället lyssnade hon tacksamt på allt Amanda och Marie varit med om när hon varit borta.

Samtidigt som händelselösa dagar blev till veckor och månader tog Madeline itu med lägenhetsefterforskningar. Hon visste att det, testamente eller ej, var på tiden att flytta hemifrån, men så länge det inte var hennes eget val kände hon ingen riktig glädje över den nya utmaningen. Hennes föräldrars liv fortsatte som vanligt medan hennes hade tippat över ända och aldrig skulle bli detsamma igen. Hon hade en hel förmögenhet i sin hand men inte något roligt att göra. Hon funderade på att boka en resa med sina tjejkompisar och försöka leva livet a'la Alessandra. Problemet var bara att Marie och Amanda pluggade båda två och därför både hade knaper ekonomi och för mycket att göra.

Hon hade vare sig ringt till Alessandra eller Mason då hon fortfarande skämdes över hur det hela hade slutat. Alessandra hade ringt ett par gånger men Madeline hade låtsats vara upptagen. Hon hade dock utbytt några sms med sin kusin där hon sagt att hon behövde lite tid att komma till rätta i Stockholm igen och att hon skulle höra av sig när hon var redo. Vilken hög av skitsnack.

Efter att ha varit hemma drygt två veckor hade hon tagit upp ämnet Colin med sin mamma. Det hela hade påverkat henne så starkt att hon inte kunnat låta bli. Av alla saker Angelina trott att Madeline skulle ta upp så var detta tydligen inte en av dem; hon hade tittat upp från sin bok och blivit vit i ansiktet. Först hade hon inte kommit på vad hon skulle säga och sen hade hon blivit arg för att Madeline understod sig att gräva i hennes privatliv. Men när Madeline berättat att moderns privatliv hade blivit kastat i hennes ansikte, och att hon dessutom levt i skuggan av det jävla privatlivet hela sitt liv, hade hennes mamma rest sig upp från soffan och gått på smattrande klackar över golvet till serveringsvagnen i guld och hällt upp en drink – en stark sådan. Efter några klunkar hade hon vänt sig mot Madeline med vild blick och upplyst henne om att hon minsann hade fått skinn på näsan efter sin vistelse i Chicago.

Hon hade inte tänkt på det tidigare, men det kanske stämde. Hon mindes inte någon gång tidigare i sitt liv som hon vågat utmana sin temperamentsfulla mamma utan att tänka sig för både en och två gånger innan.

"Jag och Colin var ett kärlekspar sedan vi var tonåringar och vi var förlovade", bekräftade hon sedan med blicken fäst på någon punkt bortom den stora terrassen på andra sidan fönstret. "Men saker gick inte som vi hade tänkt och nu är vi fiender för evigt." Hon höll glaset så hårt att knogarna vitnade och Madeline kände hur pulsen ökade. Hon hade sett det här ansiktsuttrycket tidigare – hos Colin när han pratade om Angelina. Bilden av en person som inte hade kommit över sin ungdomskärlek.

"Rota inte i det förflutna, Madeline. Du rör bara upp sådant som bör vara begravt. Jag vill inte prata om det här."

Detta hade lett till att Madeline inte heller tog upp frågan om Discenzafamiljens kriminella bana. Det var uppenbart att hennes mamma ännu inte hade bearbetat sina trauman och Madeline hade andra vägar att gå för att få svar.

När hon hade varit hemma i över tre månader kunde hon inte hålla sig längre – hon var tvungen att ringa till Alessandra för att hon saknade henne, och för att få information om vad som hände i Discenzaresidensen efter att hon lämnat. Det var så mycket hon ville fråga.

Alessandra var förvisso exalterad över att Madeline ringde, men samtidigt arg för att hon inte fått ha kontakt med sin kusin.

"Madeline, vet du hur svårt det har varit för mig att inte höra av mig till dig? Hur kan du begära något sådant av mig? Och vet du hur tomt det är här utan dig? Att leva med de där två dårarna, herregud!" Kusinens sprudlande glädje smittade av sig och fyllde Madelines kropp. Det var precis det här hon behövde – Alessandras sorglösa energi – ett ljus i mörkret.

"Jag är ledsen, men jag ville få en chans att landa i Sverige utan att blint längta tillbaka till Chicago igen."

"Och har det fungerat?" frågade Alessandra mer allvarligt.

"Nej, inte det minsta", erkände Madeline. Hon tittade på sitt röriga rum och insåg att absolut ingenting fungerade just nu.

"Så vad händer?"

"Det beror på var du sitter och vilka som kan höra", svarade Madeline avvaktande.

Alessandra skrattade lättsamt, ett skratt som fick Madeline att vilja boka en biljett raka vägen till Chicago. Hon kramade luren hårt och frågade sig varför livet skulle vara så förbaskat svårt.

"Jag är ute på terrassen. Både Corey och din bror är på okänd ort och jag ska snart i väg på ett litet möte."

"Okej. Jag kan börja med att berätta att jag har hittat en sekelskiftslägenhet på Östermalm, inte för att du vet var det är. Det är en trea som är vidrigt dyr, men som jag såklart har råd med eftersom jag helt plötsligt drunknar i pengar", sa hon retsamt. "Jag ska köpa den av en vän till min pappa. Så om drygt en månad flyttar jag in. Den har eldstad och höga fönster, gammeldags men delvis renoverad. Helt underbar."

"Okej", sa Alessandra avvaktande, "varför har jag en känsla av att det kommer dåliga nyheter nu?"

Madeline kunde inte låta bli att sucka djupt. "Jag vet inte vad jag ska göra med mitt liv, Alessandra. Jag behöver inte jobba, men vill ändock ha en sysselsättning. Vad ska jag göra?"

"Och priset för dagens välfärdsproblem går till Madeline Brazier", retades Alessandra. "Det är inte synd om dig, Madeline. Ut och njut av livet. Kom tillbaka till Chicago i stället för att sitta där och sura. Jag kan hålla dig sysselsatt."

"Om jag kunde skulle jag återvända, men just nu är det verkligen svårt, konflikten med Corey är för färsk. Han deklarerade ganska tydligt att han inte vill ha mig i Chicago – eller i familjen, eller i sitt liv." Hon var tacksam att Alessandra inte såg hennes ögon tåras. Hon saknade sin kusin, hon saknade sin bror, hon saknade sitt gamla liv, hon saknade sitt nya liv och hon var förvirrad.

Hon saknade Corey.

"Varför berättade du aldrig för mig att du fallit för Corey?" frågade Alessandra allvarligt, precis som om hon kunde läsa Madelines tankar.

"För att jag inte ens ville erkänna det för mig själv", svarade hon direkt. "Det är bara du som vet det, Alessandra. Du får inte säga det till min bror, och *absolut* inte till Corey!"

"Jag kan tänka, Madeline", muttrade hon. "Jag förstår bara inte varför du inte vill berätta om dina känslor för Corey. Han kanske skulle reagera på ett överraskande sätt."

"Corey tyckte att jag var ett problem redan när jag kom till Discenzaresidensen, och under min vistelse där så blev han övertygad. Han tycker att allt med mig är skam och fel. Jag är inte uppfostrad på rätt sätt." Hon insåg att hon lät bitter och hoppades att Alessandra hade överseende med henne.

"Det är männen i Discenzafamiljen, älskling. Och Corey är den värsta."

"Har han sagt något?" frågade hon lågt. Se där, hon kunde lika bra ta en spade och gräva ner sig själv.

"Vi får inte prata om dig när han är med. Så med andra ord: ingenting", suckade Alessandra. "Din bror saknar dig, det är jag helt säker på. Han skulle nog sätta dig på ett plan tillbaka igår om han kunde."

"Träffar han fortfarande henne?"

Alessandra tvekade några sekunder innan hon gav ett jakande svar och smärtan spred sig inom Madeline.

Efter att de hade lagt på låg Madeline kvar i sin säng och tittade upp i det vita taket med ögon dimmiga av tårar. Ja, hon hade verkligen nått ett vägskäl i livet.

Madeline fyllde sina dagar med att planera inredning till sin nya lägenhet och umgås med sina vänner, samtidigt som hennes föräldrar levde efter sina invanda rutiner. Hennes pappa hade alltid fullt upp på jobbet och hade tidigt hittat en ersättare för Madeline. Hon försökte att bortse från smärtan som stack i henne när hon tänkte på den person som tagit hennes plats. Hon hade gillat sitt jobb på advokatbyrån; det hände alltid något och hon hade känt sig viktig – till skillnad från nu.

Hennes mamma, som var journalist för nöjessidorna på en stor tidning, var ständigt i farten. Hon kände alla Stockholms viktiga personer och var ständigt bjuden på olika tillställningar när hon inte var på kontoret i innerstan. Hon hade prompt valt att lägga locket på och ville inte prata om familjen Discenza med Madeline. Hon respekterade det då hon insett att hennes mamma plågades av smärtsamma minnen.

Hon gömde i stället sin egen smärta i en box inom sig och valde inledningsvis att se framåt. Det fungerade ett tag.

Tills det inte gjorde det längre.

Då hennes mamma så grymt höll all information om släkten för sig själv hade inte Madeline något annat val än att uppsöka den enda person som faktiskt kunde berätta allt hon ville veta. Hon visste att detta skulle göra Angelina galen men hon hade respekterat sin mors tystnad i tjugoett år – det var slut med det nu.

Kapitel trettiotvå

Martika Brazier, tillika Madelines farmor, bodde i en modern tvårumslägenhet i Vasastan, bredvid Odenplan och med Gustaf Vasa kyrka i bakgrunden. Hon var 73 år gammal och levde ett, i pensionärsmått mätt, aktivt liv med politiskt engagemang och häng på caféer och tillställningar med vänner. Madeline älskade henne obegränsat och var så tacksam att hon faktiskt hade släktingar i sin närhet som hon fått växa upp med – släktingar som hon kände till det mesta om. Ralph, Madelines farfar, var tyvärr bortgången sedan fyra år tillbaka i cancer. Det hade varit en lång, smärtsam sjukdomsperiod för hela familjen – främst för Michael som hade stått sin far mycket nära. Martika, som var en av de starkaste kvinnor Madeline kände, hade snabbt skakat av sig smärtan och gått vidare med ett nytt liv.

Madeline tog tunnelbanan dit vilket var det smidigaste. Med snabba steg sprang hon uppför de två trapporna och plingande på med andan i halsen. Full i skratt mindes hon hur hon och Mason som barn hade tävlat upp för samma trappor för att hinna först till dörren och plinga på. Med tanke på att han hade åtta års försprång så vann han varenda gång.

Martika öppnade med ett brett leende och Madeline kramade henne hårt. Hon luktade alltid så gott: fräscht, lite som vanilj med en hint ros i; hela hennes lägenhet luktade på samma sätt.

"Hej, kära farmor, hur är det?" Hon klev in i den ljusa rymliga hallen och stängde dörren bakom sig. Martika hade fortfarande käklångt hår, men det var nu för tiden *färgat* brunt då det blivit grått med åren. Hennes stora bruna ögon, som Michael ärvt, var klara och intelligenta. Hon studerade sitt barnbarn uppifrån och ner med dessa och tog emot sockerkakan Madeline inhandlat i all hast.

"Inte behöver du ta med dig fikabröd till mig heller, Madeline", sa hon roat och blottade jämna vita tänder i ett leende. Martika hade genom åren hållit efter sitt vackra yttre genom att putsa till här och där, där hon tyckte att det behövdes. Allt var gjort med sådan finess att hon såg ut att ha åldrats naturligt med alla vinster man kunde vinna i genlotteriet.

Farmoderns lägenhet var mer modernt möblerad än Madelines föräldrahem; stilrena möbler tog upp de stora öppna ytorna. Det fanns inte mycket möbler eller saker, bara de nödvändigaste, och knappt några prydnadsföremål över huvud taget.

Madeline slog sig ner i en gräddfärgad tygsoffa och lät fötterna sjunka ner i den blodröda mjuka mattan som var en underbar kontrast mot de gräddfärgade möblerna. Precis som hos hennes föräldrar fanns en hel del konst på väggarna – abstrakta konstverk som kunde bli precis vad betraktaren önskade. Som liten hade hon älskat att studera dessa verk som ändrades framför hennes ögon beroende på årstid och humör.

Hon log mot sin farmor när denna placerade en kopp te framför henne och lade upp, den nu skivade, sockerkakan på ett svart fat. Hon ställde tekannan i silver på en silverbricka för fri påfyllning. Det doftade underbart, indiska kryddor som framkallade miljoner doftminnen hos Madeline, samtliga tillsammans med hennes farmor.

"Madeline, berätta hur du har haft det", sa Martika rakt på sak. "Jag har väntat på att du ska komma och hälsa på. Varför dröjde det?"

Hon tittade leende på sin farmor. Idag hade hon svarta finbyxor och en vit åtsittande kortärmad tröja – hon var alltid fint klädd – alltid redo för oväntat besök.

"Jag var tvungen att landa, farmor. Jag var deprimerad när jag kom hem till Sverige." Hon bet sig i läppen och undrade om hon hade sagt för mycket. Men hon hade alltid kunnat vara ärlig mot sin farmor och visste att hon var tvungen att fortsätta med det för att få de upplysningar hon ville ha.

Martika drack tankfullt sitt te medan hon studerade Madelines ansikte. "Berätta", uppmanade hon.

Så Madeline berättade allt om vad som hänt i Discenzaresidensen medan hennes farmor nickade och drack sitt te. Det var så skönt att äntligen lätta hjärtat för någon. Det enda hon valde att undanhålla sin farmor var att Corey ertappat henne med Chase. I stället sa hon att han kastat ut henne för att han tyckte att hon betedde sig olämpligt med Chase.

När hon berättat klart tittade hon nervöst på sin farmor som knappt gjort en min på hela tiden. Denne hällde sakta upp mer te och rörde om i sin kopp innan hon fäste sina intensiva ögon på sitt barnbarns ansikte.

"Vad vill du från mig, Maddie? Vad vill du veta?"

"Jag vet hur det kom sig att Colin växte upp i Discenzaresidensen och att Teresia blev skjuten av sin exman. Jag vet allt om James och hans resande jorden runt och att han dog i något afrikanskt land under oklara omständigheter." Hon tystnade några sekunder när hon såg Martikas plågade ansikte. "Förlåt, farmor, det var okänsligt av mig. Jag vet att James stod dig nära. Det är så lätt att glömma ibland att han och mormor var så mycket närmare dig än mig – att du faktiskt kände dem."

Martika nickade eftertänksamt och gjorde en gest åt henne att fortsätta.

"Det jag vill veta är när min mamma blev tillsammans med Colin och hur det kan komma sig att hon valde min pappa framför honom."

"Du vet att din mamma inte vill att någon pratar om detta?"

Madeline tittade ner på sina händer – hon skämdes för att hon gick bakom ryggen på sin mor, men hon hade tänkt över det här noga. "Jag vet. Men jag är vuxen nu och hela mitt liv påverkas av det här. Det är inte rätt. Det är så mycket hat och känslor kring det här ämnet, och jag vill förstå varför."

Martika nickade förstående och lutade sig tillbaka med en liten suck i den gräddfärgade fåtöljen med teet mellan sina händer, som om hon plötsligt frös och ville värma dem. "Jag kommer att berätta för dig, Madeline, för det är allas historia, inte bara din mammas. Det har påverkat så många flera personer – nu dig – och det är inte rätt."

"Tack", sa Madeline lågt.

"Det är faktiskt en ganska romantisk historia", log hon, "och jag hade förmånen att se den med egna ögon. Angelina och Colin växte upp tillsammans i Discenzaresidensen. Petra och Marc var Colins juridiska vårdnadshavare. De var de sötaste barnen och satt ihop under uppväxten; de gjorde allt tillsammans. Angelina följde Colin som en skugga, han var hennes stora förebild – allt han gjorde skulle hon också göra. Han var tidigt väldigt beskyddande över Angelina och han bevakade henne ständigt så att hon inte skulle råka illa ut. När de blev äldre var han praktiskt taget den enda man som fick vara själv med henne. Du vet redan att Marc var väldigt sträng och beskyddande gällande sina döttrar, och pojkvänner förekom inte. Angelina var dessutom hans ögonsten och hon såg upp till sin far som om han vore en gud. Marc litade på Colin och därför lät han Colin följa Angelina vart än hon gick. Det slutade som vi alla visste att det skulle sluta: de blev vansinnigt förälskade i varandra. När det kom till Marcs vetskap blev han först ursinnig och ansåg att Colin gått bakom hans rygg. Han hade väl någon snedvriden tanke om att hans dotter skulle förbli orörd och att ingen man var god nog åt henne. Petra gjorde sitt bästa för att medla och tala vett med sin man – hon var nog den enda som kunde det – och till slut insåg Marc fördelarna med att Colin och Angelina blev ett par. Det fanns ingen man som kunde ta hand om hans dotter bättre än en man han själv hade uppfostrat, och på det viset skulle även förmögenheten stanna inom familjen.

Angelina och Colin fick Marcs välsignelse och förlovade sig. Bröllopet planerades och alla var lyckliga. Men sen hände något med Angelina, jag vet inte vad, men hon blev väldigt deprimerad. Så vitt jag vet berättade hon inte för någon vad det berodde på. Dock kunde alla se på henne att något inte stämde.

Då det bara var en månad kvar till bröllopet släppte hon bomben; hon hade träffat en annan man och var så förälskad i honom – din far. Hon berättade att hon inte kunde gifta sig med Colin och bröt förlovningen."

Madeline hörde sig själv dra efter andan och lade handen över munnen. "Men hur hann hon träffa någon annan? Det är helt sjukt."

Martika nickade menande. "Jag vet. Det är ingen förutom din mor och far som vet vad som hände och de har aldrig berättat för mig. Det var en lika stor överraskning för mig som för alla andra. Hur din mamma vågade berätta det här för Marc och Colin är en gåta för mig. Men det bevisar väl bara hur förälskad hon var i din pappa. När man är kär gör man konstiga saker, och vem vid sina sinnes fulla bruk skulle våga röra upp alla dessa känslor? Stackars Petra hamnade mitt i allt tumult och försökte vara på allas sida. Jag vågade inte ens visa mig med tanke på att det var min son som var boven i dramat. Men efter en tids allvarligt bråk, där Marc insåg att hon var gravid och att han inte kunde tala vett med sin dotter, lugnade det ner sig ett tag. Marc vägrade träffa henne, men efter att din bror föddes, och sedan du, begärde han att ha en relation till er i utbyte mot att lämna din mor och far ifred. Marc förbjöd Colin att skada Michael och Angelina träffade inte någon av sina föräldrar igen efter den dagen. Colin åkte i väg trots att han ville hämnas på Michael. Sedan kom den fruktansvärda dagen då de allihop träffades i Discenzaresidensen. I vanliga fall gick Angelina in i huset och lämnade dig och Michael till någon i tjänstefolket – likadant när hon hämtade er. Men den här dagen var Colin där. Resten vet du."

Madeline nickade tankfullt – det här var omtumlande. Nu förstod hon äntligen allvaret bakom konflikten som hon vuxit upp i skuggan av.

"Jag önskade under lång tid att de inte hade blivit ett par, på grund av all smärta som följde – men sen kom din bror och du, och hur skulle jag då vilja förändra något?" sa Martika bitterljuvt. "Jag önskar att det funnits en bättre lösning på problemet än att lämna Chicago, men om de inte hade gjort det hade Michael kunnat bli allvarligt skadad. Colin blev vansinnig när han fick syn på din mamma – han kunde inte tänka klart. Det var som om hon precis lämnat honom, som om sveket var färskt. Han kastade sönder saker och hotade både henne och Michael till livet. Det krävdes flera personer för att ta honom därifrån. Han hade sannolikt inte skadat din mamma, men hotet mot Michael var reellt."

"Träffade inte mamma mormor något mer heller?"

Martika skakade sakta på huvudet. "Hon fick inte för Marc. Enligt honom hade de inte längre två döttrar."

Det smärtade i Madelines bröst och hon tittade allvarligt på sin farmor. "Jag känner verkligen med min mamma som förlorade båda sina föräldrar över en dag. Jag undrar vad som fick henne att helt plötsligt lämna Colin för pappa? Hur kan en så djup förälskelse så hastigt ersättas av en annan?"

"Det undrar vi alla." Hon reste sig upp och gick fram till bokhyllan där hon öppnade en låda och tog upp ett fotografi. Hon gick sedan fram till Madeline och lade den inramade bilden i hennes händer. Det silverfärgade stålet var kallt mot hennes fingrar och hon tittade förvånat ner på bilden. Det var Petra och Martika som mycket unga – fångade på bild i bikinis med varsin drink i händerna och skrattandes åt något okänt. De var uppenbart lyckliga och Madeline log varmt mot sin farmor. "Du och Petra?" sa hon fastän hon inte behövde få det konfirmerat.

Martika nickade och sträckte ut handen efter bilden. Madeline gav henne den och hon studerade fotografiet en stund under tystnad. "Vet du varför jag har ramat in den här bilden?" Hon fortsatte utan att vänta på svar. "För att det här var de sista dagarna vi hade tillsammans innan Marc Discenza kom in i Petras liv. De sista dagarna som vi var fria och riktigt lyckliga." Hon tittade allvarligt på Madeline. "Angående dina känslor för Corey Discenza, Madeline, så är det vissa saker jag vill att du ska vara medveten om."

"Är det därför du visar mig den där bilden?" frågade Madeline roat. "Är det någon symbolik bakom den?"

Martika tittade på henne med smått irriterad blick. "Det här är allvarliga saker, Madeline."

"Förlåt."

"Du kände inte din mormor men det gjorde jag. Jag växte upp med henne och vi var de allra bästa vänner. Jag satt på första parkett när hon förvandlades från den vildaste och mest levnadsglada person jag känt, till en kuvad kvinna som hölls inlåst i Discenzaresidensen av en man som var besatt av henne." Hon tittade ner på bilden igen och skakade på huvudet. "Min Petra", suckade hon och lade ner bilden på bordet framför sig.

Nu lyssnade Madeline ivrigt då hon insåg att hon skulle få höra ännu fler saker hon aldrig tidigare hade fått veta.

"Jag vill inte driva in en kil mellan dig och din familj i Chicago, Madeline, så jag kommer inte berätta hela historien för dig. Men jag vill att du för din skull ska veta vad Discenzamännen innebär."

"Berätta. Jag har redan hört en del, men jag vill verkligen höra från dig som har varit med hela tiden. Var min morfar en hemsk man?"

"Han var en fantastisk man om man gjorde som han sa och var på hans sida. Om inte, då var han ens värsta mardröm. Männen i familjen Discenza lever efter sina egna regler och sedvänjor – lagar berör dem inte. De har pengar och makt och är beredda att gå över lik för att få sin vilja igenom. Sådana personer lyder man."

Madeline försökte att lugna sin rusande puls; allt Chase hade berättat för henne stämde.

"Petra drömde alltid om att träffa en stark man som hon inte kunde leka med efter eget behag. Nu träffade hon förvisso inte Marc på sedvanligt vis, men det är en annan historia. Hon fick i alla fall vad hon bad om och väldigt mycket därtill. Han dyrkade marken Petra gick på, han älskade henne på det mest intensiva vis jag sett en man älska en kvinna, och hon lärde sig att älska honom. Som hon älskade honom till slut; till den nivå att hon inte klarade sig utan honom. Han blev hennes allt." Hon kastade ytterligare en blick ner på fotografiet av den fantastiskt vackra Petra.

"Discenzamännen har visat sig vara extra hänsynslösa när de är förälskade."

"Det är något du vill berätta för mig", insåg Madeline. "Snälla säg."

Martika lutade sig bakåt med en suck och tittade på sitt barnbarn medan en konflikt utspelade sig inom henne. "Jag vet verkligen inte om jag borde. Jag har aldrig berättat för någon och det är egentligen inte min sak att berätta."

Kapitel trettiotre

"Vems sak är det då?"

"Petras. Men jag antar att det skulle kunna vara min nu eftersom hon inte är i livet längre. Hon kanske till och med hade velat att du skulle känna till det med tanke på vad för väg du vill vandra."

"Snälla", bad Madeline med de snällaste ögon hon kunde uppbringa.

"Då behöver vi mer te", sa Martika och reste sig upp. "Jag behöver andas." Hon tog brickan och gick in i det angränsande moderna köket. Madeline hörde hur hon rumsterade om där inne och nervositeten pumpade i henne. Tjugoett år, och hon hade på någon timme fått höra mer från sin farmor än hon hört från alla andra tillsammans under hela hennes liv.

När Martika väl kom tillbaka hade hon dock inte något te med sig, i stället bar hon en bricka med två vinglas fyllda med vitt vin. Hon log konspiratoriskt mot Madeline när hon ställde ner dem. "Jag kände att vi behöver något starkare."

Madeline skrattade och slog sitt glas ihop med farmoderns. Martika tog en klunk av det friska vinet och ställde ner sitt glas på bordet bredvid fotografiet. "Så", sa hon med en suck, "Petra var tillsammans med en man, Eddie Warlock, innan hon träffade Marc Discenza. Även som gift glömde hon aldrig Eddie. Hon var självfallet förbjuden att ha någon kontakt med honom, men jag och Petra träffade av en händelse honom i Chicago när din mamma och Cassandra var små. Hon blev helt till sig när hon mötte honom, och som den person hon var så träffade hon honom i smyg. Tro mig att jag försökte hindra henne från att fatta ett dåligt beslut, men hon lyssnade såklart inte."

"Lägg av", flämtade Madeline. "Var hon otrogen mot morfar?" Det här var verkligen en överraskningarnas dag.

"Hon sa aldrig något till mig då, jag hade verkligen ingen aning, men Marc hämtade mig plötsligt på jobbet en dag och förhörde mig. Jag fick veta att Petra var försvunnen och han trodde att jag visste var hon var. Jag har aldrig varit så rädd. Det visade sig att någon hade sett Petra och Eddie på en restaurang och det kom fram under en middag i Discenzaresidensen. Petra sprang för livet, och när Marc hämtade mig var hon fortfarande försvunnen."

"Vad hände?" sa Madeline lågt.

"De hittade henne såklart", sa Martika torrt. "De hittade henne och sen var hon försvunnen under flera månader."

Rummet snurrade. Det hela lät som en film eller en bok. "Försvunnen?"

Martika nickade och drack med darrande hand ur sitt glas. Madeline tittade medlidsamt på sin farmor – det var uppenbart att det här påverkat henne starkt.

"Jag visste inte ens först att de *hade* hittat henne, jag trodde att hon hade lyckats ta sig till något annat land eftersom jag inte hörde av henne. Det hade varit hennes plan, att försöka gömma sig någonstans där han inte kunde hitta henne. Jag bad henne att inte berätta något för mig för jag visste att jag var en svag länk. Så alla de där månaderna trodde jag att hon hade lyckats komma undan. Men jag hade fel."

Madeline andades djupt och följde Martikas exempel med vinet. Det var fantastiskt fräscht och kallt mot hennes tunga, kylan färdades ända ner i hennes bröst där den blandades med hennes dunkande hjärta.

"Helt plötsligt var hon tillbaka, säkert åtta månader efter att hon flytt från Discenzaresidensen. Men det var inte längre den Petra jag kände. Jag åkte för att träffa henne och hon var så blek och mager. Eftersom vi var i hennes hem med tusen öron, kunde jag inte ställa några frågor, men hon såg hopplöst sjuk ut. Jag var så rädd. Jag vågade inte säga något. Jag bara tittade på henne och försökte visa henne medlidande genom att lägga min hand över hennes eller på hennes arm flera gånger medan vi drack kaffe–" Hon tystnade och tittade ner för att samla sig och tog sedan en servett från bordet och torkade ögonen. Madeline förmådde inte säga något utan väntade på att hon skulle fortsätta.

"Det tog flera, flera veckor innan jag fick veta vad som hänt och jag var den enda som fick det. Jag vet inte varför hon berättade, men jag och Petra var som systrar och jag tror att hon verkligen *behövde* berätta för någon vad som hade hänt. Jag var den enda hon litade på. Vill du veta hur han straffade henne?"

Madeline nickade allvarligt väl medveten om att det egentligen inte var en fråga.

"Jag vill bara betona att jag inte vet om Petra gjorde något med Eddie eller inte, men jag är ganska säker på det; Marc lyckades inte bevisa att hon varit otrogen mot honom. Så, det han straffade henne för var *enbart* för att hon träffat ett ex över en middag, bakom hans rygg – ett ex som hon var absolut förbjuden att ha kontakt med. Marc tog henne från hennes små barn och skickade henne till ett nunnekloster i Italien. Där blev hon inlåst, nedbruten, bespottad, tvingad att utöva späkning för att få syndernas förlåtelse och straffad på otaliga vis dagligen i flera månader. För en middag, Madeline. Och Eddie Warlock hördes aldrig av igen."

Madeline höll händerna över munnen och skakade på huvudet. "Jag kan inte tro detta", viskade hon. "Det är så sjukt. Det går inte att förstå."

"Sådan makt hade Marc Discenza och sådan makt har männen i Discenzafamiljen än idag." Martika tittade på henne allvarligt som för att tvinga henne att förstå vad som sades.

"Men hade inte polisen kunnat hjälpa henne?"

Martika skrattade bittert. "Polisen? Familjen Discenza äger polisen. Dessutom hade Marc barnen. Petra hade aldrig kunnat vinna en vårdnadstvist mot honom. Så hon fick ett val: antingen fick hon stanna kvar i klostret för alltid – det var inte som om Marc skulle låta henne gå – eller så fick hon komma tillbaka till Discenzaresidensen i enlighet med hans villkor. Hon valde såklart det senare, väl medveten om att han skulle skicka tillbaka henne till klostret direkt om hon trotsade honom igen. Så föddes den mest lojala kvinna du kan tänka dig. Borta var den trotsiga hetlevrade Petra Dahlén – precis som Marc önskat."

"Det här är fruktansvärt." Madeline bara skakade på huvudet. "Känner mamma till det här?"

"Nej. Och så ska det förbli. Hon har tillräckligt med svåra minnen ändå."

"Men när morfar dog, varför tog inte mormor chansen att flytta från Discenzaresidensen då och leva ett nytt liv? Hon var inte ens så gammal. Ni kunde ha bott nära varandra och haft roligt tillsammans igen."

"Nej. När Marc dog var Petra en helt annan människa. Han hade alla de här åren att forma henne till exakt den han ville och till slut älskade hon honom och var helt beroende av honom. Hon hade nära på en helig status inom familjen, full respekt från samtliga familjemedlemmar och anställda. Man ska inte missta sig, Petra var förvisso underlägsen Marc, men de övriga kom att vara underlägsna henne. Jag tror att hon var mer än nöjd med sitt liv trots all smärta som varit. Men när Marc dog förlorade hon fotfästet helt, hennes liv förlorade all mening – hon blev ett tomt skal. Det är så nära 'Stockholm syndrom' man kan komma. Din mormor tog sitt liv med en överdos tabletter för att hennes hjärta var krossat. Hon visste inte hur hon skulle klara av att leva utan den man som hållit henne fången." Martika skrattade bittert innan hon fortsatte. "Släkten Discenza ser henne såklart som förebilden för hur en kvinna ska vara. De vördar minnet av henne. Men de kände inte den riktiga Petra. De kände inte *min* Petra."

"Det här är den mest tragiska historia jag har hört på lång tid", sa Madeline andlöst. "Sen på det hela har vi min mamma och Colin. Jag kan inte fatta det."

"Förstår du nu, Maddie, att jag inte önskar det livet för mitt barnbarn? Du ska vara glad över att din kärlek till Corey inte är besvarad. Jag vill inte se dig gå samma öde till mötes som din mormor. Försök inte att vinna hans intresse."

"Men hur vet du att han skulle vara kapabel till samma grymheter som morfar?"

"Älskade vän, annars hade han inte fått ta över familjeföretaget."

Hon hade äntligen fått nyckeln till sin lägenhet och skulle möta upp alla arbetare hon anställt för att instruera dem om vad som skulle göras; det var både kök och badrum som skulle renoveras och Madeline ville vara säker på att allt blev rätt.

När hon vandrade runt i lägenheten med Marie och Amanda tänkte hon roat på hur lätt allt blev när man hade högar av pengar. Hon kände sig som värsta lyxiga personen som bara kunde peka på vad hon ville ha och sen få det.

Marie tittade upp i det höga taket och lät därefter blickarna glida över de enorma fönsterna. "W-o-w", sa hon långsamt. "Det här är makalöst, Madeline."

"Vem hade kunnat ana att du skulle ha råd att köpa en sådan här lägenhet", sa Amanda drömmande. "Och varför har inte jag en rik släkting som kan testamentera en förmögenhet till mig?" tillade hon med trumpen min.

Madeline log brett och kramade Amandas ena axel utan att säga något. Hon vandrade över den glänsande parketten i det största rummet – och det var verkligen stort. I ett hörn fanns en vacker äldre vit kamin med gyllene dörrar; hon kunde se framför sig hur hon inredde vardagsrummet så hon under hösten och vintern kunde sitta framför en skön brasa och läsa – eller ha vänner över på middag.

"Jag måste fortfarande vänta några veckor innan jag kan flytta in, de måste riva ut både kök och badrum och bygga nytt. Men det kommer bli helt perfekt när det är klart", sa hon ivrigt.

"Ja, jag kan förstå att du vill byta kök", sa Marie menande när hon tittade in i det rymliga köket. "Allt ser så 90-tal ut. Och de här vitvarorna måste vara över femton år gamla."

"Ja, antagligen, och sedan vill jag ha mörkgrått i köket", log hon. Hon lät fingertopparna glida över den vita arbetsbänken. "Och jag vill absolut *inte* ha de här skivorna, det ska bli mörk granit i stället. Kommer bli hur fint som helst. Men vet ni vad det bästa är?" Både Marie och Amanda skakade på huvudet. "Att jag inte ska göra något själv över huvud taget." Hon skrattade lyckligt. "De får ringa när de är klara, för de vet exakt vad de ska göra för något."

Som om de lyssnat på vad som precis sagts ringde det på dörren och utanför stod fem män i arbetskläder, redo att sätta i gång med rivningen.

Efter en del om och men lyckades Madeline få med sig Marie och Amanda ut från lägenheten, mycket motvilliga.

"Med alla de där snygga männen i ditt blivande hem kan jag för mitt liv inte förstå hur du kan vilja lämna lägenheten", klagade Amanda missnöjt.

De åt lunch mitt i staden, samtliga med fräscht rosiga kinder efter att ha vandrat i kylan från Madelines lägenhet.

"Jag har lagt mitt kärleksliv på hyllan ett tag", sa Madeline. "Det verkar ändå inte gå så bra för mig." Hon grimaserade missnöjt och stoppade en bit kyckling i munnen.

"För du suktar fortfarande efter Corey", sa Marie med i hoprynkade ögonbryn.

"Suktar?" Madeline skrattade hjärtligt. "Att du ens använde det ordet. Och, ja, jag har svårt att glömma honom. Men om det dyker upp någon som kan konkurrera med honom är jag villig att omvärdera", flinade hon.

"Om du gick ut lite mer med oss på helgerna skulle du kanske träffa på en trevlig kille", sa Amanda mörkt. "Som det är nu sitter du ju bara hemma och trycker medan allt spännande händer någon annanstans."

Marie kastade en förebrående blick på Amanda. "Men om det gör Madeline lycklig så är det bara positivt. Jag kan inte påstå att vi själva snubblar över så många heta män när vi är ute – fulla och sliskiga män däremot..."

Amanda skrattade. "Det har du alldeles rätt i, Marie. Men jag slutar aldrig att hoppas."

"Ni är så fantastiska båda två så jag skulle bli förvånad om inte den rätte dyker upp för er snart", log Madeline.

"Och det ska du säga", utbrast Marie. "Har du inte gått förbi en spegel på sista tiden? Du har väl antagligen ett dussin *mr right guy* som står och väntar på dig. Problemet är bara att du inte tittar efter dem."

"Hur intressant det här ämnet än är, mina kära vänner, så måste jag hem igen. Jag har några saker att stå i", log

Madeline ursäktande. "Men jag lovar att jag ska gå ut med er väldigt snart."

Det var blåsigt och kallt ute. Madeline svepte sin svarta kappa runt den slanka kroppen och tittade ner i den våta asfalten för att inte få vinden i ögonen. Vägen till deras villa från stationen i Djursholm var inte alltför lång – det tog oftast bara sju minuter att gå – men idag kändes de här minuterna som tjugo; motvinden var obarmhärtig och väl framme vid dörren till den varma villan stod Madelines hår i alla möjliga riktningar. Varför hon inte tog taxi nu när hon var rik förstod hon inte själv. Vanans makt var tydligen större.

Kapitel trettiofyra

Kvällen började trevligt och slutade med en diskussion mellan Madeline och hennes mamma. Först åt de en trevlig middag alla tre och satt och pratade och skrattade om vartannat; de pratade gamla minnen och semestrar och Masons och Madelines barndom. Efter middagen avvek Michael för den månatliga pokerkvällen med herrgänget, och Madeline och Angelina gick ner i källaren till det lyxigt inredda biorummet för att titta på en film.

Efter att ha tittat på halva filmen, en romantisk komedi, var Madeline på humör för att prata allvar. Hon tog upp ämnet 'Colin och Angelina' på ett mycket direkt och inte inlindat sätt.

"Mamma, berätta varför du lämnade Colin och hur du träffade pappa i stället."

Angelina lutade huvudet bakåt med ett stön. Hon ställde ner plastskålen med chips på det svarta bordet bredvid sin röda biofåtölj. "Kan du lägga ner med dina snokande frågor, Madeline? Nu tittar vi på film."

Madeline tog demonstrativt den svarta dosan och pausade filmen, sen lade hon ner dosan med en plastig smäll på bordet bredvid sig så det ekade i det stora rummet.

"Jag vill veta. Det är något skumt med det här och ni undanhåller saker för mig."

"Jag undanhåller saker för dig för att du inte har något med detta att göra."

"En kärlek som är överspelad borde inte vara så svår att prata om, mamma."

Angelina tittade förskräckt på Madeline. "Gå inte in på minerat område, Madeline", sa hon kort.

"Varför lämnade du Colin?" envisades Madeline. "Säg."

Angelina studerade sin dotter med de gnistrande ögon som vanligtvis fick Madeline att rygga tillbaka och vara tyst – men denna gång fick hennes mor samma blick tillbaka.

"För att jag träffade din pappa och blev förälskad", svarade hon kort och visade på det sättet att samtalet var över.

"Varför är du på det här viset? Du berättar inte hela sanningen, mamma. Precis som du har undanhållit, under hela min uppväxt, att du faktiskt var *förlovad* med Colin. I alla dessa år har du utmålat honom som den stora boven, när man någonstans kan förstå varför han handlade som han gjorde." Hennes röst var hård och hon tittade på sin mamma med kalla ögon. "Du är skyldig mig en förklaring, mamma. Jag har vuxit upp i skuggan av den här konflikten. Jag förtjänar åtminstone att få veta sanningen från min egen mamma i stället för att höra den från andra personer när jag är helt oförberedd."

Angelina tittade med hoprynkade ögonbryn på sin dotter. "Varför detta plötsliga intresse, Madeline?"

"För nu har jag träffat den andra parten i den här fejden, och även om jag tycker att Colin är en av de mest skrämmande män jag någonsin har träffat så tycker jag även synd om honom. Han måste verkligen ha älskat dig mycket eftersom han inte kan släppa det här. Jag vill veta vad som gjorde alla så upprörda för så många år sedan."

Angelina andades in djupt och verkade fundera över sina alternativ. Hon drog åt den tjocka manen av hår som hon hade uppsatt i en tofs; tillsammans med en vit mysdress som smet åt runt en vältränad kropp kunde man tro att hon var dryga fyrtio i stället för femtioett.

"Om Colin hade älskat mig så mycket hade han inte varit otrogen mot mig", sa hon sammanbitet. Hennes violetta ögon blev plötsligt glansiga och hon tittade ner på sina händer några sekunder.

Det stack till i Madelines bröst och hon tittade överraskat på sin mamma. "Otrogen?" Det här var det sista hon hade förväntat sig att höra, och det var alltför uppenbart att ämnet var känsligt för hennes mor.

"Ja", bekräftade Angelina lågt. "Jag var så lycklig med Colin och jag älskade honom obegränsat. Han var min bästa vän och han var min älskare. Vi växte upp tillsammans och jag kände honom utan och innan. Det var otänkbart för mig att spendera mitt liv med en annan man. Jag hade kunnat dö för honom." Hon tystnade och fastnade med blicken någonstans i fjärran. Madeline var knäpptyst, rädd att störa när hennes mamma för första gången någonsin talade öppet om Colin.

"Vi var förlovade vid tiden för den här händelsen och jag var ute i Chicago och shoppade med Cassandra. Det var kallt ute och vi gick in på en restaurang för att äta middag. Cassandra gick direkt till toaletten och jag skulle leta efter ett bord. Då såg jag dem." Hon torkade med en snabb rörelse de oväntade tårarna som letade sig nerför hennes kinder och Madelines hjärta värkte av medlidande. Hon visste inte om hon borde krama om sin mamma eller åtminstone lägga en hand på hennes axel för att visa att hon brydde sig, men hennes händer förblev orörliga i hennes knä. Hon hade väntat en livstid på att få höra detta.

"Colin satt med en kvinna i restaurangen. Det var uppenbart att de hade ätit middag och de drack vin. Jag hade aldrig sett den kvinnan tidigare, men jag såg att deras händer var sammanflätade och de lutade sig mot varandra när de pratade. Det räckte för mig. Jag dog där på plats, Madeline. Jag kunde inte skrika, jag kunde inte gå fram till dem och jag kunde inte gråta. Det var som att mitt hjärta förvandlades till sten. När Cassandra kom tillbaka sa jag att jag ångrat mig och ville äta hemma i stället. Jag berättade inte för *någon*, för jag varken kunde, eller ville, erkänna det jag sett ens för mig själv." Hon fäste sina glansiga ögon på Madeline och skakade på huvudet. "Jag trodde att Colin dyrkade mig lika mycket som jag dyrkade honom. Jag förstod inte vad jag hade gjort för fel. Jag förstår det fortfarande inte. Varför ville han förlova sig med mig om han ändå tänkte ha andra?"

"Men varför berättade du inte för någon? Varför konfronterade du inte Colin? Varför sa du inget till din pappa? – eller till din mamma? Nu blev ju *du* den stora boven, mamma. Det är inte rättvist", sa Madeline upprört.

"Svaret är enkelt, Madeline – om jag hade berättat för min pappa om Colins otrohet så hade han slagit sönder honom. Jag ville inte vara skyldig till hans lidande. Min pappa älskade Colin som om han vore hans egen son, men jag var centrum i min pappas liv. Det hade förgjort honom att skada Colin, men han hade inte kunnat låta saken passera."

Madeline bara skakade på huvudet. Hon var så chockad över det hennes mamma berättade, hon hade aldrig trott att det här var anledningen till att Angelina gjort som hon gjort. Det kylde hennes kropp ända ner till benen när hon insåg att familjen Discenza var precis så skoningslös som berättats för henne. Hennes mamma hade hellre valt att bli boven, och därmed förskjuten från sin familj och sina älskade föräldrar, än att låta Colin gå ett grymt öde till mötes. Den här informationen gjorde henne så ledsen och arg på samma gång över den orättvisa som drabbat hennes mamma och den sorg hon måste ha burit på i alla dessa år. Så mycket tragik. Hon tänkte även på Petra och det hennes farmor berättat för henne; hur hennes ungdom och frihet hade tagits ifrån henne.

Männen i familjen Discenza var verkligen skoningslösa.

"Jag gjorde mitt bästa för att bete mig som vanligt men låtsades samtidigt vara upptagen med olika saker så att jag inte kunde träffa Colin så mycket. Han anade såklart att något var fel men jag gav honom miljoner olika ursäkter till mitt beteende. Det här höll bara i några dagar – och då när jag var som mest ledsen träffade jag din pappa. Jag var med din mormor och hälsade på hos Martika och Ralph. Jag hade inte träffat Michael på evigheter och han råkade vara hemma för att hälsa på. Vi satte oss ner och pratade och han var den första som verkligen lade märke till hur dåligt jag mådde. Han *såg* mig.

Om man har vuxit upp med Discenzamännen, som jag har, är man inte van vid den mjuka sorten av män som sätter sig ner och verkligen lyssnar – men det gjorde Michael och jag älskade hans sällskap. Han hade blivit så mycket äldre än sist jag såg honom och så tilldragande och manlig. Han tog mig med överraskning. Vi pratade hela kvällen och sen bestämde vi oss för att träffas igen." Angelina skakade på huvudet med ett litet leende. "Det var helt galet egentligen med tanke på att jag fortfarande officiellt var förlovad med Colin. Men i mitt huvud var vår förlovning redan bruten, så jag tyckte inte att jag gjorde något fel. Det var början, och sedan gick det inte att stoppa; min kärlek till Michael växte och det svek som Colin hade utsatt mig för låg hela tiden och pyrde i bakgrunden. Sen blev jag med barn och var tvungen att officiellt lämna Colin."

"Mamma… " flämtade Madeline plågat, "det här är så… Av alla scenarion hade jag aldrig kunnat gissa det här. Men hur vet du att det var pappas barn?" Den tanken skrämde livet ur henne – risken att hennes bror var Colins barn, och både hennes och Coreys halvbror.

"Jag och Colin fick inte dela sovrum innan vi var gifta och vi lyckades bara ha sexuellt umgänge typ en och en halv gång under hela vårt förhållande. Det var inte så svårt för mig att hålla mig undan intimiteter med honom efter att jag ertappat honom på restaurangen."

Madeline drog en lättnadens suck.

"Så vad hände sen?"

"Innan jag ens hunnit ta mod till mig för att berätta för mina föräldrar om mig och Michael så konfronterade min pappa mig. Han hade såklart redan fått veta vad jag sysslade med och i stället för att, som planerat, berätta över telefon – på skapligt säkert avstånd – så blev jag konfronterad direkt." Hon tog ett djupt andetag och gömde ansiktet i sina händer. "Han har aldrig varit så arg på mig som han var då. Det var första gången jag var riktigt rädd för honom. Jag kommer aldrig glömma hans ögon, en blandning mellan vansinne och besvikelse. Jag sårade honom så djupt att han aldrig återhämtade sig. Det var första gången någonsin som han slog mig." Hon lade handen mot sin kind som om hon fortfarande kunde känna örfilen mot sin hud. "Han sa att han skulle döda din pappa. Det var min graviditet som räddade oss båda. Och mamma grät så mycket. Hon var den enda som kunde lugna min far. Vilken hjälte hon var. Jag saknar henne så mycket."

"Åh, mamma", suckade Madeline sorgset och lade handen på hennes arm. "Jag önskar att de hade fått veta sanningen, för allas vår skull, men mest din. Du förlorade dina föräldrar och din syster, du blev hatad av släkten utan att vara den skyldiga."

"Men du förstår inte, Madeline. När jag väl var där i den situationen så *var* jag skyldig. Jag hade varit otrogen, för jag var fortfarande förlovad, och jag väntade en annan mans barn. Hur kan man bli mer skyldig än så? Man kan inte släta över en dålig handling genom att utföra en själv", konstaterade hon sakta.

Madeline sov oroligt den natten; hon sprang i en labyrint med väggar av tät vegetation, gångarna blev trängre och trängre ju längre hon sprang; kvistar rev sönder hennes armar och rev henne i ansiktet, de snodde in sig i hennes hår så stora tussar lossnade. Varenda gång hon kom till en öppning stängdes den och hon var tvungen att byta riktning.

När hon vaknade av sin ringande mobil var sängen blöt av svett. Hon tittade förvirrat på klockan och insåg att hon sovit alldeles för lång tid. Hade inte hon stämt träff med Marie och Amanda idag för att se hur det gick med lägenheten? – och hantverkarna. *Helvete!*

Det hade gått tre veckor sedan de påbörjat renoveringen – en vecka till så kunde hon börja flytta in sina möbler. Det såg hon fram emot. Hon tittade sömndrucket på displayen och insåg att det var Mason som ringde.

"Broder, vad trevligt att höra din röst!" utropade hon glatt. "Hur är det?"

"Det är bara bra, Maddie. Lite tomt utan dig i Discenzaresidensen dock."

"Jag saknar er", erkände hon med en suck. "Mest dig såklart."

"Vad bra. För jag har drabbats av hemlängtan, så jag kommer till Stockholm imorgon."

"Lägg av!" Hon jublade av glädje och Mason skrattade. "Jag blir så glad, Mason! Det var så länge sedan du var här! Hur lång tid kommer du att stanna?"

"Bara några dagar, sedan kallar plikten igen."

"Några dagar är bättre än inga dagar alls. Mamma och pappa kommer bli så glada."

Väl i lägenheten delade Madeline den glada nyheten med Marie och Amanda. Renoveringen hamnade i skymundan för några minuter och hennes vänner var inte nöjda förrän Madeline lovat dem en utekväll med hennes bror.

Hon dröjde kvar i lägenheten för att styra upp så mycket som möjligt då hon ville ha förmånen att vara ledig tillsammans med sin bror vid hans ankomst. I ett moln av kemikalier gav hon målarna några ytterligare direktiv innan hon begav sig ut på en sen lunch tillsammans med Marie och Amanda.

Innan hon åkte hem hann hon shoppa lite och sedan hälsa på sin farmor för en snabb kaffe.

"Mamma, exakt hur glad är du just nu?" flinade Madeline.

"Obeskrivligt", svarade Angelina med ett brett leende.

De stod uppe i Masons sovrum och bäddade hans säng. Hans rum var minimalistiskt inrett med svarta stilrena möbler och väldigt få prylar – Madeline hade alltid gillat det. Det såg fortfarande ut som att Mason bodde i rummet, precis som Angelina ville – hennes barn skulle alltid känna sig som hemma i huset vare sig de bodde där på heltid eller ej.

"Jag önskar bara att han kunde stanna längre. Men jag antar att plikten kallar – Discenzafamiljens plikt, och den, min kära vän, tar aldrig slut."

Madeline log i samförstånd och stoppade in en av de två dunkuddarna i ett svart örngott. "Vad sa pappa för något när du berättade det för honom?"

"Inte mycket – som vanligt" log hon. "Men jag vet att han är glad."

"Jag vet också att pappa är glad, men han vill inte lägga någon press på Mason att komma hem i tid och otid", instämde Madeline lugnt.

"Tro mig att jag känner min man", sa Angelina roat och puffade till kudden innan hon nickade nöjt.

"Jag och pappa tänkte titta på en film. Är du sugen att göra oss sällskap?"

Hon stannade till på tröskeln och vände sig mot sin mamma med ett leende i ansiktet. "Tack för erbjudandet, mamma, men jag ska stänga in mig på mitt rum och ha en riktigt skön kväll i ensamhet – gudarna vet när jag får tid med det igen de närmsta dagarna."

Den natten hade Madeline svårt att somna, hon låg och tänkte på Colin och Angelina, deras kärlek som hade tagit slut på det mest svekfulla sätt, och alla hemligheter som kantat deras liv sedan dess. Hon ville konfrontera Colin om hans dubbelspel men visste att hon aldrig skulle våga. Hur kunde han under alla dessa år skuldbelägga Angelina så hårt när han själv inte hade rent mjöl i påsen? Det var inte rättvist att hon ensam skulle bära hundhuvudet medan Colin själv gick fri. Alla dessa år hade Colin fått släktens medlidande medan Angelina fått gömma sig som något smutsigt och skamligt som de ville bli av med. Hon var så tacksam över sin pappa som hade funnits där för hennes mamma när hon behövt honom som mest, och trots den risk han tagit. Vilken fantastisk man han var.

Kapitel trettiofem

Solen sken in genom de stora fönsterna och gav ett förvillande intryck av att det var varmt utomhus, men november gick mot sitt slut och den första snön skulle anlända vilken dag som helst.

Madeline svängde benen över sängkanten och körde ner fötterna i de mjuka vita tofflorna, hon svepte den svarta flanellmorgonrocken kring sig och släpade fötterna efter sig på sin färd mot badrummet.

Duschen var välgörande och snabbt avklarad. Hon visste att Masons ankomst skulle innebära många vänner och stads besök varför hon valde full mundering omgående.

Hon målade snabbt sina ögon med en ljust brun ögonskugga och ramade in dem med kajal; håret lät hon hänga fritt efter en hastig föning. I sin stora garderob fann hon sig ett par svarta tjocka strumpbyxor och en kort finstickad beige klänning med svart skärp – ett par klackade skor till det så skulle hon vara redo för vad världen än hade att erbjuda.

"Nej, han vill inte bli hämtad", sa Michael bestämt och tittade på Angelinas förvånade ansikte. "Han sa att han kan ta sig hit själv och han kommer strax efter klockan tolv."

Både Angelina och Michael tittade upp när Madeline gjorde sin entré i köket. Frukosten var redan framdukad.

"Vill inte Mason bli hämtad?" frågade hon och tittade på sin pappa. Han var klädd i ett par svarta finbyxor och en vit skjorta – han såg bra ut som vanligt, så där jag-är-närmare-femtio-och-är-fortfarande-tillräckligt-het-för-att-få-en-yngre-kvinna-snygg. Angelina bar en lila blus, som smet åt perfekt kring hennes kurvor, och ett par svarta jeans. Hon hade till Madelines glädje lämnat det långa mörkbruna håret utsläppt vilket gjorde henne så himla tilldragande.

"Nej, han kommer själv", svarade Michael kort och åt av sin gröt. Madeline hatade gröt och var alltid lika förundrad över att hennes pappa på fullt allvar åt den frivilligt varje morgon. Han hade försökt med Mason och Madeline också men misslyckats fatalt.

"Jaha, men det är väl bara bra? Då kan ni ju slappna av och slippa stressa", log hon.

Angelina muttrade något ohörbart och skickade juicen till Madeline, men Madeline skakade på huvudet och hällde upp te i stället; hon bredde ett par rostade mackor och åt under tystnad. Det kändes i luften att hennes mamma var exalterad inför Masons hemkomst – och med all rätt då han inte hade varit hemma på nästan två år. Hennes pappas glädje var i vanlig ordning mycket behärskad – han var en människa med ytterst få känsloyttringar. En total motsats till alla i familjen Discenza, inklusive hennes mamma och Mason. Madeline var mest lik sin far.

"Snälla, Madeline, låt mig och pappa få ett ögonblick med Mason innan du drar i väg med honom, eller han drar i väg med dig", bad Angelina. "Han är inte bara din vet du", tillade hon med en menande blick på sin dotter.

"Jag vet inte vad du pratar om, mamma", flinade Madeline. "Men jag lovar er lite kvalitetstid tillsammans med reservation för vad Mason själv har för planer."

Frukosten var snart avplockad och klockan slog tolv. Angelina bar väldoftande kaffe in till salongen på en vit bricka. Madeline slog sig ner i den mjuka soffan och höll den guldfärgade kaffekoppen mellan händerna. Salongen var så stor och betydligt dragigare än de övriga rummen i huset. Den hade dock sin charm och hon trivdes ypperligt bland de antika möblerna som var kvar sedan Angelinas morföräldrars tid. Stereoanläggningen var dock utbytt till en mer modern sådan.

Angelina kastade blickar ut genom fönstret hela tiden, som om det över huvud taget vore möjligt att se Masons ankomst därifrån. När det väl knackade på dörren hoppade hon till så kraftigt att hon höll på att tappa sin kaffekopp, sedan förbyttes hennes behärskade ansiktsuttryck mot ett brett leende.

Madeline skrattade lätt åt sin mamma och fortsatte att i lugn och ro dricka sitt kaffe. Hon hade trots allt träffat sin bror mycket nyligt.

Michael försvann ut i hallen för att öppna dörren och Angelina reste sig lyckligt upp ur soffan. När hon såg sin son komma gående i korridoren mot salongen sträckte hon ut armarna. "Mason! Min älskade son", utropade hon. Mason klev in i rummet med ett varmt leende och tog sin mamma i sina armar. Han lyfte henne upp i luften och snurrade henne ett varv. När han släppte ner henne tittade hon förvånat bakom honom. "Vem..?"

"Åh, det här är Corey Discenza." Mason gjorde en svepande gest mot dörren och Madeline satte chockat kaffet i halsen med en kvävning nära förestående. Hon tittade med uppspärrade ögon när Corey klev in i rummet, tätt följd av Michael som bar ett minst sagt sammanbitet ansiktsuttryck, han fortsatte till soffan han precis lämnat och höjde frågande på ögonbrynen när han passerade Madeline.

Det fanns inget blod kvar i Madelines kropp – hennes hjärta slog så hårt att det säkerligen redan fanns ett väl synligt hål i hennes bröst. Han var klädd helt i svart och tog över hela rummet direkt; allvarliga ögon gled över till Madeline och studerade henne några sekunder. Mason tittade roat på systerns chockade ansikte innan han drog upp henne ur soffan och gav henne en hård kram. Hennes ben skakade under henne och hela omgivningen kändes ostadig och suddig.

Corey stannade kvar mitt på golvet med en allvarlig blick fäst på Madeline.

Angelina var helt vit i ansiktet. "Vad gör du här?" frågade hon förskräckt. Man kunde alltid lita på hennes mamma att säga direkt vad hon tänkte.

Coreys blick vandrade sakta från Madeline till Angelina.

"Jag vill se hur Madeline har det nu när hon är tillbaka i Sverige. Helst efter hur vi skildes åt."

"Madeline?" flämtade Angelina. Hon svepte med blicken över sin dotter innan hon åter fäste den på Corey. "Varför bryr du dig om hur hon har det? Och vad menar du hur ni skildes åt?"

Madeline dog. Hennes mamma hade ingen som helst aning om varför hon hade kommit hem på det viset hon hade. Förutom hennes närmsta vänner var det bara hennes farmor och familjen Discenza som visste. "Corey syftar på att jag åkte hem tidigare än det var tänkt", sa Madeline med en oigenkännlig röst.

Mason gav henne en snabb blick och satte armarna i kors.

"Så *det* är den gällande versionen?" frågade Corey roat och tittade på Madeline. "Låt så vara." Han vandrade sakta närmare samlingen och gjorde en gest mot rummets enda fåtölj. "Får jag?" Hans kalla blick var fäst på Michael som nickade tyst.

Madeline svor över honom i tankarna. Var han än befann sig tog han rollen som rummets härskare.

Vad gjorde Corey Discenza i Stockholm? Hade han och Mason affärer att klara av? – var det därför Mason hade kommit? Varför hade han inte berättat för henne att Corey skulle följa med? Hon kunde åtminstone ha fått en chans att förbereda sig psykiskt med tanke på deras senaste möte.

”Så du menar att du är här för att övervaka att Madeline verkligen flyttar och inte fortsätter att bo under vårt tak?” frågade Angelina och fäste sin skarpa blick på Corey.

”Nej, mrs Brazier”, svarade Corey svalt ”jag är säker på att Madeline ordnar alla nödvändigheter själv för att respektera din fars testamente.

Madeline mötte Coreys allvarliga blick och svalde sakta. *Mrs Brazier.* När han uttalade deras efternamn lät det som något skamligt, något som familjen Discenza spottade ur sig.

”Jag har redan köpt en lägenhet som jag håller på att renovera. Jag flyttar in om en dryg vecka.” Hon förmådde inte hålla blicken kvar på Corey utan vände sig i stället mot sin bror. Så många förvirrade tankar snurrade i hennes huvud just nu och hennes mage var full av nervositet. Som hon önskade att Alessandra hade följt med.

Mason satte sig bredvid henne i soffan och tryckte kärleksfullt hennes axel. Han såg så välmående ut, klädd i välsittande mörkblå jeans och en svart tröja. ”Det låter bra, syster. Jag och Corey ska ta en titt på din lägenhet nu när vi är här. Vi kan ordna flytten åt dig så fort lägenheten står klar.”

Jag och Corey. Madeline insåg att de var som en egen enhet utanför familjen, en enhet som enbart tjänade familjen Discenza.

”Ska ni stanna så länge?” frågade hon överraskat, utan att ens vara i närheten av att ta in att Corey befann sig i hennes hem.

”Det verkar så”, sa Mason lugnt och kastade en blick på Corey. Men Coreys blick vilade fortfarande på Madeline och Angelina började se nervös ut. Det var uppenbart att hon kommit av sig helt, hon hade inte ens erbjudit sällskapet något att dricka.

"Du ska alltså stanna lika lång tid som Mason?" frågade hon med illa dold förfäran. Colins son i hennes salong – Madeline kände helt klart medlidande med sin mamma.

"Det är tänkt så, mrs Brazier", svarade han kort. "Om du inte har något emot det?" Det stod helt klart för samlingen att detta inte var någon egentlig fråga, och Angelina gav sin man en snabb blick. Michael nickade.

"Det går bra", svarade hon torrt.

Madeline kastade en snabb blick på sin far, det var som vanligt omöjligt att veta vad han tänkte, och hon gav honom ett litet tröstande leende. Han lugnade henne med ett varmt ögonkast så att allt kändes lite bättre.

Hennes far gick in på säker mark genom att påbörja ett samtal med sin son om hur hans liv i Chicago såg ut. Madeline drack små klunkar av sitt kaffe bara för att ha något att göra men utan att känna någon egentlig smak. Hon kände Coreys blickar på sig men vägrade att möta dem. Hennes kinder hettade och hon andades djupt för att hålla sig lugn. Hon såg i ögonvrån hur hennes mamma tittade från henne till Corey.

Vad var det med alla? – varför låg helt plötsligt fokus på henne?

Hon fortsatte att dricka kaffe med mekaniska rörelser, fastän koppen var tom, och låtsades vara mycket fokuserad på tapeten på andra sidan rummet. Hennes mor var inte dum, efter detta skulle det bli en obarmhärtig utfrågning.

"Mycket intressant att se det hus som din mor växte upp i", sa Corey plötsligt och vände blicken mot Angelina. "Petra Discenza var en kvinna värd att hedra – hon stod troget vid din fars sida i alla år." Undermeningen var uppenbar och Madeline såg att hennes mor gnisslade tänder av ilska. Han lät sedan blicken glida över salongen och dess inredning, för att slutligen stanna vid Madeline igen.

Hon tvingade sig att möta hans blick ordentligt för första gången sedan han kommit och blev alldeles lätt och darrig i hela kroppen. Efter all information hon fått av Chase och sin farmor var det inte bara förälskelse hon kände när hon tittade på honom, utan även fruktan. Han var en mycket farlig man.

"Eftersom jag är övertygad om att ni hyser en önskan att prata med Mason själv efter så lång tid, så tänker jag be Madeline följa mig till det rum jag ska sova i", sa Corey plötsligt.

Lägg av! Paniken spred sig i hennes kropp och hon undrade snabbt om det bara kändes som om hon gapade eller om hon gjorde det på riktigt.

Angelina gav honom en misstänksam blick. "Nej, det är ingen fara alls. Jag kan visa dig till ditt rum."

"Mamma, låt Madeline göra det", inflikade Mason kort och tittade på Madeline. Hans bruna ögon var varma och fick Madeline att känna ett inbillat lugn. Hon vände sedan en hjälplös blick mot sina föräldrar utan att säga något.

"Låt henne gå, jag byter gärna några ord med vår son privat", sa Michael slutgiltigt.

Corey reste sig smidigt upp och tittade på Madeline. "Kommer du?" sa han en aning otåligt.

Hon nickade stelt och reste sig upp. Vad ville han henne? – skulle han fortsätta att läxa upp henne för allt som hänt innan hon lämnat Discenzaresidensen? Var det dags för rond två i 'tukta Madeline'?

"Vilket rum ska Corey sova i?" frågade hon med låg röst.

"Han kan sova i gästrummet här på nedervåningen, bredvid Michaels arbetsrum", svarade Angelina spänt och kastade ytterligare en blick på Corey innan hon åter vände sig mot Mason. Madeline anade att hennes bror skulle få en del frågor när hon och Corey lämnat rummet.

Hennes föräldrars blickar brände i hennes rygg när hon lämnade rummet tätt följd av Corey; hennes ben kändes onaturligt tunga som om hon vandrade i cement.

Corey sade ingenting medan de gick genom korridoren och förbi den stora hallen, men hon var lika medveten om hans närvaro som om han hade rört vid henne.

Innan de nådde köket tog Madeline till vänster in genom en portal. Här fanns ett litet samlingsrum med tre dörrar; en dörr ledde till Michaels arbetsrum, nästa till ett förråd och den sista till ett gästrum. Hon skänkte en tanke av tacksamhet till sin mamma som alltid höll rummet städat och nybäddat. De må sakna tjänstefolk men deras hus var alltid rent.

Rummet var kvavt, så Madeline gick fram till fönstret och öppnade det för att släppa in lite luft. Fönstren var stora och tunga, hon reglade det hon öppnat med plasthaken så att det stannade i en position. Hon vågade inte titta på Corey så hon visade honom rummet med ryggen mot honom som om det vore den mest naturliga sak – men hans blickar skrämde henne och hon var pinsamt medveten om hans manlighet. Hon gjorde en gest mot den breda sängen och möblerna i valnöt; rummet var smakfullt och sparsamt möblerat, tunga lila gardiner skymde delvis utsikten mot baksidan av gården. "Här har du det", sade hon enkelt. Hon vände sig äntligen om för att syna hans reaktion och flämtade förvånat till när hon upptäckte hur nära henne han var – så nära att hon nästan snuddade vid honom när hon snurrade runt.

Hans ögon glödde av något otydbart och Madeline slutade andas. "Corey?" frågade hon kvävt och kände en ogripbar rädsla uppfylla hennes kropp. "Vad gör du?"

"Du är så vacker, Madeline", mumlade han och förde en varm hand till hennes kind. "Jag hade nästan glömt hur vacker du är." Han tog ett steg framåt och Madeline backade instinktivt bakåt.

"Jag var tvungen att komma till Stockholm för att träffa dig." Hans röst var ofattbart len och hon fortsatte att med dunkande hjärta backa bakåt tills hennes rygg mötte den kalla väggen. Vad pratade han om? Och varför var luften så svår att andas?

"Jag… va…?"

Hon drog efter andan när Corey satte en hand på var sida om henne och lutade sitt ansikte ner mot hennes. Hennes bröst höjdes upp och ner alldeles för fort och huvudet snurrade. Hans läppar var så nära hennes och världen vändes med ens upp och ner.

"Vet du hur svårt det har varit för mig sedan du åkte tillbaka till Sverige? Vet du hur svårt det har varit att inte komma hit och hämta dig tillbaka?" Han lät sina mjuka läppar stryka över hennes, först försiktigt, som för att se om hon skulle göra motstånd, och sedan mer enträget, krävande rentav.

Det var en sensation av känslor som exploderade i hennes kropp, de sköt som en obarmhärtig eld genom henne, en eld som förintade varenda stabil del av hennes existens. Varför gjorde han det här? Vad hade ändrats? Och varför gick hon med på det?

Han släppte inte hennes läppar utan intog dem som om de vore mat till en svältfödd. Hans ena hand slöts runt hennes bakhuvud och tryckte hennes läppar hårdare mot hans, hans tunga lekte med hennes känsliga hud och tvingade hennes mun att öppnas. Hon lade armarna kring hans hals när hans tunga utforskade hennes, och han förde sin andra starka hand till hennes svank och formade på det viset hennes kropp mot sin. Den var hård av muskler och armarna som omfamnade henne var skrämmande starka – och hans manliga rena doft... Hennes mellangärde pulserade när hans tunga lekte med hennes i en erotisk dans – en dans som lovade henne långt mer än detta.

Hans läppar lämnade hennes och vandrade fuktiga ner längs den tunna huden på hennes hals, han bet lätt i hennes skinn och Madeline flämtade till av skräckblandad förtjusning.

Någonstans i sitt omtöcknade huvud visste hon att det här var en farlig väg att vandra, att Corey Discenza inte var den hon borde vara med. Han var för farlig och för dominerande för att passa henne.

Hur var det möjligt att hon nyss suttit och ätit frukost i lugnan ro och sedan hamnat i denna surrealistiska situation? För henne, som helt saknade någon erfarenhet värd att nämna av det manliga könet, var detta det största som hänt. Hennes kropp var en stormande oreda och hennes mellangärde levde ett eget liv. Det här var Corey. Hur kunde han göra det här med henne? Hon förstod ingenting. Det var omöjligt att han kände samma för henne som hon kände för honom – helst med tanke på det han sagt när han skickat henne från Discenzaresidensen.

Och efter allt som hon fått lära sig om familjen Discenza borde hon inte känna detsamma för honom längre. Hon ville leva sitt liv utan att bli bränd – utan att vara styrd.

"Det finns inte en risk att jag låter dig försvinna igen", mumlade han och lät läpparna stryka över den lilla gropen bakom hennes öra.

Innan Madeline hann fråga vad Corey egentligen menade hördes en röst från dörröppningen: "Nej..." Yttrandet var en svag flämtning och Corey släppte Madeline som omtumlat såg sin mamma luta sig mot dörröppningen med handen mot hjärtat. "Nej", upprepade hon igen. "Varför?" Hennes fråga var enbart en låg viskning; hon fäste besvikna ögon på Madeline som gjorde allt för att hitta tillbaka till verkligheten igen.

Kapitel trettiosex

Coreys ögon pyrde av något otydbart som fick Angelina att, med huvudet skakande från sida till sida i chock, backa, lämna rummet och springa därifrån.

"Gå till ditt rum", beordrade han kort. "Jag ska prata med dina föräldrar."

Madeline var så förvirrad att hon utan ifrågasättande gjorde som han sade, och väl på rummet satte hon sig i den mjuka ljusa tygsoffan och förde fingertopparna till sina läppar.

Läppar som Corey precis hade kysst.

Hennes hjärta lugnade inte ner sig, det fortsatte sitt våldsamma dunkande i hennes bröst. Kunde man svimma av överraskning?

Innan hon ens var nära på att reda ut sina trassliga tankar knackade Mason på den öppna dörren, han släntrade fram till hennes vita rokokoskrivbord och strök med fingrarna över tangenterna på hennes bärbara dator innan han gled ner på den vita skrivbordsstolen. Masons rum var på samma våning som Madelines, med ett vardagsrum emellan. Han bodde i James gamla sovrum.

"Vad är det som händer?" frågade hon förbryllat och tittade på sin bror.

"Det som händer är att ditt liv är på väg att förändras, kära syster."

Hon fick en klump i halsen. "Hur menar du?"

"Corey har bett om min tillåtelse att få gifta sig med dig, och jag har sagt, ja."

Det var nu hon skulle vakna upp och titta upp i sitt vita tak och upptäcka att allt var en konstig dröm. Det var antagligen till och med morgon den dagen som Mason skulle anlända till Stockholm. Hon tittade runt i sitt rum som för att utröna om det såg ut som vanligt eller om drömmen hade ändrat på något, men allt var sig likt; från det vita soffbordet med massa grejer på till hennes vita säng och bokhyllan som var full med böcker. Hennes svarta byxor, som hon dragit av i all hast kvällen innan, låg fortfarande slängda över sänggaveln och de stora blommorna i hennes fönster behövde fortfarande vattnas.

Det var ingen dröm.

"Vad i hela friden talar du om, Mason? Har ni tappat vettet helt?" Hon stirrade chockat på sin bror. Hon hade den skummaste känslan i kroppen – som om den inte var hennes längre – och huden knottrade sig av obehag.

"Det här är det bästa för dig och för vår familj. Colin kanske fortfarande behöver bli övertygad, men ni är en 'match made in heaven', både personligt och affärsmässigt."

Hon svalde men fann att halsen förblev torr. Hon hade så svårt att få fram något vettigt att säga. Hon synade sin bror som om en utomjording tagit hans plats. Hans ansikte var bestämt och bar inte något spår av att han skämtade.

"Så ni *har* tappat vettet?" skrattade hon obekvämt. "Vem är du och vad har du gjort med min bror?"

"Vill du inbilla mig att du inte är helt såld på Corey?" frågade han med höjda ögonbryn.

"Minns du hur jag lämnade Chicago? – varför jag gjorde det? Corey kastade ut mig."

"Du svarade inte på min fråga. Men jag vet redan svaret. Och Corey kastade ut dig för att han blev vansinnig när han såg dig med en annan man. Jag fattade inte det direkt, men nu är allt solklart."

"Jag är så förvirrad", erkände hon. Nu hade den knottrande känslan tagit sig till hennes ansikte också, hon kände sig nästan svimfärdig. Hon slöt ögonen några sekunder för att lugna sig.

"Du behöver inte vara förvirrad. Du kan inte få någon bättre man än Corey. Och jag menar det, Madeline. Jag skulle aldrig godkänna någon annan."

"Du låter som dem", flämtade hon besviket.

"Vilka?" frågade han med hoprynkade ögonbryn. Han satt bakåtlutad med ena benet vinklat över det andra och hade precis den arroganta framtoning som passade hennes anklagelse.

"Som Discenzamännen."

"Jag *är* en Discenza-man, och nu är jag här för att gifta bort min syster till en man jag ser som min bror och hyser all respekt för."

"Jag är tjugoett år, Mason. Corey är liksom sju år äldre än jag. Jag har precis kommit ut i livet och börjat fundera över vad jag vill göra – helst nu när jag har pengar."

"Nu behöver du inte fundera längre. Du har redan visat vilka smarta drag du gör när du får fundera själv."

Madeline bara gapade. "Mm, visst, ska vi köra den nu? Förminskning fungerar inte på mig. Jag gjorde bara något du gör var och varannan helg."

"Jag har berättat för dig typ tusen gånger att det är skillnad. Och jag skulle aldrig gifta mig med någon av de kvinnorna. De är alldeles för lättfotade för min smak."

Hon gnisslade tänder av ilska men visste att det inte var lönt att fortsätta diskussionen om män och kvinnor med sin bror. De skulle aldrig komma överens.

"Så du menar att Corey och du kom hit för att jag ska gifta mig med Corey? – utan någon fundering på om det är något jag vill?"

Mason tittade roat på henne. "Du har varit kär i Corey sedan dagen du satte din fot i Discenzaresidensen –

Alessandra har konfirmerat mina misstankar. Du kan knappast ha något att invända."

Madeline gjorde en notering att döda Alessandra vid tillfälle och vände en irriterad blick mot sin bror. "Eh, jo? För att vara kär i någon är inte detsamma som att vilja vara med den personen för alltid. Jag blev förtjust i honom, det kan jag erkänna. Men några dejter och spendera, tid med varandra kanske vore på sin plats? Vem gifter sig bara så där?"

Diskuterade hon ens detta? – den mest självklara saken i världen. Hur blev Corey så arrogant att han bara tog för givet att hon ville skänka honom hela sitt liv för att hon var kär i honom?

Mason skrattade kort. "Jag känner mig hedrad över att Corey har lovat att se till att min lillasyster, som jag älskar mer än allt, kommer vara trygg och älskad resten av sitt liv. Du är inte med i någon tonårsfilm, Maddie. Det här är verkligheten, och Corey vill ha dig – ingen annan. Han kan inte dejta dig och leka runt. Det gör man med kvinnor man inte respekterar. Det här är hans sätt att visa att han respekterar dig och inte utnyttjar dig. Ni kommer gifta er med varandra. Saken är slutdiskuterad."

"Vad gör han nu? Vad skulle han prata med mamma och pappa om?" frågade hon när hon insåg att hon inte skulle komma någon vart med logiska resonemang.

"Han informerar dem om att jag har givit honom min välsignelse att gifta sig med dig."

Hon tappade all färg och rummet kändes plötsligt ostadigt. Det här var fruktansvärt. Hennes föräldrar skulle för alltid tro att hon undanhållit detta för dem. Hennes mamma skulle bli galen.

Det här var beviset på att man skulle vara försiktig med vad man önskade sig.

"Men… det kan han ju inte göra", flämtade hon vit i ansiktet. "De kommer dö, Mason. Jag har inte ens *pratat* om Corey med dem. Är ni galna? Och vadå att du gav din välsignelse? – borde han inte ha frågat våra föräldrar om *deras* välsignelse? Vad fan, Mason?"

"Han kan inte be om deras välsignelse, mamma är förskjuten från släkten och har inte någon talan, pappa är mer än förskjuten – han är bannlyst. Jag räknas som din manliga företrädare."

"*Min manliga företrädare*", ekade Madeline oförstående.

"Mason–" Corey dök upp i dörröppningen och gjorde en gest med huvudet att Mason skulle lämna rummet.

Madeline såg hjälplöst hur hennes bror reste sig upp och gick, han tryckte broderligt Coreys axel när han passerade. Corey klev in och stängde dörren bakom sig, han satte sig på hennes säng, av alla jädrans ställen, knappt tre meter från henne, och synade henne noga. Han hade förmågan att ta över hela rummet var han än var och oavsett sällskap.

"Kom till mig, Madeline", sa han lågt och lade handen på det plommonfärgade överkastet.

Hon tittade tveksamt på honom några sekunder innan hon reste sig upp på löjligt svaga ben. Hallå, det var Corey där på hennes säng. *Corey*. Den enda kille som fått henne att gråta ögonen ur sig. Kille? Nej, hon menade *man*. Han var så manlig att hennes mage gjorde volter av nervositet. Och de där händerna. Hon svalde nervöst när hon tittade på dem – att känna dem mot sin kropp.

Luften mellan dem var magnetisk när hon satte sig bredvid honom på sängen, hjärtat bultade och blodet rusade genom hennes kropp.

"Titta på mig."

Hon vände motvilligt blicken mot honom och han vred sig en aning mot henne med de skrämmande ögonen granskande hennes ansikte. Han tog hennes ena hand i sin och hennes hjärta spelade en egen fanfar när deras hud möttes. Hon var så dragen till den här mannen att hennes kropp var långt ifrån att lyda hennes förnuft.

"Mason har berättat för dig?"

Hon nickade utan att säga något. Vad skulle hon ens säga? – *ja?* För det verkade inte som om han behövde något svar – de hade redan bestämt åt henne. Det var en sak att skälla på Mason och säga vad hon tyckte om deras sätt att planera hennes framtid utan henne, men en helt annan att göra detsamma med Corey.

"Hur känner du dig?"

"Förvirrad. Som om jag inte hänger med. Chockad." Hon tittade frågande på honom. "Du skickade mig från Discenzaresidensen. Du sa att du inte älskade mig – inte ens som en i familjen."

"Jag var vansinnig på dig och Chase, Madeline. När jag åkte hem för att se vad som försiggick och hittade er två där–" Han tittade på henne med bottenlöst arga ögon och hon svalde nervöst. "Jag ville döda er båda två. Jag kunde ha slagit ihjäl honom där i rummet. Att du och Alessandra trodde att ni kunde lura mig – ni var som två öppna böcker. Jag visste att ni hade något på gång."

"Så du...? Du vill verkligen...?" Hon kunde inte ta orden i sin mun och Corey lade händerna mot hennes kinder och tvingade henne att titta rakt in i hans ögon – de var allvarliga, som alltid.

"Jag har gjort allt för att försöka glömma dig, men det går inte, Madeline. Jag har fallit totalt. Jag *måste* ha dig. Du måste bli min."

Desperationen i hans röst fick hennes hjärta att dunka hårt – den skrämde henne och gjorde henne upprymd på samma gång.

"Men du och Mason, ni bara–" Innan hon hann avsluta vad hon tänkte säga tog han tag i henne och kastade med en snabb rörelse henne bakåt i sängen. Han grep tag om hennes handleder så att de hamnade på var sida om hennes huvud och lade sin muskulösa kropp över hennes. Hans ansikte var precis över hennes, han följde hennes läppars linjer med sin brännande blick och slickade henne lätt över underläppen, som ett vin han ville provsmaka först innan han drack ordentligt. En stöt gick från hennes mun ända ner till hennes mellangärde och hon vred sig flämtande i hans grepp.

"Försöker du säga att du inte vill ha mig?" sa han med mörk röst. Han väntade inte på något svar utan smakade pockande på hennes läppar igen. Hon särade en aning på dem och slöt sina ögon när han intog hennes mun. Han doftade så gott och hans kropp var så varm och tung mot hennes. Samtidigt som han tvingade hennes mun att öppna sig och släppa in honom gned han sina höfter mot hennes och framkallade på det viset tusentals obarmhärtiga känslostormar i hennes kropp. Hon fann sig trycka höfterna mot hans fullt medveten om hans mandom som hårdnat mot hennes mellangärde.

Han höll fortfarande hennes händer i ett hårt grepp och kysste hennes läppar ömma innan han släppte hennes mun och lät henne ta dyrbara andetag. Hans läppar gled ner längs hennes haklinje till den lilla kurvan där halsen tar slut, där lekte han ett tag med tungspetsen samtidigt som han fortsatte att trycka ner henne i madrassen med sina höfter. Hon kved av njutning under honom och försökte att få loss sina händer så hon kunde lägga dem runt hans nacke eller ta på hans rygg, men hans grepp var orubbligt. Han var van vid att ha kontroll.

"Jag kommer inte att kunna vänta till vår bröllopsnatt med att älska med dig. Jag har redan väntat för länge."

Det uttalandet fick Madeline att nyktra till och hon tittade allvarligt upp på honom. "Corey, du behöver inte gå så långt som till giftermål för att visa att du är seriös. Vi kan dejta som alla andra och se hur allt utvecklar sig. Du vet att jag vill ha dig."

Han tittade på henne som om hon var galen och släppte äntligen hennes handleder – i stället lutade han sig på sin ena arm och höjde på ett ögonbryn. "Dejta? Man dejtar inte en kvinna man menar allvar med, Madeline."

"Du har pratat med min bror och du har meddelat mina föräldrar, men du har inte en enda gång, till att börja med, berättat för mig att du har känslor för mig eller frågat mig vad jag vill."

Det var så uppenbart att de kom från helt olika världar och kulturer, för han tittade på henne på ett sätt som fick henne att känna att hon hade fel – att hon tänkte fel. Det var skrämmande hur duktig han var på det.

"Om du hade blivit uppfostrad av din morfar och min far, inom familjen, så hade du vetat från början att du inte får välja din man själv. *De* hade valt din man. Det hade blivit en man som passar in i Discenzafamiljen och som kan sköta en del av våra affärer. En man som kunde bli en lämplig far till dina barn."

"Var det ett svar?" frågade hon kvävt.

"Det är det svar du får. Du borde inte ha tagits från familjen Discenza, *din* familj. Du borde ha blivit rätt uppfostrad från början."

Hon slöt ögonen. Hon var *fel* uppfostrad. Hans ord fick hennes huvud att snurra. "Det är inte något fel på min uppfostran", suckade hon och strök bort hår som hamnat i ansiktet.

Hans blick fastnade på hennes hår och han förde en hand till de orediga slingorna och lekte med dem. "Då borde du förstå att frågan om giftermål inte är riktad direkt till dig – jag vill att du blir min fru och jag vill inte se dig med någon annan man än mig själv. Du är min."

Hans kropp var fortfarande tätt mot hennes, så tung och skrämmande mot hennes sköra ben. Hon visste inte vad hon skulle säga. Hon var galen i Corey, hon ville att han skulle ta henne i sina starka armar och svepa henne med sig i all galenskap. Men hennes sunda förnuft undrade vad som försiggick. Vad hände om hon sa *nej*? Kunde hon göra det? Eller skulle det leda till påtryckningar och bestraffningar?

"Era sedvänjor skrämmer mig", sa hon ärligt. "Jag har fått berättat för mig hur männen i Discenzafamiljen ser på saker. Att ni tar vad ni vill ha, oavsett om det är lagligt eller ej, eller om det innebär att ni måste använda våld." Hon vred på huvudet för att iaktta hans reaktion men hans ansikte var lika uttryckslöst som vanligt.

"Din mamma?" frågade han mörkt.

Hon skakade på huvudet. "Nej. Andra människor. De varnade mig."

Han sa ingenting utan satte sig upp på sängkanten med handen vilande på hennes beklädda mage och blicken utforskandes hennes ansikte.

"Tycker du att Marc var en bra make till Petra?"

"Hur menar du?"

"Tycker du att deras förhållande var ett sunt förhållande?"

Han tittade på henne som om hon ställde de sjukaste frågorna – och med hans bakgrund var de antagligen det också.

"Du pratar om två personer som jag såg upp till och har mer respekt för än de flesta andra i den här världen förutom mina egna föräldrar. Svaret är, ja. Marc tog hand om Petra, precis som en man ska ta hand om sin fru, och Petra stod vid hans sida tills han dog utan att lägga sig i familjens affärer. Alltid lojal mot sin man. När han var borta klarade inte hon av att leva utan honom. Det är kärlek."

Madeline tittade upp på honom, studerade hans skarpt skurna ansikte och det mörkbruna håret som låg tjockt bakåtkammat på hans hjässa. Något olycksbådande kokade under den där ytan – den här mannen var livsfarlig. Så annorlunda han beskrev hennes morföräldrars kärlek än vad hennes farmor hade gjort.

"Och du vill att vi ska ha samma sorts äktenskap?"

"Vad är du ute efter, Madeline?"

"Vad skulle hända om jag sa, nej? Att jag vill vänta med att gifta mig. Att jag gärna dejtar dig och har dig som pojkvän för att se vart det leder?"

Han skrattade torrt och skakade på huvudet.

"Det jag har fått veta om din värld, skrämmer mig, Corey. *Du* skrämmer mig."

Han lade sin varma hand mot hennes kind, lät fingertopparna glida över den lena ytan. "Jag kommer skydda dig från allt, Madeline. Inklusive dig själv när det behövs."

Han böjde sig fram och lät sina läppar möta hennes igen, i en öm kyss full av löften och kärlek. "Tvivla aldrig på det, Madeline, jag älskar dig och kommer ta mycket väl hand om dig."

Hon tvivlade inte på det. Hon var helt plötsligt säker på att han älskade henne. Och hon älskade honom fruktansvärt mycket. Det var den galenskapen som skrämde henne mest.

Kapitel trettiosju

Madeline sköt upp samtalet med sina föräldrar tills Mason och Corey åkt i väg för att ordna något. Det var alltid detta *något* med dem som hon inte blev invigd i. Om hon ändå hade haft Alessandra att beklaga sig inför.

Hennes föräldrar var i köket; hela dagen hade gått och höstmörkret svepte in huset i sin mörka kalla slöja. Angelina lagade mat tillsammans med Michael – Madeline hörde sin mamma ända ut i korridoren prata med upprörd röst samtidigt som någon av dem slamrade med porslin och köksgeråd. Det doftade av kryddstark gryta – Angelina var superduktig på att laga mat och Michael assisterade gärna sin fru i köket. De hade alltid varit synkroniserade, ett sådant förhållande som alla drömde om att ha, med kärlek och respekt.

Inte ett sådant som Madeline kanske hade klivit in i – utan att vara delaktig.

Angelina tittade upp från sitt rörande i en svart gjutjärnsgryta, hennes blick dolde inte en enda tanke som rörde sig i hennes huvud – hon tittade på sin dotter som om hon var en främling. Michael gav henne en blick blandad med besvikelse och uppgivenhet. Hennes far hade aldrig tidigare tittat på henne på det viset. Han stod vid köksön i mitten och hackade grönsaker som han slängde i en skål.

"Så du vågar dig ner nu?" frågade Angelina vasst. "Jag trodde att du skulle trycka på rummet tills din blivande man kommer hem igen."

Madeline kände hur färgen steg i hennes ansikte och hon lommade skamset fram till en av barstolarna vid köksön. Hon gled ner på det mjuka skinnet och lutade huvudet i händerna. "Det är inte som ni tror."

"Nähä? Vad intressant att höra. Hur är det då?" frågade Angelina med en förvånansvärt hög röst som fick både hennes man och dotter att rycka till. Hon lade ner träsleven i grytan med sådan kraft att det stänkte buljong på spisen.

"Älskling–" förmanade Michael och skakade på huvudet. Madeline tittade på sin pappa och tackade honom i tankarna för att vara en så resonabel person. Hur många gånger hade han inte varit vatten på Angelinas eld.

"Madeline, varför berättade du inte för oss?" frågade hennes far anklagande.

Madeline tittade ner och fastnade med blicken på faderns starka händer. De var blöta av grönsakerna och den ena handen höll en vass kökskniv; stålet glänste hotfullt i skenet från lamporna över dem. Hur besvarade hon den här frågan? Hon hade inte berättat något för det inte hade funnits något att berätta. Men att säga till föräldrarna hur det verkligen hade gått till var inte heller ett alternativ. De skulle tycka att det var galenskap. Eller kanske inte hennes mamma som var väl bekant med familjens sedvänjor.

"Jag vet inte."

"Men det var ju ett alldeles lysande svar! Nu har vi rätat ut alla frågetecken verkligen", fräste Angelina. Hon lade armarna i kors över det svarta förklädet som hon hade för att skydda den svarta kjol och sidenblus hon bar under. De bytte alltid kläder till middagen, en sedvänja som var kvar från Angelinas familj.

"Jag är så besviken på dig, Madeline. Colins son av alla män du kunde ha träffat i den här världen. Sonen till den man som gjorde att jag blev förskjuten från familjen och aldrig träffade mina föräldrar igen."

"Man kan inte styra vem man blir kär i, mamma", kontrade Madeline menande och vågade sig på en blick rakt in i sin mammas gnistrande ögon.

Angelina gnisslade tänder av ilska för hon visste gott och väl vad Madeline syftade på. "Jag trodde att jag hade varnat dig tillräckligt för Discenzamännen, att du förstod vad jag pratade om. Och vad gör du? – du förlovar dig med en av dem! Dessutom den värsta av dem. Maddie–" Nu var hennes röst nästan bönfallande. "Du kommer inte klara honom. Du vet inte hur det är."

Madeline visste inte hur hon skulle bemöta det hennes mamma sa, för det var sant, hon visste inte hur det var att handskas med männen i familjen Discenza. Åtminstone inte en längre tid.

"Hur lång tid har ni varit tillsammans?" frågade hennes pappa lugnt. "När blev det allvar?"

Hon tittade dumt på sin pappa utan att veta vad hon skulle svara. Alla deras frågor fick bara situationen att verka än mer dum. De hade vare sig varit tillsammans eller gått igenom några olika faser.

Som om hon kunde läsa hennes tankar tittade Angelina utrönande på sin dotter. "Madeline, vad är det du inte berättar?"

"Nej, det är inget. Jag bara orkar inte med alla frågor", muttrade hon frustrerat. "Han friade till mig igår."

Michael gav Angelina en blick och suckade sedan. "Så han kom hit för att fria till dig?"

Hon nickade lamt – denna vann dagens lögn – och den där obehagliga knottrande känslan var tillbaka igen.

"Har du någon aning om vad Discenzasläkten tycker om det här?" frågade han lugnt. Han var klar med salladen och hämtade en trasa från diskbänken för att torka av köksön. Madeline tittade på salladsskålen som om den vore en värdefull klenod. Hon skakade på huvudet.

"Men Corey kanske vet. Eller så har han inte underrättat dem."

Angelina tittade irriterat på sin dotter. Hon rörde en aning för enträget i grytan och kastade i kryddor så det stänkte om det.

"Jag kan säga att det här inte kommer vara populärt. De anser att jag är en omoralisk liten slampa, så det lär inte falla i god jord att min avkomma gifter sig med familjens överhuvud. Om du inte lyckades fjäska in dig ordentligt under din vistelse i Chicago vill säga?" Hon fortsatte utan att vänta på svar. "Men i Chicago har du bara en del av släkten. Den konservativa grenen i Italien har du inte ens stiftat bekantskap med, förutom det fåtal som kom på din 21-årsdag."

"De kommer älska Madeline. De har inte något val", sa Corey från dörröppningen. Mason var precis bakom honom och klev in i köket med ett brett leende.

"Jag älskar den här grytan, mamma." Han gick fram till henne och kramade henne bakifrån. Det värmde Madelines hjärta när hon såg sin mamma lysa upp.

"Bara för din skull, älskling", sa hon och gav honom en puss på kinden.

Madelines hjärta började hamra hårt så fort hon mötte Coreys blick och hennes mellangärde gjorde en frivolt.

Han gick fram till henne och sträckte ut en hand, det hjälpte inte hennes hjärta alls. Hon lade sin hand i hans utan att ha en aning om vad han var ute efter. Han drog upp henne på fötter och kupade hennes ansikte mellan sina händer. "Hej, älskling", sa han lågt och lät sina läppar möta hennes i en mjuk puss. Hennes kropp fylldes av sådan värme och kärlek att hon ville hoppa jämfota av glädje. Corey gav henne kärlek. Corey pussade henne. Hjärtat pulserade i bröstet. Hon kände sig lycklig, och ett uns generad då han gjorde detta framför hennes föräldrar.

Han backade ett steg bakåt, med allas blickar riktade åt deras håll, och tog upp en liten ask från sin byxficka.

"Ge mig din vänstra hand", sa han lugnt.

Hon sträckte med darrande fingrar fram sin hand till honom och han öppnade den mörkblå asken och blottade en diamantring i vitt guld på en bädd av sammet. Hon bara stirrade på den med sina smala fingrar vibrerande framför honom. Han tog ringen från dess gömma och lade asken på köksön innan han tog hennes hand i sin.

Det var så många känslor som färdades genom Madelines kropp när hans varma fingrar förde den kalla ringen över hennes ringfinger; kärlek, lycka, rädsla, nervositet, förvirring, sexuell attraktion, kyla, hetta, svimningskänsla – allt på samma gång. Hon tittade ner på den stora diamanten, som måste ha kostat en hel förmögenhet, och sedan upp på Corey utan att veta vad hon skulle säga.

"Det här förtjänar en skål", sa Mason högt. Han gick fram till Corey och gav honom en broderlig kram och kramade därefter den mållösa Madeline. "Var har vi champagne?"

Michael som tyst bevittnat det skedda fann sig snabbt och meddelade att han skulle hämta i källaren. Angelina bara lutade sig med ryggen mot köksbänken och handen över ena hjärtat, som om hon skulle kunna förhindra en hjärtattack på det viset.

"Oroa dig inte, mrs Brazier, jag kommer ta väl hand om din dotter", sa Corey lugnt. "Jag skulle aldrig låta något hända henne."

"Corey, du är mer än välkommen att ta hand om min syster", sa Mason och tryckte Coreys axel. Angelina vände sig mot bänken utan att säga något och fyllde ett glas med vatten.

Den kvällen, efter en av de skummaste middagar Madeline varit med om, låg hon en evighet och tittade på ringen innan hon lyckades somna.

Allt var så konstigt, så oförberett. Igår var hon singel – idag var hon förlovad och skulle gifta sig.

Med Corey.

Bara så där. Från en dag till en annan.

Hon var fortfarande oskuld och hade praktiskt taget aldrig dejtat. Men hon skulle gifta sig.

Hon kände för att skratta hysteriskt.

Hennes farmor skulle dö i förtid när hon fick veta detta. Och stackars hennes pappa. Hon hade så dåligt samvete för honom.

Sen var det hennes mamma. Vad hon kände kunde hon inte ens föreställa sig.

Och middagen... herre... Maten var grym, men hon hade funnit det mycket svårt att äta. Det var uppenbart att hennes mamma inte hade någon aptit heller. Hennes pappa hade hållit huvudet kallt och pratat lagom trevligt middagen igenom, men vad som rörde sig i hans huvud var en annan sak. Det skulle han antagligen aldrig berätta för henne. Han var inte sådan.

Hennes mamma, som annars var först att säga allt hon tyckte och tänkte, hade ätit under tystnad och riktat all konversation åt Masons och Michaels håll. Hon klarade inte av att prata med Madeline och än mindre med Corey. Madeline hade ertappat henne med att fundersamt titta på ringen flera gånger, som om hon inte kunde tro att den satt på sin dotters finger.

Det kunde å andra sidan inte hon själv heller.

Noterbart var dock att hennes mamma ändock visade Corey respekt – det var förundrande. Det var som om Angelinas uppfostran i Discenzafamiljen kickade in och hon åter igen var i underläge. Madeline hade aldrig sett henne sådan tidigare.

Hon undrade vad Corey gjorde, om han var med Mason någonstans eller om han låg ensam i sitt gästrum. Det sista hon tänkte innan hon äntligen somnade var bara syndiga tankar som fick hennes kropp att bulta i de känsligaste delarna.

Angelina grep hårt om tvättstället, hon andades in djupt i ett försök att samla sig. Men hon hade inte varit så här nära en panikattack sedan hon sett Colin med den andra kvinnan på restaurangen – och därefter när hon blivit utkastad från sin familj – och förstås när hon fått veta att hennes far avlidit och strax därefter hennes mor.

Hon hade låst dörren till badrummet som angränsade till hennes och Michaels sovrum. Deras våning var högst upp i huset, och förutom deras sovrum fanns det ett vardagsrum där hon och Michael brukade mysa i ensamhet. Hon hade sköljt ansiktet i kallt vatten i ett försök att sansa sig och nu stod hon kvar lutad över tvättstället och stirrade på sin spegelbild som om den kunde ge henne svaret på vad hon skulle ta sig till.

Hennes dotter och Colins son.

Deras två familjer förenade till en.

Det högg smärtsamt i bröstet och hennes ögon tårades.

Hon ville tro att det var av ilska men visste innerst inne att det här handlade om något helt annat.

Det handlade om Colin.

Colin och den kärlek hon delat med honom.

Den fantastiska kärlek hon delat med honom som fortfarande uppfyllde hela hennes kropp trots att hon gjort precis allt som stod i hennes makt för att undertrycka den.

Om hon tvingades att träffa honom igen skulle hennes hjärta brista i två delar. Så länge hon levde här, skyddad från honom och alla minnen de delade, gick det bra. Så länge han befann sig i ett annat land och hon aldrig behövde se honom eller höra talas om honom, så gick det bra.

Hon hade arbetat upp en pansarsköld kring sitt trasiga hjärta, som höll henne stabil, och hon hade gjort allt för att förtränga det liv hon en gång delat med Colin.

Men nu–

Nu stod hennes dotter i färd att gifta sig med Corey Discenza, och att hon skulle kunna fortsätta att undvika Colin hade blivit en omöjlighet.

"Angie, jag kommer alltid ta hand om dig. Du och jag kommer alltid vara tillsammans." Ilskna tårar rullade nerför hennes kinder och hon torkade hastigt bort dem, som om frånvaron av dessa skulle ta bort känslorna som givit upphov till dem.

Hon svor över Corey i tankarna, väl medveten om att han inte skulle nöja sig med något annat än ett stort bröllop. Alla hennes släktingar skulle vara på plats och alla skulle syna henne ingående, väl medvetna om den skam hon var förenad med.

Hon klarade inte det här.

Men hon var samtidigt medveten om att hon inte kunde låta sitt brustna hjärta, och all orättvisa hon blivit utsatt för, grusa Madelines lycka.

Vilken dubbelmoral från hennes sida att varna för Discenzamännen när hon själv fortsatte att drömma om en av dem.

Det var som om hennes pappa straffade henne från himlen, som om Marc Discenza fortfarande hade sitt kalla grepp om hela familjen och såg till att hon skulle lida till döddagar för det hon ställt till med för så många år sedan.

Som om hon inte led fullt ut på egen hand.

Hon hade alltid sett sig själv som lyckligt gift. Michael var en underbar man och den kärlek hon kände för honom hade bara vuxit med åren. Han var så varm och omtänksam – och utan större överraskningar.

Men han var inte, och skulle aldrig bli, *Colin*.

Colin var den andra delen av hennes hjärta, av hennes självaste själ.

Hur kunde man leva ett fulländat liv utan sin själ?

Kapitel trettioåtta

"Är du klar?" Corey tittade på Madeline som precis kommit ner igen efter att ha gjort i ordning sig efter frukosten. Tack och lov, en frukost utan hennes föräldrar, så hon behövde inte låtsas ha grepp om en situation som hon inte hade grepp om.

"Var är Mason?" frågade hon förvånat. Hon hade satt på sig en kort höstkjol i tjockt svart tyg och ett par strumpbyxor. Till det hade hon en vit blus som framhävde rundningen av hennes bröst, precis som hon ville.

Coreys blick kändes som en beröring och hennes stackars hjärta började dunka hårt igen.

"Han hade annat att göra. Jag har ringt en bil som tar oss till din lägenhet. Jag vill se den."

"Okej", sa hon förvånat. Åh, så het han var idag med sin vältränade kropp i ett par svarta slacks och en mörkgrå finstickad tröja. Han var förvisso enbart sju år äldre än hon, men han såg ut att ha tjugo års mer erfarenhet av livet. Det gjorde henne knäsvag.

Hennes fingrar var ostadiga när hon satte in nyckeln i låset till lägenheten. Hantverkarna var lediga eftersom det var helg. Köket började ta form och badrummet såg inte längre ut som ett rivningsobjekt. Det luktade en blandning av lim och kemikalier, och här och var stod verktyg och inplastat material som skulle packas upp nästkommande arbetsdag.

Hon tittade nervöst på honom när han gick runt och studerade stället – som om hans åsikt var extra viktig. Hon fastnade med blicken på hans ryggmuskler som spelade genom den tunna tröjan. Hon tog ett djupt andetag och försökte att tänka på något annat än hur han såg ut under kläderna.

Sulorna på deras skor knastrade mot byggdamm och skräp och de lämnade små spår efter sig på golvet där de gick.

"Du får inte vara här själv med hantverkarna", sa han kort innan han fortsatte in till badrummet.

"Okej? För att–"

"Jag säger det", avslutade han.

Hon höjde förvånat på ögonbrynen men sa inte något.

"Vi kan bo här när vi är i Sverige. Det är en trevlig lägenhet – men liten. Är det ett bra område?"

Hon nickade kort.

"Vi kommer ändå inte vara i Sverige så mycket, så storleken spelar ingen roll just nu. När vi får barn kan vi köpa något större."

Det började – hans planering av deras gemensamma liv. Det fick hennes hjärta att hoppa i bröstet av konstiga känslor, rädsla och kärlek i en mix. Hon gick fram till det stora fönstret i vardagsrummet och tittade ut över de närliggande byggnadernas takåsar; hon behövde en paus att samla sig lite.

Plötsligt var han bakom henne, han slöt henne i sin starka famn bakifrån och kysste hennes nacke så att hennes hud knottrade sig av välbehag under hans läppar. Hon flämtade till och böjde huvudet bakåt så att han kunde komma åt bättre.

"Jag kommer att ta din oskuld nu, Madeline", viskade han i hennes öra.

Hon tappade förvånat andan och försökte svälja i en plötsligt torr hals. Var det rädsla hon kände? Eller var det upprymdhet? Antagligen både och. Hon hade inte alls förberett sig på detta.

"Är du rädd?" frågade han lågt. "Du andas inte."

"Lite", erkände hon kvävt.

I stället för att kommentera hennes erkännande lade han en arm kring hennes midja och tryckte henne bakåt mot sin nu hårda mandom samtidigt som han fortsatte att kyssa hennes nacke så alla hårstrån reste sig på hennes kropp.

Han drog upp hennes blus från kjolens inre och lät båda händerna leta sig in under den. Hans varma fingrar startade små eldar över hela hennes mage, så fantastiskt sköna mot hennes hud. Han knäppte upp hennes axelbandslösa bh och kastade den med en snabb rörelse på golvet, sen vände han henne mot sig och tog på hennes känsliga bröstvårtor genom det tunna tyget. Det var som om det fanns en koppling mellan hennes bröst och underliv, för varenda gång han rörde bröstvårtorna sköts obarmhärtiga blixtar ner till hennes underliv och fukten letade sig in mellan hennes blygdläppar.

Han log mörkt mot henne innan han lät sina läppar sluta sig kring hennes ena bröstvårta genom det tunna tyget. Vätan från hans mun fick hennes hud att hetta, hon lät fingrarna leta sig in i hans hår för att trycka honom närmare sina ömmande bröst.

Hände det här henne? Kunde något kännas så här skönt?

Han släppte henne plötsligt och backade en aning, hon såg hur hans mandom spände mot tyget i byxorna och hennes hals snördes samman av nervositet. Hon hade ingen aning om vad hon skulle förvänta sig. Hon hade hört så många olika historier. Skulle det göra ont? – eller var det bara en myt?

Hon hade aldrig lekt med sexleksaker eller använt mer än ett finger när hon tagit på sig själv. Hon hade inte gjort något för att förbereda sin kropp på hans intrång.

Han tittade på henne som om hon var ett byte han precis hade fällt och nu äntligen skulle få smaka på. Han cirkulerade henne till hälften och strök hennes hår från den smått fuktiga nacken, sen knäppte han upp hennes blus och lät den falla till golvet. Han backade sedan en aning bakåt och tittade på henne med en så hungrig blick att hon fick hindra en impuls att skyla sina blottade bröst.

Han drog henne neråt, så hon satt i burspråket, och föll på knä framför henne och tog hennes ena bröst i munnen samtidigt som han tryckte henne mot sig med händerna mot hennes rygg.

Madeline slöt ögonen och lät honom äga hennes kropp, leka med hennes bröstvårtor tills de var stenhårda och hennes kropp befann sig i tumult.

Hennes bröst blev kalla när hans varma mun till slut lämnade dem och han tittade upp på hennes blossande ansikte med ett nöjt leende.

"Jag har så mycket att lära dig, älskling." Hans starka händer drog upp hennes kjol så att den var lös runt hennes midja, sen drog han med en svepande rörelse av hennes strumpbyxor som föll till golvet med ett litet frasande. Utan någon fördröjning särade han på hennes ben och blottade det röda sidentyget som var den enda barriären mellan honom och henne. Hon drog efter andan när han lät tummen glida över det fuktiga sidenet och längs glipan mellan hennes ben. Han lekte där en stund och framkallade de mest obegripliga känslostormar i henne. Sakta förde han tummen upp till hennes klitoris och dansade runt den på ett mer skickligt sätt än hon själv någonsin lyckats med. Hon kippade efter andan och grep med händerna kring hans starka axlar.

"Corey", flämtade hon bönfallande.

”Vad är det, älskling?” retades han. ”Orkar du inte vänta?” Han drog av henne trosorna och kastade dem på strumpbyxorna. ”Sära på benen ordentligt.”

Hon visade blygt upp sig och han satte sig åter på knä mellan hennes ben. Han förde ett finger till samma ställe han hade påbörjat tortyren tidigare och känslan var en sensation. Hon fann sig möta hans beröring med sina höfter och slöt åter igen ögonen för att låta honom leda henne. Hans fingrar försvann och bytte plats med hans varma tunga som letade sig in mellan de fuktiga vecken och upp till klitoris där han fick henne att kvida av njutning. Hon ville desperat ha honom i sig; han fick göra precis vad han ville med henne bara han avslutade den här tortyren.

Hans tungspets var det första som letade sig in i hennes hål och hon lyfte sina höfter för att möta den och optimera njutningen han gav henne. Vid det här laget var hon inte ens medveten om ljuden som kom över hennes läppar, hon var så förlorad i känslorna han framkallade att hon inte brydde sig. Han blev allt. Det enda hon behövde.

”Jag ska förbereda dig med mina fingrar”, sa han med kvävd röst. ”Jag vill inte att du ska få ont.” Hon var så omtöcknad att hon bara nickade.

Han lät ett finger leta sig in i hennes längtande hål och förde det försiktigt in och ut samtidigt som hans tumme strök mot hennes klitoris. Hon höll hans axlar krampaktigt och särade omedvetet på benen än mer. Än så länge fanns ingen smärta, bara oändlig njutning. Han förde sakta in ett finger till och arbetade nu mer enträget i henne. Hon var nu så blöt att hon kände vätan mellan sina lår och när han förde in ett tredje finger grep hon hans andra hand hårt i sin och bet sig så hårt i läppen att hon kände blodsmak.

Han drog ut fingrarna och reste sig upp, hela tiden med blicken fäst på henne som för att värdera hennes reaktion.

Han knäppte upp sina byxor och drog av dem, och direkt efter sina underkläder.

Hon tittade upp på honom med ögon som kändes dimmiga och en hjärna som inte längre hängde med. Hans kropp var fantastisk, och hans hårda mandom... skrämmande.

Hon andades djupt när han närmade sig och tog handen han sträckte ut. Han satte sig på den plats hon precis värmt upp och fick henne att sätta sig gränsle över honom. Vätan mellan hennes lår kändes kall och hon stödde sig på knäna på var sida om honom då hon inte vågade sätta sig helt.

"Det kommer kännas först, men det går över", sa han tjockt och tittade in i hennes ögon. Han slöt sedan munnen runt en av hennes bröstvårtor och bet till lätt samtidigt som han kände en gång till mellan hennes ben med fingrarna. Han slöt sin hand kring sin tjocka mandom och förde ollonet fram och tillbaka mellan hennes blygdläppar som för att förvarna hennes öppning om det väntade intrånget.

Hon försökte slappna av och lade armarna kring hans hals med kinden mot hans ena axel. Han luktade så gott – så Corey.

Toppen av hans mandom pressade mot hennes öppning, hennes muskler slöts samman av den obekanta känslan och hon tryckte sig försiktigt mot honom. Sakta, sakta gled han in en bit i hennes trånga inre, tvingade sig in där ingen annan hade varit. När han kommit in en bit till kämpade hennes kropp emot, det kändes som om hon skulle gå itu och hon slöt ögonen kring tårar som hotade tränga fram. Han tog hennes skinkor i sina starka händer och tryckte henne med en snabb rörelse neråt så att hela hans mandom åkte in till hennes botten. Hon kvävde ett skrik av smärta i hans axel och han väntade stilla medan hon hämtade sig. Hon kunde känna hans mandom rycka lätt inom henne, stenhård och oförlåtande, som om hon hade en hel arm mellan benen, och hon svalde nervöst för att väta sin torra hals. Hon vågade inte röra sig av rädsla att smärtan skulle komma tillbaka och han väntade utan att röra sig tills hennes andning åter igen var regelbunden, sen lyfte han henne uppåt, längs sitt hårda skaft, med händerna runt hennes stjärt. Hon kände något klibbigt mellan sina lår och antog att det var blod blandat med hennes egen fukt. Han tryckte henne sakta neråt igen tills han åter igen var i henne ända till roten – den här gången var det inte lika smärtsamt, och när han gjorde samma sak en gång till började sakta en helt annan känsla byggas upp inom henne. Hon lyfte sin mun från hans nu fuktiga axel och lät honom föra henne i den sexuella dans han introducerat henne för. Han pumpade allt hårdare i henne, om och om igen, tills hon inte visste i vilket universum hon befann sig – hans hårda könsorgan stötte i hennes botten och skickade fantastiska stötar ut i hela hennes kropp. Hennes klitoris gnuggades mot hans pubisben och han tryckte hennes svank med sin starka hand tills känslan blev så intensiv att hon inte stod ut längre.

"Corey", kved hon utan att ha något mer att säga.

"Vad är det, älskling? Är det skönt?" stönade han tjockt och ökade rytmen mer och mer tills hon inte längre var närvarande i den här världen.

Han slöt hennes bakhuvud i sin ena hand och den andra handen runt hennes stjärt samtidigt som han våldsamt styrde henne ner mot sig med sitt könsorgan djupt inne i henne. Det var så skönt att hon inte kunde tänka längre, rytmen gjorde sjuka saker med hennes kropp och efter några sekunder slöt sig hennes muskler kring honom i spasmer och hon skrek mot hans hals samtidigt som hans utlösning blandades med hennes blod och väta.

Kapitel trettionio

”Tror du att det här är en bra idé? – att jag gifter mig med Corey?”

Alessandra gav ifrån sig ett sprudlande skratt. ”Det är klart det inte är. Det är en skitdålig idé! Men vad ska du göra åt det nu? Man nobbar inte Corey – han är inte tomten heller. Jag sysslar också med dåliga idéer nu för tiden, Maddie. Jag är tillsammans med Nemesio Zoli.”

Madeline gapade mot telefonen. ”Alessandra–” flämtade hon. ”Det är verkligen en skitdålig idé.” Även om det kändes skönt att vara två om dåliga idéer så var det här *verkligen* dåligt.

Hon låg i sin soffa med fötterna på bordet, iklädd vita mjukbyxor och en rosa tröja, och låtsades som om hon var en ung tjej som inte stod inför några livsavgörande beslut.

I verkligheten hade hon precis fått en värdefull stund för sig själv medan Corey och Mason var ute på *något*. I verkligheten hade hon varit tillsammans med Corey en hel vecka och borde egentligen packa för avfärd till Chicago dagen därpå. Hon hade inte ens hunnit flytta in i sin lägenhet som hon sett så mycket fram emot – i stället hade hon sett Corey ta över alla delar av hennes liv på fenomenalt kort tid. Nu lyssnade inte hantverkarna som *hon* anställt på henne längre, utan han gav dem order om hur lägenheten skulle se ut – han hade även anställt en designer som kunde inreda lägenheten under deras frånvaro.

Han hade bestämt datum för avfärd till Chicago och även gjort det officiellt för släkten Discenza att han skulle gifta sig med henne. Han höll hennes föräldrar underrättade om vad som skulle hända framöver och han såg till att ordna all administration som skulle krävas inför det kommande bröllopet.

Hon behövde verkligen inte göra någonting alls, bara följa honom när han dansade. Det var mycket skrämmande – och bekvämt. Och åter igen mycket skrämmande. Det var så enkelt att bli styrd av en Discenzaman.

De hade haft fantastisk sex en gång till efter den första gången, denna gång utan smärta och blod – men med samma erövring av hela hennes kropp och förnuft som tidigare. Som en farlig drog hon riskerade att bli beroende av.

Corey var katolik, när det passade honom, vilket innebar att han inte ansåg att hennes bedjande om avbrutet samlag var något att hörsamma.

Och även om hon inte skulle bli gravid så hade hon fått en oroväckande försmak på vad för sorts man Corey Discenza var – en sådan som styrde allt.

Om Madeline hade känt sin mormor, Petra, så hade denna kunnat berätta för Madeline exakt vad som egentligen skedde, och det var att hon i snabb takt fick sin identitet kapad och omprogrammerad för att passa en av Discenzamännen – att hon sveptes med på en resa som tidvis skulle vara så fantastisk och överväldigande att hon inte förrän långt senare skulle inse allt som hade hänt – men att när insikten kom skulle det vara alldeles för sent att göra något åt.

"Hur i helvete har du hamnat med Nemesio Zoli?" utropade Madeline. "Förföljde du honom tills han gick med på en dejt?"

"Något liknande", skrattade Alessandra. "Men till skillnad från Chase så följde han protokoll och frågade Corey först om han fick tillåtelse att träffa mig, plus att han frågade min pappa."

”Såklart”, muttrade Madeline med himlande ögon. ”Och nu kan ni köra *all in*?”

”Mm. Men inte på det sätt du tänker. Han är en man av heder och har friat till mig.”

”Vad i..? Redan? Alltså, jag orkar inte med era traditioner. Vad hände med att dejta och sen se om det leder till något mer?”

”Glöm.” Hon hörde Alessandras klackar smattra mot golvet och en dörr som stängdes. ”Jag är på väg för att träffa honom nu. Och, Maddie, jag är så jävla kär. Jag vet att det har gått fort, men han är den första man som jag verkligen respekterar och älskar att vara med. Jag hoppas jag kommer fortsätta känna så för min pappa kommer aldrig förlåta mig om jag genomgår en skilsmässa.”

”Va? Tillåter släkten skilsmässor?”

”Det beror på vem man är gift med och hur lägligt det är. Om det är en person som släkten vill bli av med så är det helt plötsligt inte så mycket emot våra traditioner – men om det är ett äktenskap man vill ska bestå så är det bara att glömma. Då får man leva olycklig tills man dör. Som du kommer få göra med Corey till exempel.” Alessandra skrattade hjärtligt i kontrast till sitt uttalande.

”Och det här är den galna släkten jag ska gifta in mig i?” sa Madeline sarkastiskt.

”Älskling, du tillhör redan släkten, galenskapen var din från början. Men vet du hur jävla galet glad jag är över att du kommer hit imorgon? Fy fan, vad jag älskar Corey för att han tvingar in dig i det här.”

”Tvingar och tvingar”, skrattade Madeline. ”Men visst, saker kanske inte har gått till exakt på det viset jag hade föredragit.”

Alessandra skrattade mörkt. ”Om du vill leva som du föredrar så har du verkligen valt fel man. Och så jädrans typiskt att jag kommer flytta när jag gifter mig. Det hade varit skitkul att bo med dig igen. Nåja, vi hinner hänga ett tag i alla fall."

Angelina gav sin dotter en blick bärandes på miljoner känslor. De stod i hallen, med alla väskor runt sig, redo för avfärd. Madeline höll i sin mörkbruna handväska som om den var hennes enda livlina i världen. Hon ville säga tusen tröstande ord till sina föräldrar, men det var inte möjligt med Corey och Mason där. Hon hoppades att de i stället skulle förstå det hennes ögon förmedlade.

"Ni behöver inte oroa er. Vad våra familjer än har gått igenom så är det här för allas bästa. Jag kommer ta väl hand om Madeline."

Michael sträckte fram en hand till Corey, som för att besegla det denne precis hade sagt, och Corey tryckte den i en avslutande hälsning.

Madeline stirrade på deras, för en kort sekund, förenade händer och träffades med ens av insikten att Corey hatade hennes pappa. Det fanns inte något tvivel om saken. Han hade fått det hatet med modersmjölken, precis som alla andra i familjen Discenza. Hon var på väg att gifta sig med en man som hatade en person som hon älskade högt.

Hon vandrade med blicken till sin mamma och deras ögon möttes, hennes mors blick var så kall och käkarna sammanbitna. Det stack till i hennes hjärta. Den enda gång hennes ögon fylldes av värme var när hon kramade om sin son och pussade honom på var kind. Hon nickade sedan kort mot Corey men höll sig på sin sida av hallen.

"Mamma, jag ringer när vi kommer fram. Vi ses om en månad." Hon gick fram till sin mamma och förväntade sig en stel kram, men i stället slöt Angelina henne i en hård och varm omfamning som hon höll kvar i flera sekunder. "Var rädd om dig, Maddie. Låt dem inte styra hela ditt liv", mumlade hon i hennes öra innan hon släppte taget. Madeline backade ett steg och nickade kort för att visa att hon uppfattat hennes budskap.

När hon kramade om sin pappa brände tårarna bakom ögonlocken. Hon ville säga till honom att hon var ledsen om hon gjort ett val som sårade honom – men ord var överflödiga.

"Madeline, vi måste gå." Corey tog tag i hennes hand och ledde henne ut genom dubbeldörrarna – samma dubbeldörrar som så många år tidigare hade släppt ut Petra och James på alla deras äventyr – och slutligen släppt in Marc Discenza.

"Min mamma kommer spåra helt när hon får veta vad din pappa kräver."

Corey studerade henne med sina kalla ögon – samma ögon som kunde få en hel folkmassa att sänka blicken och göra vad han än beordrade dem att göra. Detta var något Madeline hade lärt sig under de veckor hon spenderat i Discenzaresidensen som Coreys blivande fru, och icke att förglömma: Marc Discenzas dotterdotter. Samtidigt som hon flyttat in i Coreys mörka våning, högst upp i huset, hade hon även kommit närmare den slutna affärsvärld som Corey styrde och hennes bror hade en inflytelserik roll i. Även om det bara rörde sig om glimtar så hade hon aldrig tidigare skådat en sådan rädsla och respekt som människor hyste för Corey och hela familjen Discenza. Det Corey sade ifrågasattes aldrig, det genomfördes bara. De män som jobbade för honom behandlade henne med den yttersta respekt; de tilltalade henne alltid som miss Discenza och dröjde aldrig kvar med blicken vid henne mer än vad som var absolut nödvändigt. De tittade henne knappt i ögonen när de talade till henne, i stället hade hon fått vänja sig vid en sorts nervöst flackande blick som oftast vandrade till Corey som för att inhämta godkännande – för hon var aldrig själv med någon manlig person. Någonsin.

Paranoia verkade vara Discenzamännens melodi.

Men, hur skrämmande den här nya världen än var för henne så var hon tvungen att nypa sig i armen varje dag för att inse att hon inte drömde. Hon skulle gifta sig med Corey Discenza och hon var *så* förälskad i honom.

Han behandlade henne som en prinsessa, som om hon var den mest dyrbara ägodel han någonsin hade förvärvat. Det var en fantastisk känsla, och intensiv på samma gång. För hon var fullt medveten om att han var fullständigt skrupellös om någon gick emot honom.

"Har jag sagt till dig idag att du är den vackraste som finns?" frågade Corey lågt och lät sina fingertoppar glida runt hennes bara bröst. "Har jag sagt till dig idag att jag skulle kunna ha sex med dig tusen gånger varje vecka?" Hans mun slöt sig runt hennes ena bröstvårta och Madeline snodde in fingrarna i hans mörka hår med en förnöjd suck.

Hans händer och mun tog åter över hela hennes kropp och drev henne till ett euforiskt vansinne. Han fattade hennes höfter i ett fast grepp och särade hennes ben så han kunde trycka sig in i henne. Starka händer grep hennes handleder på var sida om hennes huvud; han älskade att studera henne när de hade sex, se hur hon reagerade på det han gjorde med henne. Hans mandom kördes hårt in i henne om och om igen tills hennes värld exploderade i fyrverkerier – tills hon var en del av himlens alla stjärnor.

Det rådde delade åsikter inom släkten angående deras kommande giftermål. Det var inte något som Corey hade upplyst henne om – han var inte direkt meddelsam angående något alls – men Alessandra hade berättat. Precis som Angelina hade förutspått så var det den konservativa grenen av familjen, i Italien, som var skeptiska. De hade lagt fram saken ganska identiskt allihop – för tydligen yttrade man sig om allt gemensamt i familjen Discenza – de tyckte förvisso om Madeline, hon var trots allt Marcs barnbarn, men var inte så förtjusta i att familjens överhuvud gifte sig med henne. De ansåg att hon snarare borde bli bortgift med någon i just den konservativa grenen så att en sådan man uppvägde synden hennes mamma var skyldig till. Å, andra sidan resonerade man samtidigt att Corey antagligen skulle kunna tukta henne om hon visade sig vara omoralisk som sin mor.

"På riktigt, Alessandra, är de galna allihop?"

Alessandra skrattade hjärtligt. "Nej, konservativa. Har du inte lärt dig något?" sa hon retsamt.

Madeline skakade oförstående på huvudet. "Jag kommer aldrig förstå mig på hur de resonerar. Innebär det här att de alla hatar mig nu? Tycker de att jag förstör Coreys liv?"

"Nej. Alla som någonsin har träffat dig, älskar dig. De är bara rädda. Men *min* mamma är superglad i alla fall. Helst över att få träffa sin syster igen. Hon har väntat på den här dagen i hela sitt vuxna liv."

De satt ute på ett café tillsammans, inte så långt från Discenzaresidensen. De hade beställt en varsin sallad och lemonad och roade sig med att prata om kommande bröllop samtidigt som de studerade människor.

"Tänk att mamma inte har träffat någon i släkten på nästan tjugo år. Det är sjukt", muttrade Madeline. Hon lade tomaterna på en servett och Alessandra högg dem snabbt och blandade ner dem i sin sallad.

"Alltså, att du inte gillar tomater... vad för italienare är du egentligen?"

"En dålig."

"Jag kommer filma ögonblicket när din mamma gör entré, jag lovar. Jag vill föreviga varenda blick hon får. Stackarn. Vissa kommer aldrig förlåta henne, även om de egentligen måste nu när Corey har bestämt sig för att gifta sig med dig."

"Stackars mamma", suckade Madeline. "Hon förtjänar en bättre dotter."

"Har du berättat för henne?"

Madeline suckade djupt och tittade på sin kusin med ångest i blicken. Hon skakade på huvudet och rörde nervöst i sin lemonad. "Jag vet inte hur jag ska göra det."

Coreys familj hade gissningsvis inte tagit nyheten om det stundande giftermålet så bra. Vad Selene tyckte visste Madeline redan, att Daphne tyckte detsamma var hon säker på. Colin hade inte yttrat någon åsikt som hon hade tagit del av, men han hade krävt ett möte med Angelina innan det kunde bli tal om något bröllop med henne närvarande – eller över huvud taget.

Med tanke på att han varit huvudpersonen, tillika offret, i dramat som fått Angelina förskjuten så hade resten av släkten meddelat att de inte skulle delta i något bröllop, inte heller ge sin välsignelse till ett, om inte Angelina ville göra honom till viljes.

Nu ålåg det Madeline att meddela sin mamma detta. Bröllopet skulle äga rum tre veckor från detta ögonblick, vilket innebar att hon hade bråttom.

"Nu, min älskade kusin, får du äta upp din sallad. Jag har lovat Nemesio att träffa hans kusins fru." Hon himlade med ögonen för att visa vad hon tyckte om saken men Madeline visste att hon var väldigt lycklig med sin trolovade. Det var roligt att se Alessandra seriös efter att ha bevittnat skandaldrottningen som singel – även om hennes blivande man var en potentiell lönnmördare.

Kapitel fyrtio

"Hur kan han kräva det?" Michael tittade på sin frus kritvita uppenbarelse.

Angelina gick stressat fram till serveringsvagnen och hällde upp en martini i fel sorts glas – vilket var ett bevis på hennes sinnesstämning – hon svepte den snabbt och hällde upp en ny. "Det är Colin, han kan göra vad fan han vill."

Michael höjde på ett ögonbryn. "Så, nu har han kommit på ett sätt att använda vår dotter mot dig? Ett sätt att få dig precis dit han vill."

Hon nickade stumt och sjönk ner i soffan mittemot sin man. Hon blev sittande där ett tag med glaset på bordet stirrande rakt fram. Det var så många tankar som rörde sig i hennes huvud just nu. Hennes hjärta slog stenhårt i hennes bröst och paniken färdades med hennes blod genom kroppen. Vad ville han henne? Var han ute efter att sluta fred eller efter att plåga henne? Antagligen det senare med tanke på att han var en man från Discenzafamiljen. De förlät aldrig en orätt. Någonsin.

Att träffa Colin igen efter så många år, vad skulle det göra med henne? Hur skulle hon kunna dölja sina känslor för honom och låtsas vara oberörd?

"Älskling, jag är så ledsen", mumlade hon och tittade på sin fantastiska man. Han hade givit sig in i den här galenskapen för alla dessa år sedan bara för hennes skull trots att de varit så unga. Det här var inte rätt mot någon.

Om ändå hennes mamma hade varit i livet så hade hon kunnat hjälpa henne. Men alla som varit på hennes sida var borta, förutom Martika, och hon var också hennes svärmor.

"Du har inte något att be om ursäkt för, älskling. Det är dig det är synd om, och jag vet inte hur jag ska hjälpa dig.

Om du inte träffar honom kommer inte vår dotter få gifta sig med den man hon vill ha. Colin är verkligen en grym man."

"Så många år och jag blir aldrig kvitt den här historien." Angelina skakade trött på huvudet. "Den kommer följa mig till min grav."

Med bara två veckor kvar till bröllopet satte sig Angelina på ett plan till Chicago och Discenzaresidensen – sitt barndomshem. Att hon var ett nervöst vrak var en lindrig beskrivning, hon kunde knappt känna sin kropp när hon närmade sig sin barndomsstad med dess skyskrapor som hotfullt reste sig som spjut mot himlen.

Hon och Colin hade inte utbytt något annat än meddelanden genom hans assistent. Hon hade meddelat att hon skulle komma genom den mailadress hon blivit tilldelad av sin dotter, sen hade hon nervöst väntat på svar. Hennes liv hade varit så lugnt och fridfullt och nu hade han vänt upp och ner på det genom ett enda meddelande.

När hon fått mailet med tid och mötesplats hade en avgrund öppnat sig under hennes fötter. Han gjorde garanterat detta för att plåga henne. Det fanns ingen annan anledning att han skulle åka ända till Chicago. De kunde lika bra ha träffats i Miami eller någon helt annanstans, på neutral mark. Allt med Discenzamännen var ett psykologiskt spel där de såg till att ha övertaget och samtidigt undergräva motståndarens psyke.

Det skulle göra ont att se hemmet igen – helst utan hennes föräldrar. Hennes bröst värkte när hon tänkte på att hon missat resten av deras liv och inte ens fått ta farväl av dem. Det var därför hon gjorde allt, i sitt dagliga liv, för att inte tänka på släkten och allt som varit. Det var därför hon rusade framåt i sitt liv utan att titta bakåt.

Det gjorde för ont.

Men nu hade det förflutna hunnit i kapp henne.

Och helt plötsligt stod hon där, framför sitt barndomshem. Hon mindes inte några detaljer om hur hon tagit sig ur flygplanet, hämtat sitt bagage och sedan vinkat till sig en taxi. Hennes huvud var fyllt av bomull och munnen gick inte att väta hur mycket vatten hon än drack.

Hon blev stående utanför de svarta kalla grindarna som sträckte sig högt ovanför hennes huvud, och tittade på den sandfärgade residensen som utgjorde ett vackert porträtt mot den klarblå himlen.

"Angie, pappa kommer bli galen om vi går ut utan livvakter." Cassandra tittade anklagande på sin äldre syster.

Angelina lade armarna i kors och fäste en missnöjd blick på Cassandra. "Du är världens fegaste, Cassie. Lägg av nu. Vi ska bara till parken. Vad ska hända liksom?"

"Mamma har sagt att vi kan bli kidnappade."

Angelina skrattade hjärtligt och började springa nerför den grusade planen fram till järngrinden. "Om inte du följer med går jag ensam."

Cassandra var snabbt ikapp henne, precis som Angelina visste att hon skulle vara, och de sprang ut genom grindarna tillsammans skrattandes, samtidigt som de kastade blickar bakom sig för att se om föräldrarna eller någon av de anställda såg dem.

Angelina lade handen mot det kalla handtaget och önskade att grinden skulle vara öppen. Det var den dock aldrig – enbart från insidan. Det fanns alltid anställda som bevakade Discenzaresidensen, ingen kom och gick utan att säkerhetspersonalen notifierades om det. Detta faktum hade dock inte hindrat systrarna Discenza från att, oannonserat, lämna egendomen flertalet gånger under uppväxten.

Hennes fingrar darrade när hon tryckte på den runda silverknappen under porttelefonen. Det fanns en kamera ovanför henne så identifiering var inte nödvändig. Hon undrade vem som satt på andra sidan och tittade ner på henne och vad denne kände till om vad som hade hänt i det förflutna. Ett pip tillkännagav grindens öppnande och hon äntrade den stora egendomen på stela ben och med resväskan dragandes efter sig som en fånges järnkula.

Ingen kom ut för att ta emot henne, något som både var irriterande och en lättnad samtidigt. Hennes hopsnörda hals gjorde hennes andning ansträngd och promenaden till ett träningspass. Det kändes som om hon gått en mil i kvicksand när hon äntligen nådde bron och de stora tunga dubbeldörrarna. Hon kånkade väskan uppför de få trappstegen och lämnade den med en suck bakom sig, det var inte som om någon skulle sno den. Dörren gled upp utan problem och hon gick tveksamt in. Hon hade ingen aning om var hon och Colin skulle mötas någonstans.

Hallen var helt öde och såg ut precis som den alltid gjort. Det kalla stengolvet glänste välpolerat och luften luktade rent av citronfernissa. Möbler och prydnadsföremål stod på sina vanliga platser – tiden hade stått stilla. Hon tittade upp i det höga taket med de vackra målningarna och tog tveksamt några steg till, förbi förhallen och in i den stora hallen där den ståtliga trappan till övervåningen var belägen. Inga ljud hördes, det var tyst som i graven. Hon noterade att det fanns en ny soffgrupp nedanför trappan, en blick upp mot övervåningen visade att samtliga dörrar var stängda.

"Mamma, du är *så* vacker", utbrast Angelina andlöst och tittade dyrkande på sin mamma.

Petra vände sig mot sin lilla dotter och log brett mot henne. Hon och Marc skulle gå ut på middag och hon var klädd i en vit aftonklänning som hon matchat med dyra pärlor och höga klackar. Hennes mörka tjocka hår glänste kring det attraktiva ansiktet.

"Jag hoppas att jag blir lika vacker som du när jag blir stor", log hon och dröjde sig kvar i hallen för att säga hejdå till sina föräldrar.

"Min lilla kärlek", sa Petra med mjuk röst och kupade dotterns ansikte i sin ena hand. "Det är du redan, och du kommer bli ännu vackrare när du blir vuxen." Hon smekte Angelinas långa mörka lockar och tittade kärleksfullt på henne.

Marc dök upp bakom Petra och slöt henne i sin famn bakifrån samtidigt som han tittade ner på sin dotter med ett leende. Han släppte sin fru, efter att ha placerat en puss i hennes nacke, och lyfte sedan upp Angelina i sin famn och snurrade henne runt. "Du är min prinssessa, Angie. Du kommer alltid vara vackrast av alla."

Angelina torkade plötsliga tårar och bet ihop käkarna för att kväva sorgen. Att Colin gjorde det här mot henne var mer än grymt. Och hon var säker på att det var väl genomtänkt.

Var befann sig alla människor? Madeline hade berättat för henne att hon inte skulle vara hemma förrän sent — Corey hade lämpligt nog tagit med henne på andra förströelser. Men var befann sig alla andra?

Instinktivt sökte hon sig till sin fars älskade bibliotek, hon öppnade försiktigt dubbeldörrarna som ledde till försalen innan biblioteket. Lukten av gammalt läder och möbelbalsam fyllde hennes näsa tillsammans med tusen minnen. Hon svalde den återkommande klumpen i halsen och passerade snabbt den lilla möbelgruppen på klackar som smattrade mot det vackra stengolvet. Med beslutsamhet öppnade hon dörrarna till biblioteket och gled in.

Hon älskade det här rummet. Hon, Cassandra och Colin hade så fantastiskt många lyckliga barndomsminnen från det. Alla de gånger de lekt här inne utan föräldrarnas vetskap; kurragömma mellan de många bokfyllda hyllorna och jaga kring montrar med dyrbara klenoder. Hennes pappa hade blivit vansinnig om han vetat. För att inte tala om de gånger hon och Colin hade gömt sig bakom bibliotekets många hyllor och låtit läppar mötas och händer smeka hud.

Hon gick fram till det cylinderformade akvariet som sträckte sig från golv till tak och lade handen mot det kalla glaset. De stora färgglada fiskarna simmade snabbt omkring som om de hade viktiga möten att passa. Hon slöt ögonen och mindes hur Colins hand hade vilat över hennes mot precis det här glaset, hur han hade omfamnat henne bakifrån och placerat varma läppar mot hennes nacke.

Hon andades in djupt och öppnade ögonen igen.

"Jag visste att jag skulle hitta dig här."

Hennes hjärta blev tungt som sten och blodet stannade i hennes ådror. På stela ben vände hon sig om och tittade rakt in i ögonen på den man som tagit livet ifrån henne.

Kapitel fyrtioett

Han stod på golvet, bara någon meter ifrån henne, i all sin muskulösa ståtlighet, med händerna i kostymfickorna och de arroganta ögonen synande henne uppifrån och ner. Hans mörka hår var bakåtkammat och ansiktet fortfarande så fruktansvärt tilldragande. De hårt skurna käkarna var sammanbitna och armmusklerna spända i den vita t-shirten när han studerade varenda liten bit av hennes kropp på det skrämmande sättet som bara Colin kunde.

Men Angelina höjde hakan och mötte trotsigt hans blick, fastän hon dog av nervositet inuti. Hon hade inte kommit hit för att bli Colins kvällsmat och var därtill medveten om att hon såg fantastisk ut. Glädjen i det motsatta skulle hon åtminstone inte ge honom. Hon hade tränat stenhårt i alla år och hade en bättre kropp än de flesta 30-åringar, hennes hår var fortfarande tjockt och långt, ansiktet bar på ett fåtal linjer som enbart gav henne karaktär. Hon var väl medveten om sitt värde – liksom Colin var medveten om sitt.

Det hade alltid varit så, det perfekta paret – "a match made in heaven" – hennes största kärlek.

"Du ser fantastisk ut som vanligt", sa Colin torrt som bekräftelse på det hon precis tänkt. Angelina försökte att lugna sina nerver och slätade till den svarta pennkjolen innan hon nickade sitt tack.

Trots komplimangen var hans blick stenhård och ögonen bar på så mycket förakt att ilningar färdades nerför hennes ryggrad. Han gjorde en gest mot de tre bekväma skinnfåtöljerna som stod runt ett svart bord. Hon gick stelt fram till dem och satte sig ner; doften från dem bar med sig så många fantastiska minnen att hennes ögon tårades och ett sting gick genom hennes bröst. Hon saknade sina föräldrar, sin familj, de förlorade åren. Hon var inte redo att brottas med alla minnen.

Colin satte sig mittemot henne och studerade henne en stund innan han tog till orda.

"Jag tänkte alltid att jag antagligen skulle döda dig om jag träffade dig igen på tu man hand", sa han kort. Hans blick smekte kallt hennes ansikte och fortsatte ner till den vita tunna sidenblusen som smet åt kring bröstens kurvor. "Men nästan trettio år har gått och jag inser att den värsta ilskan har lagt sig." Han tystnade några sekunder och studerade hennes reaktion. Hon visste inte vad hon skulle svara – hon hade inte något att säga, det var han som kallat på henne, inte tvärtom. "Men om jag träffade din man på det här viset", fortsatte han, "så skulle jag göra mig av med honom."

"Colin–" utbrast Angelina med en förfärad flämtning och lade handen mot sitt bröst.

"Du vet det, Angie, du har vetat det hela tiden. Han skonades enbart för att ni fick barn. Det var din fars önskan, och jag skulle aldrig gå emot den." Det gick inte att missta sig på vikten i de sista orden och anklagelsen som var kastad mot henne. "Men era barn tillhör *vår* familj nu, precis som de alltid borde ha gjort. Både Mason och Madeline tillhör familjen Discenza."

Hon skakade bara på huvudet, hennes mun var så torr och hon vätte sina läppar samtidigt som hon försökte att samla sig. Hade han kallat henne hit för att berätta att han tänkte avsluta det han en gång i tiden hade påbörjat?

"Colin, snälla... du skulle väl inte nu, efter så lång tid, skada min man? – för något som hände när vi var så unga."

"Jag skulle med enkelhet undanröja din man helt även om det var hundra år sedan. För mig känns det fortfarande som igår. Det hat jag känner mot honom–" Hans ansikte skvallrade om hans sinnesstämning och hans starka händer

353

grep hårt om fåtöljens armstöd. "Men, jag skulle aldrig skada dina barn på det sättet – *om* du håller honom ur min väg. Han får inte komma på bröllopet och han får aldrig komma till Chicago eller Miami. Om jag får veta att han så mycket som har snuddat med en fot i någon av mina delstater kommer han att försvinna. Förstår du vad jag säger?"

Hon nickade stelt och tog ett djupt andetag för att lugna sitt temperament. Vem trodde han att han var som så lättvindigt skyllde på henne utan att erkänna vad han själv hade gjort. "Var det allt? Ville du att jag skulle åka ända hit för att lova att min man inte kommer på bröllopet? Du kunde ha ringt."

Han log kallt mot henne och hennes hjärta hoppade över ett slag. Det var inte bara minnena av honom hon älskade, hon älskade *honom* – fortfarande – och den insikten skrämde livet ur henne. Hon hade hoppats att hon trots allt hade gått vidare, att hennes känslor för honom enbart var baserade på minnen. Men nu när hon satt här, så nära honom igen, så insåg hon att han fortfarande var *hennes* Colin, den man hon kunnat ge sitt liv för att få vara med – den som hon delat alla sina barndomsår med och som hon även skulle ha gift sig, och delat hela sin framtid, med.

Och hon hatade honom innerligt för att han hade förstört allt.

Och nu satt han här och skyllde allt på henne.

Men hon visste bättre än att ge sig på honom, för hennes temperament i all ära, han var en Discenza-man och de levde på att jämna allt motstånd med marken. Hon hade inte en chans mot honom. Så hon samlade sig och tog sitt hundrade lugnande andetag.

"Är det inte ödets ironi att våra barn blev förälskade och ska gifta sig med varandra?" frågade Colin mörkt utan att besvara hennes fråga. "Det finns en mening med allt."

"Meningen var antagligen att våra barn ska få möjligheten att bli lyckliga – det handlar mindre om oss."

Han rynkade ihop ögonbrynen till hennes svar och studerade henne med sin skrämmande blick. "Din dotter är fantastisk. Hon är allt hennes mamma inte lyckades vara. Jag är glad att hon ska bli min svärdotter."

Hon gnisslade tänder åt hans uttalande och höjde på ett ögonbryn. "Och din son är… en typisk Discenza-man", konstaterade hon kort. "Om han behandlar min dotter illa kommer jag att bränna upp det här huset med honom i det."

Colin skrattade lågt och skakade på huvudet. Han fortsatte att titta på henne under enerverande tystnad innan han åter tog till orda. "Varför, Angelina?"

Hon höjde blicken och tittade frågande på honom.

"Varför gick du bakom min rygg? Varför var Michael Brazier ett bättre val än jag? Varför knullade du honom när du hade min ring på ditt finger? Hur blev han värd mer för dig, än mig och dina föräldrar?"

Hans röst var låg och mörk – precis den tonen som skvallrade om att hon borde passa sig. Hon slöt ögonen några sekunder och önskade att hon befann sig någon annanstans. "Colin, låt oss inte tala om detta nu. Vi fokuserar på framtiden. Vi kan inte påverka det som har varit." Hennes röst var låg och bedjande men fann ingen barmhärtighet hos sin mottagare.

Han reste sig upp och gick till hennes stora förskräckelse fram till henne och stannade med de välpolerade skorna precis framför hennes fötter, där tornade han upp sig över henne som en hotfull skugga. Om hon kunnat hade hon rest sig upp för att sätta stopp för hans överläge, men han stod i vägen. Han böjde sig en aning fram och fattade hennes haka i sin starka hand. Med en lätt rörelse vinklade han hennes ansikte uppåt och tvingade henne att se in i hans mörka ögon. "Jag har väntat i nästan trettio år på det här samtalet. Du går inte härifrån innan du har givit mig de svar jag vill ha."

Hon visste att det varit ett misstag att komma hit, att han hade kallat på henne för att plåga henne, för att äntligen efter alla år få ha henne i sitt våld. En Discenza-man lämnade aldrig en oförrätt olöst. Hon hade vetat att denna dag någon gång skulle komma.

Han lämnade värmen från sin hand kvar på hennes haka när han vände sig om och satte sig i den fåtölj som stod bredvid hennes. Där lutade han sig bakåt och tittade på henne med frågorna han hade ställt hängande i luften mellan dem.

Angelina tittade ner på sina händer – hennes kropp gjorde ont av de ovälkomna minnen som han tvingade fram och hon förmådde sig inte att svara. Hon var fortfarande sårad av hans svek och ville heller inte prata om sitt eget.

"Jag har tid. Vi kan sitta här i dagar om du vill. Under tiden kommer du inte få träffa din dotter och inte heller kan hon fortsätta att planera sitt giftermål med min son. Du lämnar inte Discenzaresidensen förrän du har berättat detaljerat vad som hände. Jag vill veta exakt hur du hamnade i armarna på Michael Brazier och hur du vågade gå bakom ryggen på mig och din pappa."

"Vad ska du få ut av att veta? Vad ändrar det, Colin?" Hon tittade bedjande på honom men hans ansikte var uttryckslöst och ögonen kalla och oförlåtande. "Du vill bara plåga mig. Du njuter av det."

Han reste sig upp ur fåtöljen med en så snabb rörelse att hon ryckte till och lutade sig över henne med ögon som fick henne att tro att han verkligen kunde döda henne. "Du har plågat mig i trettio år!" sa han med dånande röst. "Jag hade kunnat dö för dig."

"Du skrämmer mig", viskade hon lågt och tryckte sig så lång bak i fåtöljen hon kunde.

"Bra", sa han kort, men satte sig ändock i sin fåtölj igen och tittade på henne. Hon var säker på att han hatade henne innerligt och hon förstod varför. Men *han* hade också handlat fel.

Hon reste sig upp och började gå mot bokhyllorna för att få utrymme och lugna sin puls. Hon klarade inte av att sitta kvar så nära honom, hennes hud knottrade sig och hjärtat slog för hårt.

"Du lämnar inte det här rummet", varnade han. "Du hinner inte ens till dörren förrän jag är i kapp dig."

Hon snodde runt med ögon som lyste av ilska. "Jag var inte på väg att lämna rummet. Jag behöver distans."

Med två snabba kliv var han framme vid henne och tryckte med en hård duns henne mot kortsidan på en av de bastanta bokhyllorna. Med en flämtning gick luften ur henne och hon stirrade skrämt in i hans ansikte som nu var så nära hennes. Hans händer höll hårt om hennes överarmar och hans kroppstyngd vilade mot hans grepp och gjorde det omöjligt för henne att röra sig.

"Jag har givit dig distans i trettio år", väste han argt. "Den här gången är det jag som styr."

Hon försökte panikslaget ta sig ur hans grepp men hans händer höll henne med enkelhet kvar mot det tunga träet. "Colin, släpp mig, du gör mig illa."

"Din lilla slampa. Du förtjänade så mycket värre än det du fick. När jag ser dig nu önskar jag att jag gjort något åt detta långt tidigare."

Hon försökte att knuffa honom bakåt med hjälp av sin kropp men han höll henne kvar där hon var och triggades av hennes kamp.

"Det här gillar du inte va? Efter att ha flytt från mig så många år så står vi nu här – allt för att göra din dotter lycklig."

"Colin, släpp mig omgående", fräste hon. "Du om någon ska inte moralisera."

Han stelnade till och tittade frågande ner på henne, dock fortfarande med hennes armar i ett fast grepp. "Vad i helvete menar du med det?"

Hon slöt ögonen några sekunder. Det var för sent att backa nu. "Du är den sista som ska stå här och läxa upp mig, Colin Discenza. Du var otrogen mot mig först."

Han kom av sig helt och släppte det smärtsamma greppet han hade om henne. "Vad menar du?" sa han förvånat och synade hennes ansikte som om han kunde avläsa svaret där.

Angelina passade på att ta sig från fångenskapen vid bokhyllan och rättade till sina kläder innan hon fäste en indignerad blick på honom. "Du vet gott och väl vad jag menar. Du visste bara inte att jag hade kommit på dig."

Han tittade på henne med outgrundliga ögon och lade armarna i kors. "Angie, om du inte berättar vad fan du pratar om så svär jag på att jag kommer tvinga fram svaret."

"Jag såg er, Colin, på restaurangen den där dagen."

Hon lyckades inte rubba hans fattning och imponerades av hans förmåga att hålla huvudet kallt. "Så du tänker låtsas som att du inte vet vad jag pratar om?" skrattade hon hånfullt. "Det går bra att plåga mig i nästan trettio år för det jag gjorde, men vi ska inte prata om *din* otrohet? Så typiskt jävla manligt."

"Vad är det för spel du spelar, Angie?" frågade han varnande.

"Du slet ut hjärtat ur min kropp den dagen", sa hon sammanbitet och tittade på honom genom en dimma av tårar. "Du förstörde hela mitt liv. Jag älskade dig mer än allt annat och du var med henne. Det är *ditt* fel. *Du* föste mig rakt i armarna på Michael." Tårarna vätte hennes kinder, men hon orkade inte bry sig längre. Så många år hade gått – så många år av smärta.

Han såg ut som om han ville ta sönder henne i småbitar, och med en ilsken grymtning tog han tag om hennes arm och drog med henne bort till den fåtölj hon nyligen rest sig från. Han tryckte hårdhänt ner henne och stod sedan och tittade på henne med händerna knutna och ögon som glödde av ilska. "Av alla småknep jag trodde att du skulle köra idag så hade jag aldrig anat att du skulle sjunka så här lågt", sa han mörkt. "Du är verkligen en smutsig kvinna. Din far gjorde rätt som försköt dig från familjen."

Hon for upp ur fåtöljen med ett vansinnigt skrik och slog sina nävar mot hans hårda bringa. "Jag hatar dig!" snyftade hon. "Jag hatar dig! Du vet vad du har gjort. Du förstörde det fina vi hade. Jag ville bara ha dig och du förstörde allt."

Hon snyftade och slog honom om vartannat och han försökte att fånga hennes handleder i sina starka händer. När han inte lyckades tog han ett fast grepp om hennes hår och slet hennes huvud bakåt så hennes tårdränkta ansikte mötte hans kalla ögon, och i stället för att örfila henne, som han hade tänkt, slöt han sin arm kring hennes midja och tryckte sina läppar mot hennes.

Hon snyftade kvävt mot hans varma läppar och lade desperat armarna kring hans nacke för att besvara kyssen. Trettio år av olycklig kärlek mynnade ut i en desperat omfamning. Hon kysste honom som om hon var i hungersnöd och han var det enda som kunde mätta hennes hunger, och den välbekanta doften av honom, som hon saknat i alla dessa år, fyllde hennes väsen med fulländad lycka. Hon hade inte en tanke på sin äkta make när Colin fällde ner henne på golvet och slet av henne kläderna. Hon slet i sin tur av honom tröjan och hjälpte honom desperat att öppna byxorna.

Hans ögon var ett vilddjurs när han tittade ner på henne och våldsamt trängde in i henne för att ta det som var hans – som alltid hade varit hans.

De älskade intensivt med varandra på samma plats som Marc Discenza så många år tidigare hade torterat sin fru efter hennes otrohet – och på samma plats som Colin och Angelina lekt som barn – och slutligen där Corey hade visat Madeline foton från familjen Discenzas liv samtidigt som han funderat över om han skulle göra henne till sin.

Senare när Angelina låg svettig och lycklig i Colins armar fick hon veta vad som verkligen hade hänt den dagen på restaurangen. Kvinnan hade varit älskarinna till en av männen som arbetade för Colin. Hon hade upptäckt att hon var gravid och hade Colin att tacka för att mannen tog sitt ansvar och påbörjade ett riktigt förhållande med henne. Den blivande pappan hade varit med på restaurangen den dagen men hade, just när Angelina och Cassandra kommit in, sprungit i väg för att prata med sin kusin som var anställd där. Han hade inte kommit tillbaka till bordet förrän efter att Angelina och Cassandra hade lämnat platsen. Om Angelina hade gått fram och pratat med sin trolovade, eller stannat kvar tills den andra mannen kommit tillbaka till bordet, så hade hon förstått att kvinnan hade lutat sig fram mot Colin och fattat hans händer för att hon var så tacksam mot honom, inget annat. Liksom hennes ansiktsuttryck varit ett av tacksamhet och inte av kärlek.

Om Angelina inte hade dragit förhastade slutsatser hade hon gift sig med den man hon älskade över allt annat och haft sin familj kvar.

Men ödet ville annorlunda.

Epilog

Madeline och Corey gifte sig med varandra i en storslagen tillställning på Discenzafamiljens ägor. Samtliga familjemedlemmar närvarade tack vare att Colin och Angelina slutit fred efter alla år. Även detta firades under bröllopet, och brudparet sågs, tack vare sin inblandning, som en förenande kraft i familjen.

Madeline var en fantastiskt vacker brud i en storslagen vit kreation, och så oerhört lycklig. Den enda skugga som föll över bröllopet var att hennes far inte kunde närvara. Hon sände honom en film på tillställningen efteråt men hennes hjärta var tungt av sorg för hans skull. Mason axlade dock rollen som manlig företrädare på ett föredömligt sätt och blinkade konspiratoriskt mot Corey när han lade sin systers hand i Coreys väntande. Corey nickade allvarligt mot honom, som för att understryka vilken heder det var att få göra henne till sin, och slöt Madelines hand hårt i sin stora innan han ledde henne fram till den katolska prästen för att försegla deras löften.

Angelina fick äntligen träffa sin lillasyster igen, något som ledde till tusentals tårar mellan både dem och andra i släkten. De lämnade inte varandras sida på hela kvällen och höll sedan kontinuerlig kontakt genom möten och samtal de följande åren.

De flesta var överens om att äktenskapet mellan Madeline Brazier och Corey Discenza var något som gjorde familjen Discenza, med förgreningar, starkare och mer mäktig. De höll nu en enad front utåt, utan inre stridigheter.

Corey fortsatte att leda familjen med järnhand och Madeline lärde sig snabbt hur fantastiskt underbart och samtidigt fruktansvärt det kunde vara att vara fru till en av Discenzamännen.

Drygt ett år efter bröllopet födde Madeline en son.

Han döptes till Marc Angelo Discenza.

Angelina återvände till sin make i Sverige med ett hjärta som nu var delat itu. Den ena delen tillhörde Michael, då han alltid varit underbar mot henne och hade givit henne så mycket kärlek och omtanke genom åren. Men den andra delen, den som var fylld av en vansinnig förälskelse, var Colins.

De hade en stormande affär livet ut, utan att någon i släkten fick veta det. Även om de visste att det var fel gentemot både deras barn och äkta hälfter, såg de det som underordnat. Efter att de äntligen återförenats efter alla dessa år var det omöjligt att sära på dem igen.

Angelina bar dock med sig sin största hemlighet livet ut – att Mason var Colins son.

Och Coreys halvbror.

"Jag vill ha en man som är stark och rik, som vet vad han vill och inte är en mes som låter andra bestämma över honom." Hon vände sig om och skrattade mot Martika, med det underbara sorglösa skrattet som var Petra. Hennes hår svepte som en mantel runt henne och hon log ett varmt leende mot sin bror som precis gjorde entré med sina vänner.

"Kom, Martika, nu fixar vi oss för kvällen." Hon försvann in i huset med Martikas hand i sin och männens hungriga blickar efter sig.

Martika somnade stillsamt in i sin säng med ett fotoalbum från sin ungdom uppslaget vid sin sida.

Hon lade huvudet på sin mans överkropp och följde de skarpa konturerna i hans muskler med sina fingertoppar. Hans starka hand smekte hennes rygg samtidigt som hans allvarliga blick studerade hennes vackra ansikte. Så många år hade gått och deras sexliv var fortfarande fantastiskt. Petra skulle aldrig få nog av honom, han var som en drog för henne.

Colin, Angelina och Cassandra var tonåringar, hela familjen blommade; James reste runt i världen, men kom då och då på besök, och hennes föräldrar, och Frances, var återkommande gäster i Discenzaresidensen. Martika och Ralph fanns i hennes omedelbara närhet, liksom många andra nära vänner till familjen Discenza. Petra önskade inte något mer av livet. Hon hade för länge sedan förlorat sin frihet, men efter alla år så sörjde hon den inte längre. Hon var där hon skulle vara – hos Marc Discenza.

Hon lade sin hand mot hans kind och tittade in i det ansikte hon alltid skulle frukta, men nu kommit att älska och se som sin trygghet i livet. "Du vet att jag älskar dig mest i hela världen. Dig, våra barn, hela vår familj. Du är det bästa som har hänt mig, och jag hade aldrig kunnat tänka mig att leva med någon annan."

Marc slöt sina armar runt henne och drog henne mot sig i en hård omfamning. Han kysste hennes hår och andades in hennes doft. "Jag älskar dig mest av allt, Petra Discenza. Det kommer jag alltid göra."

"Om någonting någonsin händer dig, så vet jag inte hur jag ska kunna fortsätta utan dig", viskade hon mot hans axel.

Marc fattade hennes ansikte mellan sina händer och tittade allvarligt in i hennes ögon.

"Jag kommer aldrig lämna dig, Petra, och om jag dör före dig så hoppas jag att du kommer snabbt efter."

"Jag lovar."